I0588227

SALVARE HARLEY

Delta Force Heroes, Book 3

SUSAN STOKER

Copyright © 2020 di Susan Stoker

Titolo originale: *Rescuing Harley*

Traduzione dall'inglese di Patrizia Zecchin per One More Chapter Translations

Editing di Nadia Carena

Per David

CAPITOLO UNO

«SEI COMPLETAMENTE FUORI DI TESTA.»

«Io penso che sia fantastico.»

Harley Kelso, fissò incredula il fratello e la sorella. Non era sorpresa che uno di loro non desse troppa importanza al suo ultimo piano, ma era davvero sorprendente che fosse *Montesa* quella che pensava non fosse una buona idea. Di solito, era super entusiasta e sosteneva Harley in qualsiasi cosa folle volesse fare. Suo fratello Davidson, invece, era quasi sempre iperprotettivo, aveva anche spaventato a morte i rari ragazzi che erano venuti a prenderla a casa quando era più giovane e, in genere, vietava tutto ciò che era un po' troppo avventuroso.

Erano entrambi più grandi di lei ma, sin da piccoli, Davidson era stato lo stereotipo del fratello maggiore protettivo, sia con lei, sia con la sorella. Una volta aveva affrontato una banda di ragazzi che avevano molestato Montesa, ed era stato picchiato piuttosto duramente, ma quella distrazione aveva funzionato e le aveva dato la possibilità di scappare.

Harley avrebbe fatto qualsiasi cosa per loro, ma *questo* doveva proprio farlo, checché ne pensassero.

«So che non è esattamente la cosa più sicura al mondo, ma c'è un problema nella grafica e l'unico modo che mi viene in mente per risolverlo, è di provarlo di persona.»

«Stronzate» replicò subito Montesa, poi cominciò a elencare argomenti con le dita dicendo: «Uno, potresti guardare YouTube tutto il giorno e vedere come funziona. Due, potresti andare all'aeroporto e prendere un binocolo e vedere di cosa si tratta. Tre...»

«No» la interruppe Harley, sapendo che sua sorella avrebbe potuto continuare tutto il giorno, se ne avesse avuto la possibilità. «Non è lo stesso che viverlo in prima persona.»

«Dove vuoi farlo?» chiese Davidson.

Felice che suo fratello fosse ragionevole, Harley gli disse con impazienza quello che aveva trovato. «In un club di paracadutismo professionale a Waco. Il proprietario vanta già una marea di lanci. Era nell'esercito, non ricordo in quale reparto, ma sul sito web ci sono tutti i riconoscimenti e roba varia. Ho visto il video online e ho letto molto al riguardo. Farò un lancio in tandem, quindi non è come se andassi da sola. Sarò agganciata davanti a un professionista. Il tutto richiederà solo una ventina di minuti, la maggior parte dei quali passeranno in aereo per raggiungere la giusta altitudine.»

Montesa sospirò. «Lo farai sul serio, vero?»

«Già.» Harley sapeva di sembrare molto più sicura di quanto non fosse ma, se avesse mostrato anche un briciolo di paura sua sorella avrebbe insistito e, alla fine, l'avrebbe persuasa a rinunciare. «Devo farlo. Sto lavorando sulla grafica per l'ultimo gioco della saga *This is War*, e ogni volta che programmo gli uomini che si paracadutano dall'aereo, si muovono in modo strano, tutto a scatti o cose così.»

«E pensi che sperimentarlo in prima persona, ti aiuterà a essere in grado di programmarlo meglio?» Lo scetticismo nella voce di sua sorella era difficile da non notare.

«Be', sì. Senti, diciamo solo per un secondo che sono pazza e non so di cosa sto parlando ma almeno, sarà una bella esperienza. Ho letto il rapporto sulla sicurezza del club, è impeccabile. Nessun morto. Nessun ferito. Gli istruttori che lavorano lì, hanno un sacco di lanci all'attivo. Non è che vada in un aeroporto a caso, e chieda a qualcuno per strada se si butterà da un aereo con me legata davanti.»

Montesa sospirò e guardò il soffitto, come se sperasse in una risposta scritta lì. «Non ho idea di come facciamo a essere imparentate.»

Harley sorrise a sua sorella. «Nemmeno io. Non ci assomigliamo per niente e non potrei essere più diversa da te.»

«Non stavo parlando dell'aspetto fisico e lo sai» borbottò, allontanando gli occhi dal soffitto e tornando a quelli di Harley, sospirando in modo drammatico. «Prima di andare, prendi un appuntamento con John, si assicurerà di aggiornare il tuo testamento.»

Harley alzò gli occhi al cielo. «Gesù, non ho bisogno di aggiornare il testamento, scema. Tu e Davidson vi beccherete comunque tutto ciò che ho, se tiro le cuoia. E non verrò nel tuo ufficio, a incontrare il tuo socio, in modo che possiate tormentarmi entrambi provando a dissuadermi. Scordatelo.»

Ad Harley piaceva il collega di sua sorella. Aveva circa quindici anni più di lei e aveva assunto Montesa appena uscita dalla facoltà di giurisprudenza, dopo che aveva superato l'esame di abilitazione. Aveva un piccolo studio legale, ma sembrava ovvio che avesse visto qualcosa che gli piaceva in Montesa. Lavoravano insieme da circa dieci anni. Harley pensava che tra loro ci fosse qualcosa di più del semplice essere soci dello studio, ma era impossibile ficcare il naso nella vita amorosa di sua sorella. Nel momento in cui lo avesse fatto, Montesa le sarebbe saltata addosso facendole notare la mancanza di una relazione nella *sua* vita. No grazie.

«Allora, che ne dici se ti accompagno?» chiese Davidson.

Harley scosse la testa, felice di aver già organizzato tutto. «Non puoi, fratello. È mercoledì, e la prossima settimana devi andare a quella conferenza.»

«Merda, Harl, perché hai organizzato in un giorno feriale? Rimandalo al fine settimana così torno e potrò venire con te.»

«No. Ho già preso appuntamento e ho pagato il deposito.»

«Quanto costa?» intervenne Montesa.

A volte parlare con i suoi fratelli era come guardare una partita di tennis, ma Harley era abituata ai loro modi.

«Sono solo duecentocinquanta dollari.»

«Gesù, è un vero furto.»

«No, non lo è, dacci un taglio, Davidson» esclamò Harley. «Pensaci. L'aereo, il carburante, il paracadute, l'esperienza degli istruttori... in realtà è piuttosto economico.»

«Maledizione. Odio quando hai ragione, ma vorrei comunque poter essere lì» brontolò, tutt'altro che felice.

«Vuoi che mi faccia fare il video? Sono cinquanta dollari in più. Non avevo intenzione, ma...»

«Sì.»

«No.»

Montesa e Davidson risposero insieme.

«Non ho alcun desiderio di vedere la mia sorellina spiaccicarsi, o sbavarsi addosso, mentre precipita a terra» disse Montesa con fermezza.

«Su questo aspetto, mi tocca essere d'accordo. Mi dispiace, Davidson, niente video. Non c'è bisogno che la mia bava sia divulgata su Internet, perché so che se ci mettessi le mani, sarebbe esattamente ciò che faresti.»

Davidson le sorrise, poi si fece serio. «Penso che quest'avventura ti farà bene. Non esci molto e forse incontrerai qualcuno lì.»

Harley si alzò dal divano e portò il suo piatto in cucina, rifiutandosi di sentirsi ferita dall'insinuazione di suo fratello. Sapeva ciò che era e ciò che non era. Era una nerd. Una sfigata. Portava gli occhiali e preferiva indossare sempre abiti comodi. In vita sua non si era mai truccata, con grande costernazione di Montesa. Il fatto era che, non faceva per lei. Fin da piccola era stata affascinata dai computer e dai videogiochi, e aveva trascorso la maggior parte degli anni del liceo davanti alla televisione, giocando su Internet con persone che non aveva mai incontrato a giochi sparatutto in prima persona.

Il suo amore per tutto ciò che riguardava i videogiochi, l'aveva portata a prendere la specializzazione in scienze informatiche nel college locale. Poi si era trasferita in California per proseguire gli studi, e aveva ottenuto il master in informatica con la specializzazione in sviluppo di videogiochi.

Era stato difficile allontanarsi da casa, ma Montesa e Davidson l'avevano sostenuta con entusiasmo. Dopo anni di duro lavoro e uno stage presso Activision, era stata assunta a tempo pieno. La parte migliore era che poteva lavorare da remoto, così si era immediatamente trasferita a Temple, in Texas, per stare vicino alla sua famiglia.

Era sempre stata molto legata a loro, anche prima che i suoi genitori morissero. Forse a causa dei loro nomi, per i quali erano stati presi in giro, o perché erano vicini di età, o forse semplicemente per la genetica, ma i tre fratelli erano sempre rimasti uniti. Davidson aveva due anni più di Montesa, che aveva due anni più di Harley, e nessuno dei due le avrebbe mai permesso di dimenticare che, a prescindere da quanti anni avesse, sarebbe sempre stata la piccola. Harley avrebbe voluto discutere sul fatto che a trentaquattro anni non poteva essere considerata piccola, ma sotto sotto, non le importava che i suoi fratelli fossero così coinvolti nella sua vita. L'alternativa era troppo deprimente per pensarci.

Honey e Jim erano stati dei genitori che lavoravano sodo e si divertivano molto. Avevano seguito lo stile di vita dei motociclisti e chiamato i loro figli di conseguenza. Harley non pensava che dare il nome di una motocicletta ai propri figli fosse normale, ma chi era lei per dirlo. Sua madre era sempre sorridente e non aveva mai esitato a mollare tutto per aiutare un'amica o uno dei suoi figli, se necessario. Era in buona salute e grassoccia, e non si era mai giustificata per il fatto che le piacesse mangiare e bere ciò che voleva. Jim era una montagna di uomo, con una leggera pancetta da birra, ma come per sua moglie, non gli era mai importato. Portava i capelli lunghi e una folta barba castana. Diceva spesso di amare la sensazione del vento che vi soffiava attraverso mentre correva in moto.

I due si erano innamorati perdutamente a circa vent'anni, dopo essersi conosciuti a una manifestazione di motociclisti. Si erano sposati sei mesi dopo, e non avevano dato importanza alle aspettative della società riguardo a ciò che dovevano fare delle loro vite. Adoravano lo stile di vita dei motociclisti e non si erano giustificati nemmeno per quello. Non erano stati genitori severi, ma avevano insistito affinché i loro figli fossero rispettosi, e li avevano incoraggiati a seguire il proprio cuore e le proprie passioni, e a fare ciò che volevano della loro vita.

Stavano andando al raduno annuale a Sturgis, nel South Dakota, quando un uomo in un grosso pick-up, non li aveva visti nel punto cieco dello specchietto e aveva cambiato corsia prendendoli in pieno. Jim aveva cercato di proteggere la moglie, ma la sua moto si era scontrata con quella di Honey ed erano stati sbalzati entrambi oltre il bordo della montagna. Nessuno dei due aveva avuto alcuna possibilità.

Era stato il momento peggiore della vita di Harley ma, nel profondo, la consolava il fatto che i suoi genitori fossero morti insieme. Lei e i suoi fratelli sapevano che nessuno dei due sarebbe stato in grado di gestire il fatto di essere vivo, quando il loro coniuge non lo era. All'epoca aveva diciassette anni e poiché Montesa viveva ancora a casa, riuscì a ottenere la custodia completa fino a quando non avesse compiuto i diciotto.

Più di una volta, quando era piccola, Harley avrebbe voluto cambiare il suo nome ma dopo l'incidente, aveva iniziato ad amarlo. Era una connessione con i suoi genitori. E che importava se era un po' strano! Le celebrità davano ai loro figli tutti i tipi di nome, molto più strani del suo.

«Ti chiamerò quando torno dalla conferenza e pranziamo insieme, così puoi raccontarmi tutto» ordinò Davidson, i suoi occhi erano penetranti e intensi mentre fissava Harley.

«Mi piacerebbe» gli disse subito. Lui e Montesa erano anche i suoi amici più cari, era ovvio che avrebbe raccontato loro il lancio in paracadute.

Suo fratello e sua sorella portarono i piatti nel lavandino e cominciarono a prepararsi per andarsene. Era il loro rituale cenare insieme una sera alla settimana, e di solito lo facevano a turno. Quella settimana era toccato a lei ospitarli e, come al solito, aveva ordinato cibo da asporto. Questa volta aveva scelto di fare una serata pizza, Montesa e Davidson si erano lamentati ma Harley sapeva che, sotto sotto, amavano il cibo spazzatura che aveva ordinato per loro.

«Per favore, chiamami appena torni a casa» disse Montesa, abbracciando sua sorella. «So che la tua mente andrà a un milione di chilometri all'ora, cercando di capire come trasformare in codice ciò che hai sperimentato, ma sarò preoccupata finché non chiamerai.»

«Lo farò. Guidate con prudenza, ragazzi.»

«Ti voglio bene» disse Davidson, abbracciandola.

Harley si alzò in punta di piedi per avvolgere le braccia attorno alle spalle di suo fratello. Era alta con il suo metro e settantotto circa, ma Davidson aveva dodici, tredici centimetri più di lei. Montesa si unì a loro e per un attimo rimasero stretti in un abbraccio di gruppo, vicino alla porta d'ingresso. Con sua grande costernazione, Montesa aveva ereditato i geni della madre; con il suo metro e sessantasette era la più piccola della famiglia e faticava a mantenere la linea con il suo fisico massiccio.

«Va bene, basta così. Andate. Mi terrò in contatto e vi

farò sapere come va» ordinò Harley, mentre si tirava indietro e spingeva i suoi fratelli verso la porta.

«Sarà meglio» brontolò Montesa, sistemandosi la borsa sulla spalla. Poteva anche avere l'aspetto di una donna più matura della sua età, dolce e un po' sciatta, ma era esplosiva nell'aula di tribunale, e si era guadagnata la reputazione di una che non si faceva mettere i piedi in testa da nessuno. Aveva vinto molti più casi di quanti ne avesse persi. Giravano voci sul fatto che, quando altri avvocati apprendevano che si sarebbero scontrati con lei, spingessero i loro clienti a patteggiare, sapendo che le loro possibilità di vincere sarebbero state drasticamente ridotte, solo perché Montesa si trovava nel banco opposto nell'aula.

Harley guardò i suoi fratelli salutare ancora una volta e andarsene. La sua casa era in una zona di Temple adatta alle persone anziane, proprio come piaceva a lei. Desiderava la tranquillità e vivendo in quella zona, non doveva preoccuparsi troppo per la sua incolumità. Nella casa accanto alla sua viveva Gretel Owens, una vedova di ottantatré anni che si comportava come se ne avesse trenta in meno. Aveva una cotta per l'uomo che viveva dall'altro lato della casa di Harley, Henry Baberfield. Henry era un veterano del Vietnam e non si era mai sposato. Secondo Gretel, ai suoi tempi, era un donnaiolo, ma ciò non sembrava scoraggiarla. Harley non aveva idea di quanti anni avesse Henry, ma immaginava che potesse avere più o meno la stessa età di Gretel.

Vivere lì, nascosta in mezzo a due ottuagenari, andava benissimo per lei. Aveva difficoltà con le relazioni sociali e preferiva i videogiochi alle persone. Il computer non poteva ferirla come faceva la gente. Tuttavia, aveva imparato da tempo a non farsi mettere i piedi in testa da nessuno. Che importava se era una nerd e un'introversa? Non c'era alcuna regola che dicesse che ogni essere umano sulla terra dovesse essere estroverso e bello. E, in fin dei conti, Harley avrebbe scommesso che la maggior parte delle persone che la guardava con compassione, probabilmente aveva dei bambini che si divertivano con i suoi videogiochi. Quelli erano soldi che si guadagnava, e ciò aveva contribuito molto al fatto di non risentirsi più per gli sguardi e commenti che riceveva.

Harley chiuse la porta e andò nel suo studio. C'erano un sacco di cose che voleva ricercare sul paracadutismo e su come funzionava. Aveva solo pochi giorni per mettere tutto insieme prima della sua avventura. Per quanto avesse convinto il fratello e la sorella ad accettarlo, nel profondo, Harley non era proprio sicura di *doverlo* fare. Ma Activision aveva assunto di recente un nuovo gruppo di sviluppatori, e non voleva essere lasciata in disparte. Doveva fare qualcosa per impressionare il suo capo, e far paracadutare la truppa nel prossimo gioco di guerra, era la mossa perfetta. Voleva che fosse visivamente sbalorditivo, e facesse sentire il giocatore come se si stesse davvero paracadutando sul campo di battaglia.

Era un'idea fantastica, doveva solo avere il coraggio di affrontarla.

CAPITOLO DUE

HARLEY ERA MOLTO MENO nervosa di quanto avrebbe pensato, quando finalmente arrivò mercoledì. Si era vestita con abiti comodi, come consigliato, che poi era ciò che indossava normalmente, quindi era a posto. Jeans, maglietta a maniche lunghe con sopra il logo *This is War* e un paio di scarpe da ginnastica. Cercando di comportarsi come se si iscrivesse tutti i giorni per saltare da un aereo, Harley entrò nel Waco Skydiving Club, con molta più sicurezza di quanta ne provasse.

Incerta su cosa aspettarsi, Harley fu sorpresa di vedere in giro solo un uomo che sembrava lavorasse al club. C'era un gruppo di altre sei persone che chiacchieravano allegre vicino a un tavolo sul retro del locale, ed era evidente che fossero tutti amici. Il suo cuore sprofondò.

L'ultima cosa che voleva, era avere quell'esperienza con un gruppo di persone che si conoscevano e andavano d'accordo. Si sentiva già abbastanza emarginata nella vita di tutti i giorni.

«Ehi, devi essere Harley. Benvenuta! Vieni qui che

facciamo le presentazioni prima di iniziare con le questioni legali.»

L'uomo che aveva parlato, aveva il pizzetto e una leggera pancia da birra, e i capelli biondi un po' arruffati. I jeans sembravano logori ma comodi e portava una maglietta con la scritta "Waco Skydiving Club" sul petto. Le ricordava molto suo padre, e ciò la fece rilassare un po'. Era come se fosse lì a vegliare su di lei.

«Grazie, papà» sussurrò, poi fece un respiro profondo.

Si avvicinò al gruppo e vederli ridere e parlare insieme, le fece perdere la fiducia già traballante che aveva. Era di nuovo pronta a cambiare idea, ma l'uomo che assomigliava a suo padre non le diede la possibilità di aprire bocca, perché parlò rivolgendosi a tutto il gruppo: «Sono Tommy e ho fondato questo club circa otto anni fa. Come saprete, ci sono un sacco di militari attivi e in pensione da queste parti, in cerca di un modo per divertirsi un po' nel loro tempo libero. Seguiamo le norme e i regolamenti della US Parachute Association e facciamo attenzione alle condizioni atmosferiche. Se c'è anche la minima possibilità di maltempo, non salteremo. La sicurezza è la nostra priorità qui. Quindi, a parte questo, direi che potete iniziare a presentarvi e dire perché siete qui oggi.»

Harley si sentì di nuovo in quarta elementare. Aveva sperimentato il fatto di essere la nuova bambina a scuola, che era dovuta stare di fronte alla classe a dire a tutti il suo nome e quale fosse la sua materia preferita. In sostanza, scienze non era stata la risposta giusta, perché da quel giorno in poi, era stata tormentata e presa in giro non solo per il suo strano nome, ma anche perché era fissata con la scienza.

«Comincerò io» disse un uomo di bell'aspetto, con una

voce profonda. «Sono Joe e questo sarà il mio quinto salto. Ho fatto il primo un paio d'anni fa e mi sono appassionato.» Annuì con la testa alla donna al suo fianco.

«Oh, ok, sono Sarah. Questo sarà il mio quarto salto. Joe mi ha convinto ad andare con lui dopo la sua prima volta e, anche se ero riluttante, ho deciso di provarci. Ora non mi dà pace sul fatto che è più avanti di me di un lancio.»

Tutte le persone vicine alla bella coppia ridacchiarono. Harley gemette tra sé. Fantastico. Ora non solo avrebbe dovuto farlo con un gruppo di amici, ma avrebbe potuto scommettere tutto ciò che possedeva, di essere l'unica principiante.

Le sue paure furono confermate quando anche le altre persone del gruppo informarono di non essere al loro primo lancio. Quando fu finalmente il suo turno di presentarsi, fu breve e concisa, non desiderando altro che procedere.

«Sono Harley. Questa sarà la mia prima volta. È bello conoscervi tutti.» Solo perché non le piaceva stare in gruppo, non voleva dire che non conoscesse le regole. Sii educata. Sorridi. Sembra interessata.

«Ehi, Harley, bel nome. Quindi sei l'unica vergine qui, buono a sapersi» tuonò Tommy, le sue parole risuonarono nella stanza.

Harley arrossì e si morse il labbro. Sapeva che l'uomo si riferiva al fatto che fosse l'unica a non essersi mai lanciata da un aereo prima ma, all'improvviso, si sentì come se l'altro sapesse che l'unico incontro sessuale che aveva avuto quando era al college, era finito in modo imbarazzante. Harley supponeva di essere tecnicamente ancora vergine, anche se il ragazzo le aveva infilato le dita dentro e rotto l'imene. Le aveva fatto male, e lei aveva sollevato le ginocchia e l'aveva colpito nelle palle. Inutile dire, che ciò aveva messo fine alla serata e alla pseudo-relazione che avevano avuto.

Harley finse di ridere insieme agli altri. Per fortuna, Tommy non si soffermò sulla sua battuta e continuò: «Ok, molti di voi conoscono la prassi. Prenderemo i vostri documenti d'identità e vi peseremo in modo da potervi accoppiare con l'istruttore migliore per voi. Ci sono snack, caffè e acqua, ma non vi consiglio di bere troppo. Una volta legata l'imbracatura, non sarete in grado di utilizzare il bagno per almeno un'ora circa.»

Osservò il gruppo e annuì. «Sembra che siate tutti vestiti in modo appropriato, grazie. Harley, dato che indossi gli occhiali, dobbiamo assicurarci di averne un paio di protettivi che si adattino ai tuoi. Me lo ricordi più tardi, se me lo dimentico, ok?»

Harley annuì, stupidamente a disagio per essere l'unica con gli occhiali. Non c'era nulla di cui essere imbarazzata, ma era più forte di lei. Aveva provato a mettere le lenti a contatto, ma fissare il computer per ore le seccava gli occhi e le faceva venire un mal di testa terribile, quindi, era più semplice indossare gli occhiali.

«Una volta sistemati tutti, guarderemo un paio di video. Il primo descriverà la procedura che state per affrontare. Da come sono ripiegati i paracadute, al montaggio delle imbracature e cosa farete una volta che è il momento di saltare. Poi ci toglieremo di mezzo le questioni legali e vi faremo firmare le deroghe. C'è un altro video riguardo ai pericoli che si corrono saltando da un aereo, solo per capire cosa vi aspetta, quindi, se siete ancora interessati, riscuoteremo il pagamento e vi prepareremo. Qualche domanda?»

Harley ne aveva circa un milione, ma quando si guardò intorno e vide che il resto del gruppo sembrava annoiato, si morse la lingua. Quello era il motivo per cui non voleva andare con un gruppo di persone che lo avevano già fatto prima. Era nervosa da morire e desiderava quante più informazioni possibili, ma invece di fare affidamento sulle domande di altri principianti, era da sola.

Per il momento, tenne la bocca chiusa, seguì gli altri e si sistemò su una sedia in prima fila. Voleva essere in grado di vedere e ascoltare in modo chiaro la televisione. Le altre coppie iniziarono subito a parlare tra di loro, ma tutta l'attenzione di Harley era sullo schermo.

«Allora? Cosa ne pensi?» chiese Tommy al suo amico Beckett "Coach" Ralston, mentre si trovavano all'interno del piccolo ufficio del Waco Skydiving Club, a guardare il gruppo di civili che si sarebbero lanciati con il paracadute entro qualche ora.

Coach scrollò le spalle. «Sembra lo stesso gruppo di ieri.» Saltare da un aereo perfettamente funzionante non era proprio la sua idea di divertimento, ma si era preso due settimane di ferie dopo il rapimento della donna e della figlia del suo compagno di squadra. Emily e Annie stavano bene, ma Jacks, l'ex soldato vendicativo che aveva orchestrato tutta la vicenda, non era stato così fortunato. Aveva trascorso alcuni giorni in ospedale per riprendersi, ed era attualmente ospite dello Stato del Texas. Tra qualche settimana, Jacks sarebbe stato processato e Coach sperava che passasse un bel po' di tempo dietro le sbarre.

Coach e il resto del suo team Delta Force, si stavano godendo un po' di tempo libero e Tommy era in difficoltà. Uno dei suoi istruttori si era rotto una gamba, aveva un sostituto in arrivo, ma avrebbe potuto cominciare tra un mese. Dato che Coach aveva tempo e nient'altro in programma da fare, aveva accettato di venire ad aiutare il suo amico.

Coach e Tommy si erano conosciuti un paio d'anni prima, quando aveva sentito parlare di una nuova tecnica per ripiegare un paracadute, che era interessato a provare. Aveva cercato e scoperto che il Waco Skydiving Club aveva un'ottima reputazione e stava già utilizzando quella nuova procedura. Coach era andato a verificare di persona la struttura e loro due erano andati subito d'accordo. Tommy era più vecchio e più rozzo rispetto alle persone che era abituato a frequentare, ma era un uomo eccezionale e con un cuore d'oro. Non aveva potuto proprio ignorare la sua richiesta di aiuto.

«Le tre coppie hanno già saltato diverse volte prima, abbiamo solo una vergine» gli disse Tommy, facendo un cenno con il mento per indicare la donna alta, seduta nella prima fila di sedie, che guardava concentrata il video sulla sicurezza. Era l'unica a prestare attenzione, teneva gli occhi incollati sullo schermo e sembrava ignara delle chiacchiere del resto del gruppo dietro di lei.

Coach ridacchiò. «Come se non lo avrei capito da solo.»

«Sì, un po' difficile non notarlo.»

«Credi che lo farà?» chiese Coach, sapendo che Tommy aveva un buon intuito riguardo a chi poteva tirarsi indietro quando sarebbe arrivata la parte difficile.

«Oh, sì. Sarà anche una novellina, ma la determinazione trasuda da ogni poro del suo corpo.»

Coach socchiuse gli occhi ed esaminò la donna, chiedendosi che cosa vedesse Tommy in lei. Non era niente di speciale. Era alta e snella. Non riusciva a esserne del tutto sicuro dato che indossava una maglia larga, ma le sue gambe sembravano lunghe un chilometro nei jeans, e non aveva molte curve. I suoi capelli castano chiaro scendevano sciolti fino alle spalle. Al momento si stava mordendo un labbro e agitava un piede, guardando nervosa la televisione, sollevandosi gli occhiali che continuavano a scivolarle sul naso.

«Starà in coppia con te» disse Tommy a Coach. «È alta e non si adatta bene agli altri.»

Coach era d'accordo, con il suo metro e novantacinque era qualche centimetro più alto degli altri istruttori. La donna sarebbe potuta andare con qualcun altro, ma aveva più senso che fosse accoppiata con lui, poiché sembrava essere la più alta del gruppo. Si sarebbe adattata meglio visto che sarebbero stati legati insieme dai fianchi al petto. Se fosse stato accoppiato con donne più piccole, i loro piedi non avrebbero nemmeno toccato terra una volta che le imbracature fossero state agganciate insieme.

Coach annuì al suo amico. «Lo immaginavo. Qual è la sua storia?»

Tommy scrollò le spalle. «Non lo so. Non ha detto molto nelle presentazioni. Solo che non aveva mai saltato prima.»

Era sempre stato affascinato dai motivi per cui le persone decidevano di fare un lancio in tandem. Alcuni lo facevano perché avevano sconfitto il cancro, altri perché volevano la scarica di adrenalina. Altri ancora, accettavano di accompagnare i loro partner solo perché era qualcosa che avrebbero voluto fare. Ma per qualche ragione, pensava che nessuna di quelle spiegazioni si adattasse alla donna completamente assorta nelle procedure di sicurezza.

Si rivolse a Tommy. «Spero che non si tiri indietro. È una bella giornata. Non vedo davvero l'ora di lanciarmi, oggi.»

La risata di Tommy esplose nel piccolo ufficio. «Bene. Sapevo che se fossi riuscito a portarti qui e a farti fare abbastanza lanci, ne avresti visto la bellezza.»

Sorrise amareggiato. «Non è che vediamo tanta bellezza quando lo facciamo nel nostro lavoro.»

«Lo so, ed è per quello che ne avevi bisogno» ribatté pronto, ed era chiaro che avesse un'idea precisa di cosa facesse Coach per vivere, anche se non ne avevano mai parlato.

Alzò gli occhi al cielo. «Ok, va bene, mi sto divertendo. Contento?»

«Da morire.» L'uomo più anziano guardò di nuovo al di là del vetro. «Sembra che il video sia quasi finito, chiederò loro di firmare le deroghe e di provvedere al pagamento, poi sarà il momento di presentare tutti. Sei pronto?»

Coach annuì. «Ci vediamo tra poco.»

Guardò mentre Tommy usciva dall'ufficio e si avvicinava alla televisione, pronto a fermare il video non appena finito. I suoi occhi si posarono sulla ragazza in prima fila. Era stato con parecchie donne nel corso degli anni, un po' meno ora che aveva raggiunto i trentacinque. All'inizio, appena arruolato nell'esercito, si era comportato come la maggior parte dei giovani soldati, portando a casa chiunque mostrasse un minimo interesse.

Una volta entrato a far parte del team, tuttavia, era

stato più interessato a lavorare sodo, a rimanere in vita e ad assicurarsi che anche i suoi compagni di squadra arrivassero a casa tutti interi. Quando tornava dalle missioni, tutto ciò che voleva fare era rilassarsi, non affrontare la complessità di dover andare a rimorchiare una donna in un bar o addirittura avere una ragazza a lungo termine. I giorni in cui si faceva le donne che incontrava nei locali erano finiti da tempo, ed erano passati anni da quando aveva avuto una relazione, e poteva contare sulle dita di una mano il numero di rapporti sessuali che aveva avuto da allora.

Ma c'era qualcosa nella donna che osservava rapita ogni informazione che passava sullo schermo. Non era il suo tipo, a lui piacevano quelle più piccole, che poteva dominare facilmente. Gli piaceva la sensazione di essere più grande e più forte di qualsiasi donna si portasse a letto. Di avere il controllo. Coach pensava che fosse un effetto collaterale dell'essere un soldato della Delta Force. Non era uno stronzo, a letto o fuori, ma passava così tanto tempo a dare ordini alle persone e a farle obbedire subito e senza domande, che era radicato nella sua mentalità.

E una cosa era certa, gli piacevano le curve. Molte curve. Era un fanatico delle tette, ed era noto che passasse ore ad adorare il seno di una donna. Preferiva che fosse naturale; c'era qualcosa di sbagliato nel vedere una donna nuda con le tette incrollabili. Gli piaceva che avessero i capelli lunghi, non importava di che colore, e che fossero intelligenti. Le donne svampite che volevano solo andare a letto con un soldato, di qualunque tipo, non facevano per lui.

Dopo averla osservata alzarsi in piedi e seguire Tommy dall'altra parte della stanza per prendere le deroghe che doveva firmare, Coach decise che lei non era proprio il suo tipo.

Ma nonostante ciò, non riuscì a distogliere lo sguardo dal suo sedere mentre si spostava. Era alta e snella, ma perfettamente proporzionata. Le sue gambe erano lunghe e i fianchi larghi. Ondeggiava in modo sensuale mentre camminava, anche quando non sapeva che qualcuno la stesse osservando. Gli occhi di Coach si spalancarono quando mise entrambe le mani sulla schiena e si allungò, inarcandola, per sciogliere la rigidità dei muscoli provocata dallo stare seduta sulla sedia di metallo.

Era rimasta dietro al gruppo e la vedeva di profilo. Quando lei si inarcò di nuovo e la maglietta aderì al petto Coach inspirò profondamente, poiché riuscì a vedere che in realtà aveva delle curve nascoste sotto la maglietta larghissima. Non aveva dei seni enormi ma sul suo corpo snello, spiccavano come piccole mele.

Portò le mani sulla parte superiore delle braccia e le strofinò, con gli occhi incollati su Tommy, che stava spiegando come funzionava l'attrezzatura che avrebbero usato. Coach si ricordò che la temperatura nell'altra stanza era stata abbassata, per controbilanciare il calore corporeo che i clienti nervosi spesso sperimentavano.

I capezzoli della donna sporgevano sotto i vestiti, e Coach poteva chiaramente vederli premere contro la maglia, anche dall'altra parte della stanza. Dio. Maledizione. Sì, era un uomo che amava i seni, ma i capezzoli erano il suo punto debole, e sembrava che quella donna ne avesse un paio su cui avrebbe voluto mettere le mani.

Poi lei si voltò, allungò la mano per prendere la penna che Tommy le stava porgendo. Coach scosse la testa. Gesù. Stava mangiando con gli occhi quella donna come se fosse una spogliarellista che si contorceva contro un palo. Era da maleducati e poco professionale, e... si dimenticò ciò che stava pensando; la donna si era chinata su un tavolo in fondo alla stanza per firmare la liberatoria, e il suo sedere era dannatamente perfetto.

Coach si girò e si passò una mano tra i capelli corti. Gesù, doveva darsi una calmata. L'ultima cosa che voleva, era andare là fuori a incontrarla con un'erezione. Sarebbero stati entrambi a disagio, e dato che doveva essere legata contro di lui, la cosa sarebbe stata molto ovvia e imbarazzante.

Fece un respiro profondo, provando a pensare a qualsiasi cosa che potesse far ridistribuire in modo uniforme nel resto del corpo, il sangue che si era concentrato nel suo cazzo. Pensò alla nuova figlia del suo compagno di squadra, Annie. Aveva sentito da Blade, un altro membro del suo team, che aveva avuto la sua prima lezione di discesa in corda doppia.

Fletch si era rifiutato di insegnarglielo, era troppo protettivo nei confronti della seienne, quindi Blade si era offerto volontario. Gli aveva riferito che la bambina era del tutto impavida, e che aveva strillato di gioia quando si era spinta giù dalla parete di allenamento, nella palestra della base. Coach sorrise. Annie era deliziosa e non poteva essere più felice per Fletch. Lui ed Emily erano perfetti insieme; sua figlia era semplicemente la ciliegina sulla torta per il suo amico.

Coach si rilassò sentendo l'erezione sgonfiarsi, ora che non stava pensando a quanto la donna misteriosa dall'altra parte della stanza, fosse all'altezza giusta per piegarla e prenderla...

No. Non poteva pensarci. Uno degli svantaggi di essere

attratto dalle donne più piccole era che non era comodo prenderle in alcune posizioni, almeno non senza molto sforzo da parte sua. Non se n'era mai preoccupato prima, ma ora stava visualizzando quanto sarebbe stato più facile prenderla da dietro o addirittura stare in piedi sotto la doccia... e gli piaceva. Forse doveva solo riconsiderare quale fosse il suo "tipo" di donna.

Gemette e si sistemò l'uccello nei pantaloni, desiderando che si sgonfiasse di nuovo. Fanculo. Aveva un lavoro da svolgere e doveva darsi una regolata.

Alla fine, sentendo di avere tutto sotto controllo, si voltò verso la porta dell'ufficio. Doveva tenere la mente concentrata, non poteva essere distratto, non quando stava per lanciarsi da un aereo e precipitare verso il suolo. *Soprattutto,* quando aveva una donna legata al petto. Farsi male da solo era una cosa, ma farlo a qualcun altro, a una donna che probabilmente era la sorella e, incrociando le dita, non la ragazza o la moglie di qualcuno, era tutt'altra cosa.

Aprì la porta e andò verso il gruppo, sorridendo in quello che sperava fosse un modo amichevole. Era arrivato il momento di divertirsi.

CAPITOLO TRE

Harley stava avendo più di un ripensamento riguardo a tutta quella faccenda. Il video sulla sicurezza l'aveva spaventata a morte. C'erano davvero tante cose che avrebbero potuto andare storte, nella peggiore delle ipotesi l'aereo poteva schiantarsi e il paracadute, anche quello di riserva, potevano non aprirsi... era pazza anche solo a pensare di poterlo fare. Quella non era lei. Lei era Harley, la ragazza che stava seduta a casa tutto il giorno.

Era nel mezzo di una crisi di panico interiore, quando un uomo le apparve davanti. Inclinò indietro la testa per guardarlo. Era alto. Incredibilmente alto. E attraente. Indossava una camicia blu, e sarebbe dovuto sembrare strano, considerando dov'erano, ma non era così. Non riusciva a vedere che tipo di pantaloni indossasse perché aveva una specie di tuta che li copriva, senza dubbio era quella che avrebbe usato per lanciarsi. Rimase fermo lì con l'imbracatura bassa sui fianchi, e le cinghie che pendevano tra le gambe.

«Ciao, mi chiamo Beckett Ralston, ma i miei amici mi

chiamano Coach. Sarò il tuo istruttore, oggi. Hai qualche domanda?»

Aveva qualche domanda? Sì, solo un centinaio circa.

«Ciao. Sono Harley.»

«Harley. Mi piace.»

«Sì, ehm, i miei genitori avevano una passione per le motociclette.» Mantenne la spiegazione breve e concisa, in quel momento aveva troppi pensieri per la testa per entrare nei dettagli.

Le tese la mano. «È un piacere conoscerti.»

Harley gliela strinse.

«Apprezzo che ti sia offerta volontaria per essere il mio primo cliente in assoluto.»

Gli occhi di Harley si sollevarono di scatto verso i suoi. «Che cosa?»

Lui ridacchiò e sorrise, con gli occhi che luccicavano. «Scusa, umorismo da istruttore, per metterti a tuo agio. Non ho idea a che numero di salti sia arrivato, ma è più di qualche centinaio. Rilassati, Harley, sei in buone mani. Non lascerò che ti succeda nulla.»

«Oh, bene. Ok.» Si morse il labbro.

Il pollice di Coach le sfiorò il dorso della mano quasi con una carezza prima di dire: «Forza.»

«Forza, cosa?» chiese Harley, resistendo all'impulso di strofinare la mano sui jeans. La sua pelle sembrava formicolare nel punto in cui si erano toccati, ma era impossibile... no?

«Fammi le domande che vedo fremere dietro a quei tuoi bellissimi occhi castani.»

Harley si spinse gli occhiali sul naso, per quella che sembrò la milionesima volta e osservò per un momento l'uomo che aveva davanti. Coach era molto più alto di lei, ma non usava la sua altezza per intimidirla. Aveva i capelli corti e scuri, ma non quasi rasati come ce li avevano molti militari della zona. E aveva un buon profumo. Molti uomini si cospargevano di acqua di colonia, Coach invece ne aveva messa pochissima o aveva usato un sapone profumato. In ogni caso, le faceva desiderare di seppellire il naso nello spazio tra il collo e la spalla, e inspirare.

Si chiese se avesse del sangue greco nelle vene, perché aveva il tipo di pelle scura e i lineamenti del viso, che le ricordavano gli uomini di quella zona. Il suo naso era un po' troppo grande per essere considerato bello, ma la mascella quadrata, gli zigomi alti, le labbra carnose e l'ombra di barba, lo facevano sembrare più virile della maggior parte degli uomini che incontrava ogni giorno.

Rimase con rispetto a una certa distanza da lei e incrociò le braccia al petto. Aveva le spalle larghe e il suo corpo si assottigliava in modo naturale fino alla cintura. Poteva vedere che era molto muscoloso sotto la camicia blu; i suoi muscoli si tendevano a ogni movimento, tirando la stoffa. Harley iniziò subito a disegnare un personaggio nella sua testa, che avrebbe avuto le sembianze proprio dell'uomo davanti a lei. Poteva essere un eccellente soldato per uno dei suoi giochi. Poteva immaginarlo mentre uccideva il nemico e allo stesso tempo salvava la ragazza.

Nessuno avrebbe mai potuto dire che quell'uomo non fosse... pericoloso, ma sembrava in qualche modo sapersi controllare. Era come se sapesse comportarsi in modo perfettamente educato e da galantuomo, per poi esplodere se fosse stato provocato.

Harley distolse la mente dall'aspetto di Coach e cercò di tornare alla sua richiesta. Aveva domande, molte. Coach aspettò paziente che raccogliesse i pensieri e lei apprezzò

che non le mettesse fretta. La maggior parte delle persone
trovavano il silenzio imbarazzante e si sbrigavano a fare
subito un'altra domanda o chiarivano qualunque cosa fosse
stata chiesta ma, a quanto pare, non lui. Sembrava quasi
che sarebbe potuto rimanere lì per sempre, ad aspettare
tranquillo mentre lei metteva in ordine i suoi pensieri.

Le passò per la testa un ricordo, e sorrise.

«Cosa ti è venuto in mente?»

Harley sussultò, aveva dimenticato che la stesse osservando intensamente. «Oh, be', mi ricordi un cane che
avevamo.»

«Davvero? Questa la devo sentire. Non credo di essere
mai stato paragonato a un cane prima, almeno non nei
primi cinque minuti dopo aver conosciuto qualcuno.»

Harley arrossì e distolse gli occhi dal suo sguardo
intenso, maledicendo la sua abitudine di dar fiato alla
bocca senza prima pensare, dicendo cose inappropriate. Si
sbrigò a raccontare la storia, cercando di finirla presto.
«Non è niente di brutto, è solo che abbiamo avuto un cane,
era una femmina, dolcissima e non attaccava mai per
prima. Mi sentivo del tutto tranquilla a lasciarla vicino ai
bambini, anche i più piccoli. Permetteva loro di spingerla e
strattonarla, e persino di tirarle le orecchie, ma se un altro
cane tentava di azzannarla, all'improvviso si "svegliava", e
ringhiava e combatteva come se fosse nata per farlo. L'ho
sempre paragonata a un ragazzino che gioca tranquillo al
parco giochi e, dopo essere stato offeso, all'improvviso
molla tutto e si butta a capofitto in una zuffa.» Harley
scrollò le spalle un po' imbarazzata. «Tutto qua.»

Coach ridacchiò e, per fortuna, non sembrò per niente
offeso. «È un'ottima osservazione. Sono innocuo, Harley.
Cerco di evitare di litigare con la gente. Ma non rimango

nemmeno lì impalato a farmi mettere i piedi in testa da qualcuno, né permetto che succeda a nessuno dei miei amici. Quindi, credo di *essere* come il tuo cane, se provocato, non mi trattengo per niente e mi difendo, o difendo la mia donna, da chiunque.»

Porca. Vacca.

Harley annuì, ma voleva cambiare argomento. C'erano state molte volte nella sua vita in cui aveva desiderato un intervento divino che la salvasse da situazioni imbarazzanti, e questa era una di quelle.

Si guardò intorno, vedendo le altre coppie salutare i loro istruttori. Il rumore nella stanza era aumentato ad ogni persona che era entrata. Alcuni si erano spostati in una zona in fondo alla stanza, dove c'erano le imbracature sparse per terra. «Allora... avrei delle domande.»

«Sarò felice di rispondere a tutto ciò che vuoi chiedere. Prometto di essere onesto con te e se non conosco la risposta, te lo dirò invece di inventarmi qualcosa.»

Quell'affermazione sorprese Harley, ma sospirò, sollevata. Odiava le persone che cercavano di fingere di sapere qualcosa quando era ovvio che non ne avessero la minima idea.

«Dai, andiamo laggiù e vediamo di prepararti e, nel frattempo, puoi chiedermi ciò che sta vorticando in quella bella testolina.»

Ignorando la parola "bella" – era ovvio che quell'uomo non avesse problemi a rimorchiare le donne – Harley lasciò che le sue domande uscissero a raffica mentre andavano verso la zona in cui si indossava l'imbracatura. «Cosa succede se il paracadute principale non si apre? Quello di riserva si aprirà automaticamente? Succede mai che le corde si aggroviglino? Se il vento soffiasse davvero forte, sarebbe più difficile virare? Come si *fa* a virare? È come un'auto, che se giri verso destra, vai a destra? O è il contrario? Di che materiale è fatto il paracadute? Ci sosterrà? Quanto peso può sostenere? Siamo entrambi piuttosto alti, ha importanza? Cosa succede se prima di lanciarmi non riesco a farlo? Mi costringerai? Com'è quando sei in caduta libera? È piacevole? È rumoroso? È difficile respirare? Qual è il massimo dell'altezza da cui ci si può lanciare da un aereo? È più difficile virare quando sei più in alto?»

Harley prese fiato per fare altre domande, quando Coach la fermò sollevando le mani come per difendersi dai colpi.

«Fermati, donna! Dammi la possibilità di rispondere a quelle, prima di spararne altre. Me la cavo con la memoria, ma non sono *così* bravo.»

Harley arrossì e abbassò la testa. Maledizione. Era stata così ansiosa di imparare il più possibile, che aveva appena vomitato tutte le sue preoccupazioni, senza pensarci... di nuovo.

Sentì il dito di Coach sotto il mento, che le alzava la testa verso di lui. «Non essere imbarazzata. Adoro il fatto che tu sia così interessata. Risponderò a tutte le tue domande, ma magari fammene solo un paio alla volta, ok?»

Harley annuì. «Scusa. Ho la tendenza a farmi prendere dall'entusiasmo quando sono interessata a qualcosa. Dimmi solo quando ne hai abbastanza.»

«Non credo che ne avrò mai abbastanza di te, Harley.»

Le parole di Coach uscirono in tono sommesso e tranquillo, e Harley riuscì a guardarlo negli occhi color nocciola, perplessa. Stava... flirtando con lei? *Lei?* Harley Kelso, la nerd smanettona? Impossibile.

Aprì la bocca per dire qualcosa, anche se non era sicura

di cosa, quando una voce la chiamò dall'altro lato dell'attrezzatura stesa sul pavimento in file ordinate.

«Ehi! È fantastico che la spilungona abbia trovato un gigante con cui saltare.»

Harley si voltò e vide Sarah, una delle donne che aveva conosciuto prima, che stava con le sue amiche e rideva del suo commento poco spiritoso.

Le parole erano state pronunciate in tono scherzoso, ma facevano comunque male. Harley aveva sentito quel genere di commenti per tutta la vita. Sapeva di essere magra e faceva del suo meglio per ingrassare, ma in alcuni giorni, quando era assorta nel lavoro, semplicemente si dimenticava di mangiare. Inoltre, aveva un metabolismo molto veloce, quindi non importava quanto mangiasse, non prendeva mai un etto.

Tuttavia, aveva imparato da tempo a ignorare le osservazioni meschine. Il più delle volte, non la disturbavano più e, talvolta, pensava addirittura a una degna risposta. Ma prima che potesse aprire la bocca, Coach fece un passo davanti a lei e si mise le mani sui fianchi, fissando l'altra donna.

«È stata una cosa davvero scortese da dire» sbottò, a denti stretti. «Non mi interessa che tu mi abbia appena insultato, ma non ti permetterò di farlo con nessun altro. Tutti gli istruttori qui sarebbero perfettamente adatti a lanciarsi con Harley, ma è meglio accoppiare le persone vicine in altezza. Quindi hai ragione, *è* un bene che io sia qui per lanciarmi con lei, oggi. Chiedile scusa.»

Harley rimase paralizzata sul posto. Coach le stava davanti con le gambe divaricate e la schiena rigida, come se fosse pronto a prendersi un pugno al posto suo. Notò persino le sue spalle alzarsi e abbassarsi mentre faceva respiri rapidi. Era davvero offeso. Impossibile da credere. Quasi impossibile quanto il pensiero che potesse flirtare con lei.

Harley, con una certa esitazione, posò una mano sulla schiena di Coach, in segno di ringraziamento ma anche per cercare di calmarlo, e disse con voce sommessa: «Lascia stare, Coach. Non è un grosso problema e non ha tutti i torti.»

La ignorò e incrociò le braccia a petto, aspettando che Sarah si scusasse.

«M-mi dispiace, non intendevo nulla di cattivo. Stavo solo cercando di scherzare.»

Coach non rispose, annuì e si voltò di nuovo verso di lei, congedando Sarah. Harley lo vide fare un respiro profondo e sforzarsi a rilassare le spalle.

«Se il paracadute principale non si apre, quello di riserva lo farà. E prima di chiedere, quello di riserva viene ispezionato esattamente come quello principale, per legge. Inoltre, il Waco Skydiving Club ha l'AAD, il dispositivo di attivazione automatica, su ogni paracadute. Se per qualche motivo, quello principale non funziona e quello di riserva non viene attivato prima di un'altitudine prestabilita, di solito a circa seicento metri, il paracadute di riserva si apre senza che tu o io dobbiamo fare nulla.»

Harley annuì, felice di lasciarsi alle spalle l'imbarazzante situazione con Sarah, e permise a Coach di metterle una mano sulla schiena e di condurla verso la fila di imbracature.

«Per quanto riguarda la virata, è abbastanza semplice. Le corde sono attaccate al lato posteriore destro e sinistro del paracadute. Per girare a sinistra, si tira giù la corda di sinistra. Per andare a destra, quella sul lato destro. Una volta che saremo in caduta libera, ti mostrerò dove sono le maniglie e ti lascerò anche manovrarlo per un po' se vuoi, così puoi farti un'idea.» Coach si inginocchiò a terra e armeggiò con una delle imbracature, ma non smise di rispondere alle sue precedenti domande.

«Il paracadute è realizzato con un tessuto di nylon ed è molto resistente. Può portare molto più del nostro peso complessivo. La caduta libera è esaltante. Non ti mentirò, potresti avere difficoltà a respirare all'inizio, fino a quando non ti abituerai, e sarà rumoroso. Non saremo in grado di parlare fino all'apertura del paracadute. La velocità di caduta sarà di circa duecento chilometri orari, appena lanciati dall'aereo, ma quando aprirò il parafreno, un paracadute più piccolo che rallenterà la nostra velocità, scenderemo a circa centottanta chilometri all'ora o giù di lì. Quando arriveremo a millesettecento metri di altezza, tirerò il cavo. Quando mi sarò sistemato bene l'imbracatura e il paracadute, ti mostrerò dove si trova la maniglia da tirare. Poi, quando non saremo più in caduta libera, sarai in grado di ascoltarmi e sarà come fluttuare.»

Si alzò con in mano un'imbracatura e la guardò negli occhi. «Ho dimenticato qualcosa?»

Harley era impressionata. Aveva continuato a rispondere alle sue domande dopo l'imbarazzante confronto con Sarah senza perdere un colpo. «Da quale altezza ci lanceremo e qual è l'altitudine massima da cui si può saltare da un aereo?»

Coach le porse l'imbracatura per fargliela infilare. Fece come indicato e lui rispose alla sua domanda mentre lavorava per assicurarsi che il dispositivo fosse fissato in modo corretto.

«Dato che oggi è bel tempo e ci sono sette persone che

si lanciano, il pilota probabilmente ci porterà fino a circa quattromila metri. I lanci HALO possono essere eseguiti fino ai novemila metri.»

«HALO?» chiese Harley, supponendo che non si riferisse al videogioco. La parola le suonava familiare, ma non era sicura di cosa significasse nel mondo di Coach.

«Scusa, a volte dimentico che i civili non conoscono tutti gli acronimi. Sta per High Altitude, Low Opening. Significa saltare da un aereo a una grande altitudine, ma non aprire il paracadute finché non si è vicini al suolo. I soldati usano quel sistema quando cercano di entrare in un'area senza essere individuati. Se l'aereo rimane abbastanza alto, il radar di terra può non vederlo, e aspettare fino all'ultimo secondo possibile per aprire il paracadute, significa che c'è meno possibilità che ci siano dei nemici ad accogliere i soldati quando atterreranno.»

Harley afferrò l'imbracatura che Coach stava cercando di stringere intorno a lei. Si voltò per guardarlo. «Sei un soldato.» Non era una domanda.

Coach annuì con indifferenza. «Sì.»

«Ma sei qui.»

Lui sorrise. Era inginocchiato a terra, poiché da quell'altezza era più facile sistemare l'imbracatura sui fianchi e stringere le cinghie. «Sì, avevo del tempo libero e Tommy è un amico. Sto dando una mano.»

Gli occhi di Harley brillarono di eccitazione. «Forte.»

Le mani di Coach le afferrarono i fianchi per girarla di nuovo. «Mi pare di capire che ti piacciano i soldati.»

«Non è quello» Harley si affrettò a spiegare, non volendo che pensasse nemmeno per un secondo che fosse il tipo di donna che usciva con i soldati solo perché *erano* soldati. «Non sono una di quelle che corrono dietro alle piastrine. È solo che oggi sono qui perché sto cercando di perfezionare il codice per un videogioco di guerra che sto programmando. Non riesco a sviluppare bene la scena del paracadute. Pensavo che se l'avessi sperimentato da sola, avrei avuto più fortuna.»

«Ah, e perché ti sono brillati gli occhi quando ho ammesso che sono un soldato?»

Harley arrossì, felice di non guardare Coach. «Be', ho solo immaginato...» la sua voce si affievolì. Che cosa aveva immaginato? Che avrebbe risposto alle milioni di domande che aveva in mente e avrebbe sopportato abbastanza a lungo il suo essere nerd, da aiutarla a rendere il codice più realistico?

«Sei adorabile. Risponderò a qualsiasi domanda, Harley. Nessun problema. Ora, cos'altro avevi chiesto prima, a cui non ho risposto?»

Harley sorrise. Coach era molto educato. E pensava che fosse adorabile. Non pensava di essere stata giudicata così da quando aveva due anni. Era competente, alta e slanciata... ma non adorabile. Probabilmente avrebbe dovuto sentirsi offesa, ma non aveva voglia di tirare fuori l'energia per preoccuparsene.

Inoltre, era probabile che Coach sarebbe scappato nella direzione opposta urlando, se davvero avesse dovuto chiedergli tutto ciò che voleva sapere. La cosa ideale, sarebbe stata avere lui accanto mentre lavorava al codice, ma era di certo un sogno irrealizzabile. Avrebbe dovuto assimilare tutte le informazioni possibili in quel momento.

«Che succederà se all'ultimo minuto avrò paura e deciderò che non riesco a saltare?»

Coach si alzò in piedi dietro di lei e lo sentì strattonare forte la cintura sui fianchi. La strinse così tanto intorno ai jeans che barcollò e gli finì addosso, facendo un sospiro sorpreso. Si chinò su di lei e armeggiò con le cinghie sulle spalle. «Non avrai paura. Sarò lì con te. L'ho fatto centinaia di volte, Harley. Ti terrò al sicuro. Promesso.»

«Ma se non volessi farlo? Mi costringerai?»

Coach la voltò, mettendole le mani sulle spalle e chinandosi verso di lei. Harley si dimenticò delle altre persone nella stanza. Fissò il suo viso serio quando le disse: «Non ti costringerei *mai* a fare qualcosa che tu non voglia. Potrei far pressione e provare a convincerti, ma se davvero decidessi che non riesci a saltare, non lo faremo. Una volta saliti sull'aereo non riceverai alcun rimborso, ma non dovrai fare il salto. Sono stato chiaro?»

Harley annuì, sollevata. Non voleva tirarsi indietro, ma c'era sempre la possibilità. Le parole di Coach aiutarono molto a farla sentire meglio riguardo all'intera faccenda.

«Bene, allora. Come la senti?» Coach strattonò di nuovo l'imbracatura, con le mani intorno alle cinghie che correvano sopra e dietro le spalle.

Fino a quel momento, Harley aveva cercato di tenere lontana la mente dal fatto che Coach fosse sexy, avesse un profumo delizioso e le stesse più vicino di quanto non fosse stato un uomo da anni. Ma le sue nocche, che le sfiorarono il seno mentre afferrava le cinghie, le ricordarono che si sentiva attratta da lui. Sentì i capezzoli inturgidirsi e cercò di curvare le spalle in avanti per nasconderlo.

Coach spostò la mano destra per tirare la cinghia che collegava quelle sulle spalle al petto. Le sue nocche la sfiorarono di nuovo, questa volta in mezzo al seno, e lei quasi ansimò alla sensazione. Era imbarazzatissima, perché sapeva che mentre immaginava come sarebbe stato avere le sue mani sulla pelle nuda, i suoi capezzoli, maledettamente grandi, dovevano vedersi attraverso il comodo reggiseno di cotone.

«L-la sento stretta. Rigida» balbettò.

Annuì, come se fosse soddisfatto, e per fortuna ignorò la sua voce malferma. «Bene. L'imbracatura è scomoda, non mentirò. È come l'attrezzatura da arrampicata su roccia o da discesa in corda. È progettata per tenerti agganciata a me, ben stretta. Saremo collegati in quattro punti, due ai fianchi e due alle spalle, ma non lo faremo fino a poco prima di saltare. Quando il paracadute si aprirà, preparati a trovarti la cinghia infilata tra le chiappe.» Coach sorrise, ma continuò: «Quando te lo dirò, puoi appoggiarti sui miei piedi, mentre siamo sotto la calotta, per sistemarti un po' se l'imbracatura è troppo scomoda.»

Harley deglutì e annuì, non volendo pensare di doversi tirar via l'imbracatura da in mezzo alle natiche, mentre era attaccata a lui. Avrebbe voluto che le togliesse le mani di dosso ma, allo stesso tempo, desiderava che non la lasciasse mai andare.

«Vogliamo che ti senta a tuo agio nell'imbracatura. È impossibile che si allenti mentre siamo in aria, ma ti sentirai meglio se è stretta. Penso che ora sia a posto.» Coach fece un passo indietro, allontanando le mani quasi con riluttanza. «Abbiamo circa quindici minuti prima di salire a bordo, hai altre domande da farmi?»

Harley fece un respiro profondo, felice che Coach avesse messo un po' di spazio tra loro. All'improvviso, il pensiero di essere agganciata a lui sembrò troppo intimo per due persone che si erano appena incontrate. Forse, se gli avesse parlato ancora un po', se gli avesse posto altre domande che la preoccupavano, avrebbe superato la sua stupida attrazione. Valeva la pena provarci.

«Sì, ho altre domande.»

«Vieni, possiamo sederci qui» le disse Coach, mostrandole una panchina contro il muro.

Harley annuì e si diresse dove aveva indicato. Poteva farlo. Doveva pensare al lavoro. Riordinò le idee e iniziò a pensare al codice, e a come avrebbe fatto in modo che la scena iniziale nel nuovo gioco *This is War,* fosse la migliore in assoluto.

Sollevando di nuovo gli occhiali sul naso, chiese: «E l'atterraggio? Voglio dire, l'ho visto sul video, ma sembra complicato con due persone.»

«I giorni in cui si cadeva al suolo come un sacco di farina e rotolando, sono finiti. Il paracadute si comporta come un aliante e la sua forma consente un atterraggio più facile. È un po' più complicato con due persone, ma farò la maggior parte del lavoro. Quando te lo dirò, tutto ciò che dovrai fare è sollevare le ginocchia e lasciarmi appoggiare i piedi per terra per primo, poi metterai giù i tuoi e ci aiuterai a stare in piedi. È una cosa utile che siamo piuttosto vicini in altezza.»

«E se facessi casino?»

Coach ridacchiò e mise un braccio sul retro della panchina, del tutto rilassato. Non sembrava preoccupato di essere in coppia con un'imbranata. «Non puoi far casino con l'atterraggio, Harley.» Quando lo guardò di traverso, alzò le mani come per difendersi. «Ehi! Non sto mentendo. Senti, quando arrivi a terra, non importa come ci sei arrivato, importa solo che sei tutto intero, giusto? Quindi, se io dovessi controbilanciare in modo eccessivo, o se il vento soffiasse forte proprio quando ci avviciniamo al suolo, o se tu dovessi avere un attacco di starnuti, non ha importanza, ci rovesceremo a terra e prenderemo il peso dell'atterraggio di lato. Guiderò io il movimento, in sostanza è meglio atterrare sulla parte superiore della coscia, poi l'anca, poi il fianco, e poi si rotola, non è un grosso problema.»

«Non verremo soffocati dal paracadute che ci avvolge?»

Invece di ridere, Coach si limitò a scuotere la testa. «No. Potrebbe caderci sopra, ma la tela è leggera, non è di stoffa pesante, quindi può essere facilmente rimossa.»

Harley si morse il labbro e guardò mentre gli altri finivano i preparativi. Erano tutti sorridenti e felici e sembravano non avere alcuna preoccupazione al mondo. Lei, invece, non poteva fare a meno di essere nervosa. Non solo aveva paura, ma voleva memorizzare tutta l'avventura in modo da poter rendere giustizia al videogioco.

«Mi mostrerai l'affare per aprire il paracadute?» chiese dopo un momento.

Coach mise la mano sulla sua e le disse in tono serio. «Sì. Ti ho detto che l'avrei fatto. Ma ho bisogno che ti fidi di me lassù. Non posso permettermi che tu sia spaventata e tiri la maniglia prima di arrivare alla giusta quota. Lasciami fare il mio lavoro. Sei al sicuro con me.»

La mano di Coach era calda e molto più grande della sua. Il solo fatto che la toccasse la rendeva meno nervosa. *Un po'* meno nervosa. Si stava comportando da bambina.

«Non lo farò. Mi fido di te, è solo che... sono nervosa. E riesco a reagire al nervosismo, imparando tutto ciò che posso sulla situazione che sto per affrontare.» Harley scrollò le spalle. «Avresti dovuto vedermi l'anno scorso, quando ho fatto rafting in Colorado con mio fratello e mia sorella. Avresti pensato che mi stessi preparando per l'esame di stato, su come essere una guida nelle discese sulle rapide o qualcosa del genere. Giuro che quel povero ragazzo è stato contento di vederci andare via, alla fine della giornata. Gli ho dato una bella mancia, ma so che l'ho fatto impazzire.»

Coach sorrise, ma non le lasciò la mano. «Non mi dispiace. È piacevole. Penso che sarà molto più divertente per te, ora che sai ciò che farò mentre scendiamo. Hai altre domande?»

Harley si rilassò ancora di più e pensò a cos'altro avrebbe potuto chiedere per il suo gioco. Coach era stato molto gentile e paziente con lei nel rispondere a tutti i suoi quesiti. Era stata fortunata ad avere lui come istruttore.

Ignorando il fatto che le stesse ancora tenendo la mano, e cercando di scacciare l'imbarazzo di voler sapere così tante cose, lanciò la cautela al vento e lo prese in parola... e fece un'altra domanda.

CAPITOLO QUATTRO

COACH FECE un respiro profondo e cercò di calmarsi, soprattutto per la faccenda della frecciatina riguardo al fisico di Harley da parte dell'altra cliente. La storia del cane era davvero paragonabile a lui; era piuttosto alla mano, finché qualcuno non prendeva di mira una persona che gli era stata affidata. E Harley, che si volesse ammetterlo o no, gli era stata affidata. E non solo perché quel giorno era il suo istruttore.

C'era qualcosa in lei che gli ricordava la sua sorellina. Jenny, aveva tre anni meno di lui ed era molto timida. Coach aveva trascorso la sua infanzia a guardarla essere tormentata e presa in giro. Aveva fatto tutto il possibile per prendersi cura di lei, ma una volta compiuti i dodici anni, era caduta in una profonda depressione.

Coach aveva fatto di tutto per proteggerla dagli insulti malvagi a scuola, ma il suo amore e la sua protezione non avevano ottenuto alcun risultato contro i bulli. Un gruppo di ragazze perfide aveva deciso di distruggerla, e avevano avuto un notevole successo.

I bulli facevano incazzare Coach più di qualunque altra cosa. Non era stata una decisione consapevole da parte sua, ma vedere ciò che sua sorella aveva passato, lo aveva reso più sensibile al problema e più determinato ad assicurarsi che non succedesse di nuovo a nessuno vicino a lui.

Non c'era da meravigliarsi che avesse reagito in quel modo quando Sarah aveva schernito Harley. Non gli importava che la donna si fosse presa gioco anche del suo fisico, aveva accettato da tempo la sua altezza e forza. Ma nessuno prendeva in giro una donna che era con lui. Nessuno. Non più.

Harley non aveva nemmeno commentato la sua reazione estrema alle parole di Sarah, ma gli aveva lasciato condurre la conversazione e poi rispondere ad alcune delle sue domande. Le era grato. A Coach non piaceva pensare all'infanzia di Jenny, al fatto che ciò che lei aveva passato, lo avesse trasformato nell'uomo che era oggi.

Anche se Harley gli ricordava sua sorella, era comunque molto diversa. Sì, era un po' schiva e faticava a socializzare, ma possedeva una forza interiore che Jenny non aveva mai avuto. Harley non si era lasciata abbattere dal commento meschino di Sarah, ma Coach sapeva che se non fosse stato lì, probabilmente avrebbe solo ignorato l'altra donna e cercato di non lasciarsi toccare dalle sue parole.

Ma lui *era* presente, e Harley gli aveva posato la mano sulla schiena, facendogli sapere che stava bene. Il leggero tocco delle sue dita sulla spina dorsale lo aveva calmato un po', e non era andata fuori di testa, non si era chiusa in se stessa, o urlato a sua volta un insulto.

Rispondendo alla sua lista quasi infinita di domande, Coach spiegò tutti i meccanismi, come erano ripiegati i paracadute e come funzionava esattamente l'AAD. Aveva memorizzato tutti i dettagli durante l'addestramento per diventare un soldato della Delta Force, tanto che avrebbe potuto recitarli anche al contrario nel sonno. Aveva la fortuna di avere una memoria eidetica, ricordava tutto ciò che leggeva e la maggior parte delle cose che vedeva, quindi era facile estrarre i fatti dal suo cervello iperattivo, per cercare di insegnare ad Harley tutto ciò che voleva sapere.

Finì di sistemarsi l'attrezzatura dopo qualche altra domanda, spiegando come la tuta che stava indossando, si adattasse meglio all'imbracatura e al paracadute. Lei osservò con attenzione mentre allacciava ogni cinghia e le mostrò l'altimetro, che sarebbe stato assicurato sulla sua mano, in modo da sapere esattamente quando tirare il cavo per dispiegare il paracadute. Non ne aveva davvero bisogno, poiché aveva fatto lanci sufficienti da sapere d'istinto quando si trovava alla giusta quota, ma non lo disse ad Harley, dato che era già abbastanza nervosa.

Tommy portò loro due paia di occhiali protettivi e Coach aiutò Harley a indossarne un paio sopra i suoi. Sembrava imbarazzata da tutte quelle premure ma Coach ignorò le sue proteste e si assicurò che gli occhiali, sotto quelli protettivi, non fossero appiccicati al viso.

Guardare Harley assimilare le informazioni che le forniva era bellissimo. Non lo faceva per compiacerlo, era come se stesse catalogando tutto ciò che diceva e lo immagazzinasse nella sua mente. Era passato molto tempo da quando aveva incontrato una donna sinceramente interessata a ciò che aveva da dire. Prese mentalmente nota di cercarla una volta tornato a casa e di controllare alcuni degli altri giochi a cui aveva lavorato. Se prestava così tanta attenzione ai dettagli su tutti i suoi lavori, aveva la sensazione che fossero mitici.

Coach se la stava cavando bene a gestire la sua attrazione per Harley, cercando di rimanere professionale rispondendo alle domande mentre le allacciava l'imbracatura, finché non l'aveva girata per tirarle le cinghie sopra le spalle e aveva visto quanto fossero turgidi i suoi capezzoli. Aveva fatto fatica a non abbassare la testa e baciarla con foga proprio lì.

Ma poi aveva visto anche quanto fosse imbarazzata dalla reazione del suo corpo. Aveva curvato le spalle per cercare di nasconderlo. Coach era abituato alle donne che mettevano in mostra le curve vicino a lui, non che ne erano imbarazzate. La apprezzò ancora di più.

Mentre rispondeva alle sue domande molto intellettuali, Coach ebbe un quadro più preciso di chi fosse Harley. Era intelligente; doveva esserlo per programmare videogiochi. Non era appariscente e nemmeno a proprio agio nel suo corpo. Non si truccava, il che la faceva sembrare fresca e pulita, piuttosto che come qualcuno che si sforzava di mettersi in mostra. Era disposta a fare cose al di fuori dalla sua comfort zone, se non altro per acquisire conoscenze.

E non aveva idea di essere carina. Proprio nessuna. Non era bella in modo assoluto, ma più tempo trascorreva con lei, più ne era attratto.

Tutto sommato, gli piaceva ciò che aveva visto fino a quel momento e cercò di mantenere lo sguardo sui suoi occhi castani, senza abbassarli verso il seno, per quanto avrebbe voluto.

«Da che tipo di aereo ci lanceremo?»

Coach si schiarì la gola, cercando di distogliere la

mente dalle sue tette e rispondere alla domanda. «Sei fortunata, Tommy ha fatto di tutto per procurarsi uno dei più nuovi e comodi aeroplani GC Caravan Supervan 900. Ce ne sono solo una cinquantina nel mondo.»

«Cosa lo rende così speciale?» gli chiese, sporgendosi in avanti e mettendo il gomito sul ginocchio per appoggiare il mento sulla mano.

«È stato modificato appositamente per il paracadutismo, e la cosa più importante è che lo scarico è sul lato opposto del portello da cui ci lanceremo.» Quando Harley aprì la bocca per porre l'ovvia domanda, si affrettò a continuare: «È importante perché elimina l'anidride carbonica nella cabina, così è più gradevole per tutti quando il portello è aperto. Ci sono due panchine che percorrono la lunghezza dell'aereo, ed è in realtà abbastanza confortevole per quanto riguarda questo tipo di velivoli. Ci siederemo nell'ordine in cui ci lanceremo.»

«Nell'ordine?»

«Sì, saremo gli ultimi. Spero non ti dispiaccia.»

Harley scosse la testa. «No. In realtà, lo preferisco. Posso guardare gli altri e imparare da loro.»

«Vuoi rivedere di nuovo le posizioni?» chiese Coach.

«No, mi sembra abbastanza semplice. Mi agganci a te, ci spostiamo verso la grande apertura dell'aereo, poi ci spingiamo fuori. Inarco la schiena, piego le ginocchia in modo che i piedi siano in alto tra le tue gambe e tengo le braccia aperte. Quando mi tocchi sulla spalla, afferro le cinghie sul petto per prepararmi all'apertura del paracadute. Verrò strattonata e i miei piedi scatteranno in avanti. Devo stare attenta a non prendermi a calci in faccia.» Sorrise, dicendo l'ultima cosa.

Coach rise. «Sì, sembri proprio una professionista.»

«E se facessi casino?» chiese Harley a bassa voce, guardandosi intorno per assicurarsi che nessuno degli altri stesse ascoltando.

Coach le mise un dito sotto il mento e la costrinse a guardarlo. «Non farai casino.»

«Ma se mettessi le braccia nella posizione sbagliata, o...»

«Non farai casino» ripeté Coach con fermezza. «A meno che tu non estragga un coltello per pugnalarmi nel mezzo del lancio, o per tagliare l'imbracatura, niente di ciò che potresti fare mi creerà problemi da non poter aprire il paracadute. Va bene? Smettila di preoccuparti. Questa cosa dovrebbe essere divertente, sai.» Lasciò cadere la mano dal suo viso con riluttanza.

«Mah, divertente. Sì, avrei dovuto ascoltare mia sorella.»

Coach sorrise ai suoi borbottii carini. Voleva chiederle di sua sorella, della sua famiglia. Le aveva già menzionate in precedenza e si era ritrovato a voler saperne di più su di loro... su di lei.

Parlò senza riflettere. «Ti va di andare a mangiare qualcosa, dopo?»

«Cosa?» La sua testa si girò di scatto per lo shock.

«Cibo. Probabilmente avrai fame quando avremo finito.»

Lo fissò con uno sguardo vuoto, che Coach non riuscì proprio a interpretare.

Alla fine, chiese titubante: «Vuoi uscire con me dopo il lancio?»

«Sì, Harley. Lo vorrei proprio.»

«Perché?»

Coach sorrise. Non aveva faticato così tanto per

convincere una donna a uscire con lui da molto tempo, e la cosa lo entusiasmava. «Perché mi piaci. Perché sei interessante. Perché sono sicuro che quando avremo finito avrai un milione di domande in più da farmi.»

Lei lo guardò per un attimo prima di annuire. «Sì, credo che sarà così. Ok, se sei disposto ad aiutarmi con il mio lavoro, ci sto.»

Volendo assicurarsi che sapesse che non voleva farlo solo per aiutarla, Coach chiarì: «Sono disposto ad aiutarti, ma voglio anche conoscerti meglio.»

Harley strinse le labbra e poi le leccò prima di dire con voce sommessa: «Va bene. Allora sì, mi piacerebbe.»

«Bene. Anche a me. Pronta a saltare da un aereo?» Coach si alzò e le tese la mano.

Harley deglutì a fatica, ma annuì e la afferrò. «Non proprio, ma pronta o no, è giunto il momento. Facciamolo.»

Coach non lasciò la sua mano dopo che lei si alzò in piedi, e si voltarono per seguire gli altri mentre uscivano dalla porta che dava sulla pista per andare all'aereo. Per la prima volta, dopo molto tempo, Coach non vedeva l'ora di lanciarsi. Non vedeva l'ora di sperimentarlo attraverso gli occhi di Harley.

CAPITOLO CINQUE

HARLEY FECE un respiro profondo e cercò di non andare in iperventilazione. Il viaggio fino alle coordinate da cui si sarebbero lanciati non aveva richiesto molto tempo, forse circa quindici minuti. Gli altri avevano chiacchierato tra loro mentre salivano all'altezza adeguata, ma Harley non era riuscita a sentire una parola sopra il rumore del battito del suo cuore e del rombo del motore.

Capì che erano giunti all'altezza ideale, quando uno degli altri istruttori si alzò in piedi sul retro dell'aereo, mostrò il pollice alzato a tutti e si voltò verso la sua cliente. Harley non era proprio in grado di ricordare il nome della donna, che girò felice le spalle all'uomo per fargli agganciare la propria imbracatura alla sua.

Altri due collaboratori aprirono il portello sul lato posteriore destro dell'aereo e Harley fece un respiro profondo al forte flusso d'aria che riempì la cabina. Coach aveva ragione però, non le aveva tolto il respiro come aveva immaginato, e quel propulsore costoso sembrava fare il suo lavoro.

Harley guardò a occhi sgranati il primo paio di paracadutisti lanciarsi fuori dal portello. Trattenne il respiro, incapace di distogliere gli occhi dal cielo azzurro che vedeva passare.

Stava davvero per farlo? Era pazza. Sul serio. Perché non aveva ascoltato Montesa? Avrebbe potuto guardarlo dal suo computer, a casa, al sicuro, cosa stava pensando?

«Respira, Harley.»

Quelle parole furono sussurrate proprio accanto al suo orecchio, e Harley buttò fuori con un sibilo il respiro che stava trattenendo. Si voltò e vide Coach chinato su di lei.

Lui non aveva guardato gli altri prepararsi per il lancio, era preoccupato per Harley. Era ovvio che fosse spaventata a morte, ma cercava davvero di nasconderlo, disperatamente. Aveva gli occhi spalancati e le pupille erano dei grandi punti neri, dilatate come se avesse appena subito una visita oculistica.

Le posò una mano sulla gamba, sentendola sussultare su e giù per l'agitazione, proprio come aveva fatto quando aveva visto il video sulla sicurezza. «Così, respira. Ce la puoi fare. Ricorda, farò tutto io, tu devi solo fidarti di me. Non lo farei se pensassi che non fosse sicuro. Non ti farei mai del male.»

Lei annuì a scatti, ma non distolse gli occhi dal portello.

Coach le toccò il mento con il dito e le girò la testa finché non ebbe altra scelta che incontrare il suo sguardo. C'era tanto rumore in cabina, ma sperava di riuscire a sentirlo. «Puoi farlo. Tra quindici minuti sarà finito. Saremo a terra e poi andremo a prendere qualcosa da mangiare. Puoi farmi tutte le domande che ti verranno in mente tra adesso e quando saremo giù. Ok?» Non stava dicendo nulla che lei non sapesse, ma sperava che quelle parole l'avrebbero scossa dal suo terrore.

Vide Harley deglutire a fatica, una volta e poi un'altra, prima di annuire. Leccandosi le labbra, disse con una voce che non era affatto convincente: «Sì, posso farcela. Nessun problema.»

Coach sorrise. Non poté farne a meno. Era divertente e allo stesso tempo adorabile. Le prese la mano e se la mise sul petto, tenendo sopra la sua, proprio accanto all'impugnatura che avrebbe aperto il paracadute. «Alla destra della tua mano c'è la fune di dispiegamento. Si troverà sotto la tua ascella sinistra. Quando avremo raggiunto circa millecinquecento metri, la tirerò con la mano sinistra.»

«Se dovessi fare movimenti strani, partirà da solo?»

Coach scosse la testa, felice di essere stato in grado di farla concentrare di nuovo su questioni di logistica, piuttosto che sulla sua paura. «No. Dev'essere tirata con forza. Non puoi far aprire anzitempo un paracadute solo urtando o toccando la fune.»

Sentì la coppia accanto a loro avanzare con uno scatto. Si stava avvicinando il loro momento. «Sono contento di essere quello che lo sperimenterà con te per la prima volta, Harley.»

«È un po' come togliermi la verginità, eh?»

Era ovvio che non avesse pensato alle parole prima di pronunciarle, perché il suo viso diventò rosso fuoco e chiuse gli occhi imbarazzata.

Coach soffocò una risatina, non volendo farla arrossire più di quanto già non fosse. «Qualcosa del genere, sì. Sei pronta?»

Harley annuì con entusiasmo. Coach pensò che fosse più un tentativo di distogliere la mente da ciò che aveva appena detto, piuttosto che il fatto che fosse davvero pronta per lanciarsi.

Le tirò giù gli occhiali protettivi che aveva sulla testa, per coprire i suoi, assicurandosi che fossero comodi, come aveva fatto quando erano a terra. Poi si alzò dalla panca senza lasciare la mano di Harley. Usò quella libera per appoggiarsi all'aereo e mantenere l'equilibrio. «Facciamolo, Harl.»

Il soprannome gli era uscito senza riflettere, ma sembrava perfetto. L'aiutò a mettersi in piedi, senza stupirsi che avesse le gambe un po' traballanti, e la condusse sul retro dell'aereo. La girò in modo da poter agganciare l'imbracatura sui quattro punti. Coach tirò su ciascuno degli attacchi, dimostrandole che erano davvero sicuri, ma sorridendo quando cercò di girare la testa per guardarli lo stesso.

Coach portò una mano davanti e la posò sulla sua pancia. La sentì trattenere il respiro alla sensazione, ma poi si rilassò al suo tocco. Si spostarono insieme, per far sì che lei si trovasse di fronte al portello... e al cielo. La spinse finché non furono proprio vicino al margine. Si chinò e le parlò all'orecchio, il vento rendeva quasi impossibile avere una conversazione così vicino al portellone. «Tieniti aggrappata alle cinghie dell'imbracatura, Harl. Conto fino a tre, proprio come ci siamo esercitati. Al tre, mi spingerò fuori e voleremo. Non chiudere gli occhi, altrimenti ti perderai la parte migliore.»

Coach vide Harley annuire e stringere forte l'imbracatura con entrambe le mani, aggrappandosi alle cinghie nere con i pugni stretti. Non potendo sopportare di vederla così spaventata, si prese il tempo per rassicurarla ancora una volta premendole la mano sulla pancia per un momento. Poi afferrò il bordo del portellone per sostenere entrambi.

«Uno. Due. *Tre*!»

Al tre, Coach fece esattamente come le aveva detto: si spinse fuori e si ritrovarono in volo.

———

Harley avrebbe proprio voluto chiudere gli occhi, ma non lo fece. Se Coach aveva detto che quella era la parte migliore del volo voleva sperimentarla, anche se era spaventata. Era proprio ciò di cui aveva bisogno per rendere più realistica la sequenza del lancio in paracadute nel videogioco.

Vide il terreno, poi si ribaltarono nell'aria e, per un momento, vide l'aereo sopra di loro. Le dava la sensazione di star davvero cadendo, ma un attimo dopo, Coach li fece girare ancora e si trovarono di nuovo davanti la terra.

Ricordando l'addestramento, Harley allargò le braccia e piegò le gambe. Cercò di riprendere fiato, ma era difficile. Cadere a oltre centosessanta chilometri orari non favoriva proprio la respirazione, quello era certo.

Più o meno per una ventina di secondi − Harley non poteva essere sicura di quanto tempo fosse passato − il salto fu esaltante ed eccitante, proprio come affermava tutto ciò che aveva letto al riguardo. Il vento era intenso, ma gli occhiali sul viso le permettevano di tenere gli occhi aperti e di non perdersi nulla. Sentì Coach lungo la schiena, forte e sicuro. Lo vide controllare l'altimetro sulla sua mano con la coda dell'occhio. Il suolo sembrava molto lontano e dava l'impressione che non si stessero muovendo affatto.

C'era tanto rumore, il vento nelle orecchie rendeva impossibile parlare, come l'aveva avvertita Coach. Il cuore le batteva forte e si sentiva sovreccitata, come se avesse bevuto diverse bevande ad alto contenuto di caffeina. Era esilarante e spaventoso allo stesso tempo.

Proprio quando Harley stava cominciando a godersi l'esperienza e provando a memorizzarla, in modo da poter programmare nel modo corretto il lancio nel videogioco, qualcosa attirò la sua attenzione. Si stava dirigendo a tutta velocità verso di lei, così si piegò d'istinto, senza nemmeno sapere perché o cosa stesse per schivare.

Successe tutto così in fretta, che Harley non ebbe idea di cosa fosse *realmente* accaduto.

Si senti bagnare dietro al collo da qualcosa che scivolò anche sotto la maglia, e all'improvviso percepì Coach in modo diverso sulla schiena. Più pesante.

Harley cercò di girare la testa per guardarlo, ma dato che era legata a lui sulle spalle e sui fianchi, non riuscì a vederlo. Ma c'era qualcosa che non andava, qualcosa di molto grave. Se lo sentiva.

Invece di vedere le sue mani al di fuori della visione periferica, non riusciva a vedere niente di lui.

Non si fece prendere dal panico finché non allungò una mano dietro la testa per vedere quale fosse la strana sensazione di bagnato, e scoprì che era coperta di sangue e piume.

«Oh mio Dio, oh mio Dio!» mormorò sottovoce, cercando in modo convulso di voltarsi, per vedere se Coach stesse bene. *Lei* non era ferita, ma se aveva del sangue addosso, doveva essere di Coach.

«Coach? Coach!» Le sue parole svanirono nell'aria che sibilava intorno a loro mentre precipitavano verso il suolo.

Girandosi in modo frenetico, per cercare di vederlo, controbilanciò troppo e, all'improvviso, non vide più il suolo, li aveva fatti girare e ora stavano precipitando verso terra di schiena.

Terrorizzata e tremante, Harley cercò di ricordare cosa fare. L'ultima cosa che voleva era scendere in picchiata in rotazione, aveva visto un video online al riguardo e uscirne, per far aprire in sicurezza il paracadute, era quasi impossibile.

Era chiaro che Coach fosse fuori gioco. Non era possibile che fosse una cosa normale. Non lo conosceva bene, ma era abbastanza sicura che dopo tutta la sua tirata del "ti terrò al sicuro" e "fidati di me", non lo avrebbe fatto apposta. Non la stava prendendo in giro. Non le stava facendo uno scherzo, cercando di spaventarla. Non lo avrebbe mai fatto. *Sapeva* che non avrebbe mai fatto una cosa del genere.

Faticando a respirare, Harley sforbiciò con le gambe come se fosse in piscina, strinse le braccia al petto e si buttò verso destra più forte che poté.

Sentì l'aria sportarsi intorno a lei e rotolarono, quindi si trovò di nuovo di fronte il suolo, che sembrava si stesse avvicinando sempre di più a ogni secondo. Harley allargò subito le braccia per cercare di stabilizzarli mentre precipitavano, e cercò di pensare a cosa fare.

Voleva essere incazzata con Coach. Aveva detto che avrebbe fatto tutto il lavoro. Aveva promesso che l'avrebbe tenuta al sicuro. Be', un grande fallimento su entrambi i fronti. Ma a essere sinceri, venire colpito alla testa da un uccello non era qualcosa che avrebbe potuto prevedere. Aveva detto di essersi lanciato centinaia di volte. Era stato solo un incidente. Maledizione.

Inspirando aria che sembrava non arrivare ai polmoni, Harley si fece prendere dal panico per almeno quindici secondi. La sua mente non riusciva a cogliere nient'altro che il pensiero che presto si sarebbe fracassata a terra. Si chiese se avrebbe fatto male, ma pensò che sarebbe finita così in fretta che molto probabilmente non avrebbe sentito nulla.

Alla fine, fu il timore che *Coach* potesse morire che la costrinse a pensare in modo più chiaro.

Coach era un soldato. Un eroe. Non si meritava di morire a causa di un uccello che gli era arrivato in faccia, dopo essersi lanciato da un aereo. Non era giusto. Per niente. Lei non era una persona speciale, ma Coach sì. Il pensiero di deluderlo contribuì molto a convincerla a ricomporsi e a pensare a ciò che doveva fare.

Harley iniziò a parlare da sola. «La maniglia! Quanto siamo lontani da terra? È troppo presto per tirare la fune? Troppo tardi?»

Tenendo il braccio sinistro fuori per bilanciarli mentre continuavano a precipitare, Harley cercò la maniglia che Coach le aveva indicato sotto il braccio. La trovo e tirò trionfante.

Ma non successe nulla.

Provò un paio di volte, ma era ovvio che non avesse l'angolazione giusta, o la forza, per tirarla a sufficienza da far uscire il paracadute.

«Merda! Maledizione, Coach, avevi detto che sarebbe stato facile da tirare» si lamentò. Facile per *lui*, forse. Le sue braccia erano enormi e molto probabilmente non avrebbe avuto grossi problemi.

Allora cercò di afferrargli il braccio destro da sopra le spalle, perché voleva guardare l'altimetro. Ma il braccio di

Coach ondeggiava nell'aria sopra la sua testa, e non riuscì ad afferrarlo e allo stesso tempo mantenere il controllo della loro discesa. Ogni volta che cercava di farlo, si inclinavano un po' troppo a destra.

A quel punto i singhiozzi uscirono senza controllo, e anche se Harley stava provando tutto ciò a cui riusciva a pensare, aveva il sospetto che sarebbero morti entrambi in modo orribile.

Di colpo, senza alcun preavviso, Harley e Coach si fermarono con uno strattone che li tirò verso l'alto.

Gridò terrorizzata e non riuscì a controllare le gambe che vennero sbalzate in avanti. Quelle di Coach erano proprio dietro le sue, e il suo peso morto aggiunto, fece ripetere il movimento violento due volte. Com'era ovvio, Harley finì per colpirsi in faccia con le ginocchia, proprio come Coach aveva detto che sarebbe potuto accadere se non fosse stata pronta. Gli occhiali di protezione si erano inclinati sul viso e lei li strappò con impazienza, togliendosi per sbaglio anche i suoi.

Per fortuna il paracadute automatico si era aperto, proprio come era stato progettato, e Harley riuscì finalmente a respirare di nuovo. In preda al panico, se n'era dimenticata. Coach le aveva detto che si sarebbe dispiegato automaticamente se avessero raggiunto una certa altitudine, senza bisogno di aprire quello principale.

Singhiozzando di sollievo, e nonostante le facesse male il viso dove il ginocchio l'aveva colpita, Harley cercò di mettere ordine nei suoi pensieri. L'imbracatura era sprofondata in mezzo al sedere e sembrava un perizoma infernale, ma almeno non si erano spiaccicati per terra, quindi avrebbe sopportato.

Certo, il loro calvario non era ancora finito, ma ora che

non stavano precipitando a oltre centosessanta chilometri orari, forse, avevano ancora una possibilità.

Il suolo era tutto sfocato, dal momento che Harley non riusciva a vedere bene senza gli occhiali, ma per il momento ignorò quel piccolo fatto. Non aveva idea di dove avrebbero dovuto atterrare, e nemmeno quale fosse un buon punto per farlo, ma avrebbe provato a fare del suo meglio. Lei e Coach non avevano parlato molto di dove sarebbero atterrati, e di cosa fare una volta lì.

Guardandosi intorno, Harley non riuscì a vedere nessuno degli altri paracadutisti. Cercò persino di guardare in alto, immaginando che forse, ora erano più vicini al suolo di tutti anche se avevano lasciato l'aereo per ultimi, ma tutto ciò che riuscì a vedere fu il loro paracadute che fluttuava sopra la testa.

L'adrenalina nel suo corpo era ai massimi livelli e stava tremando, ma Harley trovò subito la concentrazione. Poteva farlo. Poteva salvare Coach. Ora, riusciva anche a girarsi a sufficienza per vederlo.

Com'era ovvio, era incosciente. Le sue braccia ora penzolavano ai lati e la testa pendeva all'indietro. Aveva la bocca spalancata e, vedendo il sangue sul suo viso, si ricordò che era stato ferito. Non aveva nemmeno idea se Coach stesse respirando, ma quella posizione non poteva favorire la portata dell'ossigeno ai polmoni. Allungando indietro il braccio, Harley gli afferrò con la mano una manciata di capelli e riuscì a tirarlo in modo goffo in avanti, fino a fargli posare la testa sulla spalla. In quella posizione, sembrava più sicuro per l'atterraggio, piuttosto che inarcato indietro.

Il suo viso era pieno di sangue, e Harley pregò che stesse ancora respirando. Sapeva che facendogli posare la testa sulla sua spalla avrebbe fatto defluire più sangue su di lei, ma quella era l'ultima delle loro preoccupazioni, al momento. Per quel che ne sapeva, quel maledetto uccello poteva averlo ucciso quando lo aveva colpito.

«No, Harl» si rimproverò. «Non pensare così. Sta bene, è solo incosciente. Concentrati su come scendere, puoi occuparti delle altre cose dopo.»

Ricordando che Coach le aveva mostrato le maniglie per virare, Harley piegò il collo indietro e le vide, ma sapeva di non avere possibilità di riuscire a raggiungerle. Era alta, sì, ma erano molto al di sopra del suo braccio e sbattevano con violenza nell'aria.

Abbassando lo sguardo, Harley si allarmò per la rapidità con cui il suolo sembrava avvicinarsi a loro. Aveva bisogno di stare calma; non aveva molto tempo per elaborare un piano.

Ricordando che Coach le aveva detto che il paracadute automatico si sarebbe aperto vicino a terra, si rese conto che capire come virare era di vitale importanza in quel momento. Più del sangue che vedeva scendere sul suo petto dal viso di Coach. Molto più del perizoma infernale.

Cercando alla cieca sopra e dietro di lei, Harley afferrò le funi che salivano verso la calotta. Non erano le sofisticate maniglie che Coach avrebbe usato per virare, ma sperava che avrebbero funzionato almeno un po'. Ringraziò mentalmente Coach per aver insistito sul fatto di indossare i guanti, sapendo che le funi che le strisciavano contro i palmi, le avrebbero scorticato la pelle se non li avesse messi.

Socchiudendo gli occhi, Harley riuscì a distinguere una grossa macchia di verde davanti a lei, ma prima, dovevano superare un enorme edificio. Non erano dentro i confini della città di Waco, ma sembrava che ci fossero strade e costruzioni intorno a loro. L'ultima cosa di cui aveva bisogno era atterrare su un tetto, o nel mezzo di una strada, e farsi investire dopo essere sopravvissuti a tutto il resto.

«O la va o la spacca.» Tirando forte la fune destra, Harley si sentì elettrizzata quando si girarono un po'. Al secondo tentativo mise più peso e tirò più forte, il vento li fece girare un po' a destra e scoprì che lasciandola andare, smisero di virare e si ritrovarono di nuovo ad andare in linea retta.

Sentendosi più sicura, tirò la fune sinistra che saliva alla calotta, e sorrise quando svoltarono a sinistra.

«Fantastico! Funziona» esclamò, mentre tirava di nuovo a turno le due funi. Doveva girare intorno all'edificio per andare in quell'area verde. Sperò di non trovarsi faccia a faccia con nessun toro arrabbiato, ma in quel momento, preferiva un bovino incazzato piuttosto che morire spiaccicata al suolo.

Il paracadute sobbalzò sopra le loro teste mentre Harley cercava di guidarlo verso dove voleva. Era decisamente più difficile di quanto sembrasse. Non aveva idea se fosse a causa del suo peso combinato con quello di Coach, o se fosse sempre così, ma quando si avvicinò al suolo, le sue braccia tremavano per lo sforzo necessario a tirare le corde.

Pensò alle istruzioni che aveva visto nel video, a ciò che Coach le aveva detto di aspettarsi e a cosa fare in caso di atterraggio sbagliato, *cadi con la parte superiore della coscia, poi l'anca, poi il fianco. Rotola.* Ma con lui adagiato pesantemente sulla sua schiena, sapeva che avrebbe dovuto improvvisare.

Era riuscita a evitare l'edificio e non c'era altro che un

grande campo sotto i loro piedi adesso, ma le stava venendo incontro più velocemente di quanto avesse immaginato. Ricordava di aver visto le persone abbassare entrambe le funi di virata quando stavano atterrando, ma avrebbe potuto essere qualcosa che aveva immaginato. Le era comunque impossibile tirarle perché aveva le braccia come gelatina.

Desiderando poter chiudere gli occhi e che fosse tutto finito, osservò il terreno che si avvicinava sempre di più. Sapendo che avrebbe dovuto subire lei l'impatto dell'atterraggio, per far sì di non spezzare le gambe a Coach, cercò di valutare quando avrebbero toccato l'erba secca del Texas.

Nel momento in cui i suoi piedi toccarono terra, Harley si gettò con il corpo a destra. Poiché le gambe di Coach penzolavano più in basso delle sue, avevano toccato una frazione di secondo prima. Non voleva che si rompesse le caviglie, quindi cercò di togliere il peso da loro il prima possibile; colpì il suolo sul fianco e cercò di non fare un capitombolo disastroso. Non ce la fece. Rotolarono come minimo tre volte, o almeno le sembrò così, poi riuscì a mettere le braccia sotto di sé per fermare lo slancio.

Per un attimo non si mosse, credeva a malapena di essere ancora viva. Non aveva mai capito il desiderio delle persone di baciare il suolo quando scendevano da un aereo, ma ora sì.

Coach pesava sulla sua schiena e le impediva di respirare bene. Si tolse i guanti, per avere una migliore maneggevolezza e cercò alla cieca il gancio sulla spalla destra, per staccarsi da lui.

Ci vollero diversi tentativi, poiché le sue mani tremavano tantissimo, ma riuscì finalmente a sganciare il primo.

L'altro sembrò essere più facile, e le diede lo spazio necessario per sollevare e spostare di lato la parte superiore del busto di Coach. Portò le mani dietro e aprì i ganci sui fianchi, e fece quel respiro profondo, che sembrava non facesse da un'eternità.

Scivolò da sotto Coach e si girò per guardarlo bene per la prima volta da quando lui li aveva legati insieme sull'aereo.

Aveva il paracadute avvolto intorno alle gambe, ma poté vedere in modo chiaro il suo viso insanguinato.

«Oh, mio Dio, Coach» gemette, chinandosi su di lui. Gli pulì il sangue come meglio poté, anche se in realtà glielo spalmò di più sul viso, per cercare di vedere da dove stesse sanguinando. Harley sospirò di sollievo quando notò che gli usciva dal naso − un naso molto rotto, se avesse dovuto indovinare − e non da un buco nella testa.

Ignorando il fatto di avere il suo sangue su di lei, Harley provò a vedere se riusciva svegliarlo. Il battito c'era, e respirava, quindi non era morto, grazie a Dio. Come minimo, a parte il naso rotto, aveva una commozione cerebrale. Qualsiasi uccello fosse, doveva essere stato grande per fare un tale danno.

«Coach? Ti prego, svegliati.»

Harley si guardò intorno. Non aveva idea di dove fossero. Non c'erano persone che correvano miracolosamente in loro soccorso, il suo telefono era dentro a un armadietto in aeroporto e Coach aveva bisogno di un dottore. Non voleva lasciarlo, ma doveva.

«C-C-Coach?» Le lacrime a quel punto scesero sul serio, rotolando giù per le guance mentre cercava di far svegliare l'uomo sdraiato vicino a lei. «Per favore, s-svegliati.»

Niente. Non si mosse nemmeno. Merda.

Sapendo che il tempo passava, tempo che Coach non aveva, Harley si alzò in piedi e fece un passo barcollando. Le sue gambe erano tremolanti, ma si allontanò dall'uomo insanguinato ai suoi piedi e si avviò verso l'edificio che vedeva in lontananza. Era la sua migliore possibilità di trovare delle persone e un telefono.

Le ci volle un po' per ritrovare la forza per correre, ma alla fine ci riuscì. Non era un granché nella corsa, così presto iniziò a sbuffare e ad ansimare mentre andava verso l'edificio. Voleva promettere a se stessa che avrebbe iniziato a fare più esercizio fisico, se Coach fosse stato bene, ma sapeva che poi non lo avrebbe fatto. Ciò che faceva era stare seduta quasi tutto il giorno a lavorare al computer. Non sarebbe mai stata una maniaca della palestra. Era già troppo magra così.

Raggiunse una recinzione di filo spinato, si mise a gattoni e vi scivolò sotto, sentì una punta graffiarle la schiena, ma la ignorò. Accidenti, un piccolo graffio non era niente dopo quello che aveva appena vissuto.

Attraversò di corsa un parcheggio, elettrizzata nel vedere che l'edificio era una specie di centro commerciale. C'erano un salone di bellezza, un banco dei pegni, un bar dall'aspetto fatiscente e uno di quei posti dove fanno prestiti veloci. Almeno era ciò che pensava fossero, dato non riusciva a vederli in modo chiaro.

Ancora singhiozzando, Harley corse alla porta più vicina e la aprì con forza, facendola sbattere. Irruppe nel salone di bellezza e si fermò, aggrappandosi allo stipite per tenersi in equilibrio.

Con il cuore che le batteva forte nel petto, gridò: «Per favore, chiamate un'ambulanza! Ho appena avuto un incidente con il paracadute e il mio amico ha bisogno di aiuto.»

«Oh, signore!» disse una voce di fronte a lei. «Stai bene? Vieni, siediti. Sei coperta di sangue, tesoro!»

«Non è m-m-mio» singhiozzò Harley. «Per favore. Sta chiamando?»

«Sì, sto chiamando. Dov'è il tuo amico?»

La voce della signora era isterica e preoccupata, e sembrava quasi sul punto di andare fuori di testa... proprio ciò che al momento non serviva ad Harley. Aveva bisogno di fermezza, qualcuno che prendesse il controllo. «È ancora laggiù, sul campo.» Indicò dietro di lei. «Devo tornare da lui. Per favore, li mandi là fuori quando arrivano. Va bene? L-l'ho lasciato solo, m-ma devo tornare da lui.»

«Torna dal tuo uomo, tesoro. Chiamerò la polizia.»

«Gr-gr-grazie» balbettò Harley prima di girarsi e tornare di corsa sul campo.

La recinzione di filo spinato la graffiò di nuovo quando vi passò sotto, ma se ne accorse a malapena. Tutto ciò che riusciva a vedere era la massa in mezzo all'erba. Respirando a fatica, crollò in ginocchio accanto a Coach.

Non si era mosso, ma vide il petto alzarsi e abbassarsi con i suoi respiri, quindi sapeva che era ancora vivo.

Il sangue dal naso aveva continuato a uscire e Harley lo pulì di nuovo, odiando vederlo in quel modo.

Gli slacciò la tuta sul collo, quel tanto che bastava per provare a dargli un po' di respiro. Il blu della sua camicia contrastava in modo evidente contro il bianco della tuta.

Sentendo le sirene in lontananza – grazie a Dio per le persone che mantengono le promesse – Harley si chinò su di lui.

«Stanno arrivando, Coach. Tutto ok. Siamo riusciti ad atterrare. Ti faranno star bene presto. Perché non ti svegli? Ti prego? Mi stai spaventando a morte.»

Adesso le sirene erano più forti, e si fermarono nel parcheggio dietro di lei. Harley posò la testa sul petto di Coach e pianse.

Pianse di sollievo perché c'era qualcun altro che poteva occuparsene.

Pianse perché era tanto spaventata.

Pianse perché era sopravvissuta a qualcosa che probabilmente non avrebbe dovuto fare.

Ma soprattutto, pianse perché l'uomo più sicuro di sé, protettivo e gentile che avesse mai incontrato in tutta la sua vita, giaceva ferito e sanguinante davanti a lei.

E, in un certo senso, aveva la sensazione che fosse tutta colpa sua.

CAPITOLO SEI

HARLEY VOLEVA ANDARE A CASA.

Aveva chiuso.

Chiuso.

Ma non poteva finché non avesse saputo che Coach sarebbe stato bene.

I medici erano arrivati nel campo ed erano subito entrati in azione. Dopo essersi accertati che il sangue su di lei era di Coach, gli avevano messo un collare e l'avevano trasportato in ambulanza, Harley li aveva seguiti con gambe tremanti.

Non aveva idea di cosa fare con il paracadute, ma non aveva voluto lasciarlo sul campo. Probabilmente era costoso e, con la sua fortuna, le sarebbe stato addebitato, così lo aveva appallottolato e se l'era stretto al petto mentre andavano verso i veicoli nel parcheggio.

Ora sedeva nella sala d'aspetto dell'ospedale locale, con il paracadute sotto la sedia, in attesa.

In attesa di scoprire come stava Coach. Avrebbe potuto andarsene in qualunque momento, sarebbe bastato chiamare Montesa per farsi venire a prendere, ma non era ansiosa di fare tanto presto *quella* telefonata, soprattutto perché sua sorella non era stata troppo entusiasta per tutta la faccenda del paracadutismo.

Harley si era lavata le mani, ma indossava ancora l'imbracatura e i vestiti insanguinati. Una delle infermiere si era offerta di darle un camice, ma Harley voleva solo andare a casa.

Era seduta raggomitolata, con i talloni sulla sedia e le braccia intorno alle ginocchia. Era esausta ma anche un po' scioccata dopo tutto ciò che era successo. La scarica di adrenalina l'aveva lasciata tremante e stordita.

All'improvviso le porte si spalancarono e Harley sollevò lo sguardo; vide tre uomini, due donne e una bambina, entrare senza fiato e in preda al panico. Be', le donne sembravano in preda al panico, gli uomini sembravano più preoccupati che agitati.

Harley non si mosse dalla sua sedia nell'angolo, e li osservò mentre andavano tutti insieme al banco dell'accettazione. Seguì un momento di tensione quando l'infermiera non disse al gruppo ciò che volevano sapere, ma indicò solo la fila di sedie, dicendo loro di aspettare. Quindi, si trascinarono a malincuore dove indicato. Le donne, la bambina e due degli uomini, si sedettero, il terzo cominciò a camminare in modo nervoso davanti agli altri, passandosi una mano tra i capelli pettinati in modo perfetto.

Harley origliò la loro conversazione. Era meglio che pensare a quello che aveva appena passato.

«Sai cosa è successo, Fletch?» chiese la donna alta e snella, che doveva essere la madre della bambina, all'uomo seduto alla sua destra.

Scosse la testa. «Non proprio. Ho ricevuto una telefonata dal colonnello e mi ha detto solo che aveva avuto un incidente. Così ho chiamato Ghost e Hollywood.»

«Non puoi sentire qualcun altro? Voglio dire, qualcuno deve pur sapere cos'è successo» disse l'altra donna con voce tesa. Anche lei aveva i capelli neri e un bell'uomo seduto accanto.

«Non sono sicuro che qualcuno abbia tutti i dettagli, principessa» le rispose l'uomo, tenendo il braccio intorno alle sue spalle.

«Be', è una stronzata» esclamò sbuffando. «Quella donna non può davvero dirci *niente*? È stupido e irritante; voi ragazzi potreste essere fratelli.»

L'uomo accanto a lei rise, anche se Harley capì che era teso.

«Vedo se riesco a trovare Tommy» annunciò quello che stava camminando, tirando fuori il telefono. «Coach lo stava aiutando al club di paracadutismo, visto che era in ferie.»

Harley sussultò così forte all'accenno del nome di Coach, che il suo piede scivolò giù dalla sedia e allargò le braccia per impedirsi di cadere a terra mentre perdeva l'equilibrio. Il paracadute, che era sotto la sedia, fu spinto fuori da quello spazio esiguo e si allargò sul pavimento.

Harley posò l'altro piede a terra e alzò lo sguardo verso il gruppo di persone, che ora la stavano fissando.

Era ovvio che fossero amici di Coach. Forse avrebbe dovuto parlare con loro, dire cos'era successo, in che modo era stato ferito Coach, ma le parole le si bloccarono in gola. Non era brava con le persone, diceva sempre la cosa sbagliata. E questo invece, era importante.

La bambina le si avvicinò nel silenzio inquietante e si fermò di fronte a lei.

«Lo sai che sei tutta insanguinata?»

Harley sorrise triste. Si era lavata le mani, ma la maglia e le braccia avevano ancora addosso il sangue di Coach. Aprì la bocca per parlare, ma la bambina proseguì. «E cosa indossi? Sei stata a fare un'arrampicata su roccia? Blade mi ha portato l'altro giorno. Sono salita molto in alto ed era spaventato. Mio padre, Fletch, non mi avrebbe mai portato, ma va bene lo stesso. Che cos'è quello?» Indicò il paracadute. «Sembra quello che usiamo a ginnastica. La mia insegnante di educazione fisica è fantastica, ha salvato tutta la scuola quando i cattivi hanno cercato di sparare a tutti. Io però non ero in pericolo, siamo usciti dalla finestra e ci siamo messi in salvo. Puoi parlare? Va bene se non puoi. La mamma dice che a volte le persone hanno difficoltà e non riescono a sentire, vedere o parlare, ma ciò non le rende una persona peggiore.»

«Annie Grant Fletcher.» La voce della donna era mortalmente seria. «Vieni qui e smetti di disturbare quella povera donna. Buon Dio.»

Harley alzò di nuovo lo sguardo sul gruppo di persone. Erano in piedi o seduti, fermi a guardare lei e la bambina. In quel momento era più facile parlare con la piccola, i bambini giudicavano meno. E inoltre, le piaceva la sua schiettezza.

«Annie? Ti chiami così?»

«Oh, *puoi* parlare. Forte. Sì. Annie Fletcher. Il mio nuovo papà è Fletch. Abbiamo lo stesso nome, ma non puoi chiamarmi Fletch perché quello è il suo.»

Harley sorrise per la prima volta in quella che sembrava una vita. «Mi chiamo Harley Kelso. Sono ricoperta di sangue perché stavo cercando di aiutare un amico quando si è fatto male.»

Annie annuì come se avesse capito perfettamente. «Sì, mio padre è nell'esercito e a volte è insanguinato anche lui, ma mia mamma lo aiuta a ripulirsi. Hai qualcuno che ti aiuti a ripulirti?»

Harley si schiarì la gola per le parole innocenti della bambina. No, non aveva nessuno che potesse aiutarla, ma andava bene così. Fino a quel momento era riuscita a farcela benissimo da sola. «È tutto a posto. Al momento, è il mio amico quello più importante.»

«Che cos'è successo?» Una voce maschile e profonda risuonò al di sopra della sua testa.

Harley spostò lo sguardo sugli occhi azzurri dell'uomo che presumeva essere il padre di Annie. I tatuaggi dai colori brillanti sulle sue braccia spiccavano, in netto contrasto con la maglietta bianca che indossava. La donna che aveva rimproverato Annie era al suo fianco, con aria preoccupata.

Harley avrebbe voluto distogliere lo sguardo, ma l'intensità e la preoccupazione nella voce dell'uomo, glielo impedirono. «Coach è stato colpito in faccia da un uccello mentre ci stavamo paracadutando.» Non si preoccupò di spiegare tutti i dettagli, come il fatto che stessero quasi per morire. Se non fosse stato per il congegno automatico che ha aperto il paracadute, si sarebbero schiantati a terra come insetti che colpivano un parabrezza.

«Gesù» disse l'uomo dietro la coppia, quello bellissimo. Ricordava ad Harley un Tom Cruise più giovane. Se avesse indossato un'uniforme da pilota, come quella dell'attore in *Top Gun*, sarebbe potuto passare tranquillamente per lui. «Cos'altro?» chiese.

Harley rabbrividì e si circondò la vita con le braccia. Avrebbe voluto alzarsi in piedi, affrontare gli amici di Coach faccia a faccia ma, al momento, era del tutto senza energia. «Cos'altro, cosa?»

«È stato colpito in faccia e cos'altro è successo? Qual è il resto della storia? È ovvio che non ci stai dicendo tutto.»

Harley impallidì. Come lo sapeva? L'uomo poteva anche assomigliare a Tom Cruise, ma era ovviamente un duro fino all'osso.

«Lasciala in pace» disse l'altra donna, dandogli una lieve spinta per allontanarlo. Si avvicinò ad Harley e si accovacciò di fronte a lei. «Scusa per il suo comportamento. Hollywood è un po' nervoso. Tutto bene? Sei pallida.»

«Sto bene» rispose in modo automatico Harley, dicendo ciò che pensava la donna volesse sentire. Non la conosceva, quindi non doveva importarle davvero della sua salute.

«Sono Rayne e quella è Emily. Questi sono i nostri fidanzati, Ghost e Fletch. Hai già incontrato Annie. E quello bello è Hollywood. Sono compagni di team di Coach, nell'esercito. Sono solo preoccupati per lui. Hanno passato di tutto insieme, e il fatto che Coach si sia fatto male mentre era in ferie ci ha scombussolati. Coach non ha fratelli o sorelle e la sua famiglia non è di queste parti, quindi, l'ospedale non ci dirà nulla perché non siamo imparentati. Devono aspettare fino a quando si sveglia, così darà lui il permesso. Maledette leggi sulla privacy. Ad ogni modo, stiamo solo cercando di capire quanto sia grave. A giudicare dal tuo aspetto, è messo piuttosto male.»

Harley scosse la testa negando, cercando di far sentire meglio la donna. «Non penso che sia troppo grave. Credo si sia rotto il naso perché aveva un aspetto strano, ma sanguinava da lì. Non ho visto altre ferite serie. Era incosciente, quindi forse è per quello che ci mettono così tanto tempo.»

«Incosciente?» chiese con impazienza l'uomo di nome Ghost. «Non capisco. Come può un uccello averlo colpito abbastanza forte da fare un danno simile, se eravate sotto la calotta?»

Ci siamo. Harley non avrebbe dovuto essere imbarazzata per ciò che era accaduto. Doveva essere orgogliosa di se stessa per averli fatti atterrare, paracadute automatico o no, ma per qualche motivo le sembrava ancora che fosse colpa sua se lui si era fatto male. «Lo ha colpito prima dell'apertura del paracadute. Eravamo ancora in caduta libera.»

«Oh, mio Dio» sussurrò Emily.

«Porca miseria» mormorò Rayne, coprendosi la bocca con la mano.

«Merda» sbottò Ghost.

«Porca puttana» disse Fletch sottovoce.

Hollywood la fissò incredula.

«Che c'è? Non capisco» intervenne la piccola Annie, tirando la manica di sua madre.

«C'è una certa Harley, qui fuori?» La domanda arrivò da un'infermiera, ferma sulla soglia dall'altra parte della stanza.

Salvata dalla campanella, pensò mentre si alzava sulle gambe tremanti. «Io. Sono io Harley.»

«Il suo amico chiede di lei» disse la donna con voce piatta.

«Di me?» chiese confusa. «Sa che i suoi amici sono qui?»

«Oh sì, lo sa, ma ha chiesto di parlare con lei.»

Harley deglutì a fatica. Dio. Ha chiesto di parlarle? Era turbato o incazzato?

«Dai, Harley» la esortò Annie. «Ho fame e non potrò mangiare nulla fino a quando mamma e Fletch non saranno sicuri che Coach sta bene.»

Harley annuì in modo distratto e fece un passo verso l'infermiera, poi si voltò di nuovo verso Annie. «Puoi tenere d'occhio le mie... cose?» Indicò il paracadute e lo zaino ormai vuoto, che Coach aveva avuto addosso. «Non vorrei che qualcuno le rubasse.»

Annie annuì con entusiasmo. «Sì, le proteggerò per te. Nessun problema. Il sergente Annie è di guardia!»

Harley sorrise mentre la bambina aggrottava il viso in quello che evidentemente pensava fosse un cipiglio, guardandosi intorno come se ci fossero stati dei cattivi nascosti tra le sedie della sala d'attesa, che aspettavano solo di rubare il materiale sul pavimento.

«Grazie. Lo apprezzo.» Harley sollevò lo sguardo sugli altri. Gli uomini la stavano esaminando come se potessero leggerle nella mente e le donne le sorrisero. «Mi sbrigherò, così potrete entrare e vedere il vostro amico» disse in fretta.

«Prenditi il tuo tempo, Harley» Ghost strascicò le parole. «È ovvio quale sia la nostra posizione dal punto di vista di Coach. Non posso dire che lo biasimo, per aver scelto una donna carina invece di noi.»

«Oh, non è...»

«Vai, Harley. Saremo qui quando uscirai. Smettila di preoccuparti. Se Coach ti vuole parlare, è ovvio che sta bene.» Fu Hollywood a intervenire questa volta.

Lei annuì, all'improvviso riluttante di dover affrontare Coach. Era davvero sfinita emotivamente, avrebbe voluto sdraiarsi e dormire per ore. Quel giorno, aveva sperimentato troppe emozioni in poco tempo, e non era ancora mezzogiorno. Era quasi difficile da credere.

Nervosismo, preoccupazione, attrazione per Coach, imbarazzo, nervosismo di nuovo, terrore, sollievo, terrore di nuovo, preoccupazione quando lui non si è svegliato, e ora, era solo stanca. Harley si trascinò verso l'infermiera e la porta in fondo alla stanza del pronto soccorso, sentendo tutti gli occhi su di lei.

Mentre si avvicinava all'infermiera, fece un respiro profondo e cercò di farsi un discorso di incoraggiamento. Poteva farlo. Avrebbe detto a Coach cos'era successo, lui le avrebbe spiegato tutte le cose che aveva sbagliato, poi avrebbe chiamato un taxi che la riportasse in aeroporto, in modo da poter prendere le sue cose e tornare a casa. Avrebbe potuto essere lì al massimo per l'una.

CAPITOLO SETTE

«Non sia così preoccupata, il suo ragazzo starà bene. Gli abbiamo risistemato il naso e ha una commozione cerebrale, ma per il resto è stato incredibilmente fortunato.»

Harley fece per contraddire l'infermiera e farle sapere che aveva conosciuto Coach quel giorno, ma decise di non farlo. Era troppo per il momento. Invece annuì e aprì la porta della piccola stanza.

Coach era steso su un letto con il lenzuolo posato sopra le gambe. Harley vide l'imbracatura che aveva indossato, la tuta bianca, i jeans e la camicia blu, ammucchiati su una sedia accanto al letto. Era a petto nudo e teneva gli occhi chiusi. La sua mente fu attraversata dal pensiero che se tutti i suoi vestiti erano sulla sedia, era probabile che avesse indosso solo le mutande, ma lo scacciò quasi altrettanto rapidamente di come era arrivato. Quello che Coach indossava o non indossava non era affar suo.

Aveva una benda sul naso e dei lividi intorno a

entrambi gli occhi. Sembrava che fosse stato coinvolto in una rissa, e che avesse perso.

Voltandosi a guardare la porta, vide l'infermiera chiuderla piano mentre li lasciava soli e Harley rimase ferma lì, a disagio.

Senza aprire gli occhi, Coach disse, con voce piena di dolore: «So che ci sei, Harley. Vieni qui, per favore.» Tese una mano, aprendo finalmente gli occhi per fissarla con uno sguardo cupo.

Più sollevata di quanto avesse immaginato, Harley andò verso di lui, senza distogliere gli occhi dai suoi. Sentire la sua voce dopo averlo visto immobile e insanguinato, era davvero un sollievo. «Stai bene?» gli chiese con dolcezza.

«Grazie a te, sì.» Coach le prese la mano quando si avvicinò e la attirò vicino al letto.

«Non ho fatto niente.»

«Stronzate.»

«È vero, Coach» insistette Harley.

«Siediti e dimmi cos'è successo. Non ricordo molto, solo di essere stato nell'aereo con te prima di saltare.»

Harley corrugò la fronte. «Non ricordi di esserti lanciato dall'aereo?»

Coach ringhiò. «No. Il dottore dice che è a causa della commozione cerebrale. Il ricordo potrebbe tornare, o anche no. So solo ciò che hai detto loro... che sono stato colpito in faccia da un uccello.»

Harley strinse le labbra e cercò di non piangere. Coach stava bene, era tutto a posto, stava parlando e anche se non ricordava nulla, era vivo.

«Oh, Harl. Non piangere. Dio. Per favore.»

«Di solito non sono una persona così debole.» Le

lacrime le scorrevano lungo il viso senza che se ne accorgesse. Harley cercò di togliere la mano dalla sua, ma lui non volle lasciarla andare.

«Non sei debole. Hai avuto una giornata difficile. Dai, vieni qui. Ecco, così, siediti lì. È tutto ok. Sfogati.» Coach la tirò finché non si sedette sulla sedia vuota accanto al letto.

Lei si sporse in avanti, appoggiò il braccio libero accanto al suo fianco sul materasso, vi posò la testa sopra e pianse. Non sapeva perché stesse piangendo, ormai non avrebbe dovuto avere più lacrime ma, sedersi accanto a Coach, vederlo al sicuro e vivo, era stato troppo. Si era sentita così spaventata da non riuscire più a reprimere le emozioni che aveva trattenuto.

Mentre piangeva a dirotto, era più che consapevole della sua mano che le accarezzava i capelli e delle parole di conforto che le mormorava con dolcezza.

———

Coach accarezzò i capelli di Harley mentre singhiozzava contro il braccio al suo fianco. Si sentiva impotente e non era una sensazione a cui era abituato. Quand'era in missione, era al comando, controllava ciò che accadeva intorno a lui, ma non ora. Avrebbe voluto prendere Harley tra le braccia e confortarla, ma quello non era né il momento né il luogo, e poi, non la conosceva così bene.

Ma *quello* sarebbe cambiato.

Non aveva mentito. Non ricordava molto di ciò che era successo dopo essersi alzato dalla panca dell'aereo per prepararsi a saltare, solo di aver guardato gli occhi di Harley mentre si sistemava gli occhiali di protezione sopra quelli da vista. Voleva conoscere i dettagli di ciò che era successo, ma una cosa era chiarissima nella sua mente: Harley aveva fatto un ottimo lavoro.

Era coperta dal suo sangue, e ciò fu sufficiente per fargli capire che qualunque cosa fosse accaduta, era stata abbastanza traumatica. Gli vennero in mente diversi scenari, ma fino a quando non avesse sentito la storia di Harley, non avrebbe saputo quando aveva perso conoscenza durante il lancio. Ma il punto era che, in qualche modo, era stata in grado di farli atterrare e chiedere aiuto.

Le uniche persone con cui si era sentito in debito, erano i suoi compagni di squadra della Delta Force. Gli avevano salvato la vita più di una volta, come aveva fatto lui per loro. Ma questo, era qualcosa di diverso.

Harley era una civile. E una donna. Oh, sapeva che essere una donna non significava che non potesse salvare la vita a qualcuno, ma aveva salvato la *sua* di vita, e faceva un'enorme differenza. Aveva trascorso tutta la sua esistenza a proteggere gli altri. Avere una donna che proteggeva *lui* era una sensazione nuova. Inestimabile.

Harley tirò su con il naso un paio di volte e se lo asciugò di nascosto sulla manica. Coach sorrise, allungando una mano dietro di lei per prendere la scatola dei fazzoletti. Senza dire una parola, gliene porse uno e attese con pazienza mentre lo usava per pulirsi il viso e il naso.

«Ti senti meglio?» chiese, prendendole di nuovo la mano.

Lei scosse la testa. «Non proprio. Penso che avrò bisogno di un bagno caldo, una lunga dormita e alcuni bicchieri di qualcosa di forte, prima di sentirmi meglio.»

«Capisco cosa provi. Il mal di testa mi sta uccidendo. Mi fa male il viso, il mio naso non sarà mai più lo stesso, ma ho la sensazione che dopo aver sentito quello che abbiamo passato, mi servirà quel bagno, quella dormita e da bere, tanto quanto te.»

Alle sue parole, Harley sollevò lo sguardo, preoccupata. «Ti fa male la testa? Ti hanno dato qualcosa? Posso portarti qualcosa?»

«No, Harl. Sto bene. Grazie, comunque. Puoi dirmi cos'è successo? E non tralasciare nulla, per favore.»

Harley annuì e fece un respiro profondo. «Ci siamo lanciati e andava tutto bene. Avevi ragione, è stato fantastico ed esaltante allo stesso tempo. Avevo paura, ma era qualcosa che non avrei mai potuto capire se non l'avessi fatto.»

Coach annuì, accarezzandole il dorso della mano con il pollice. Sapeva esattamente ciò che intendeva. Per quanto non apprezzasse molto le missioni in cui erano costretti a paracadutarsi, non avevano mai mancato di pompare l'adrenalina nel suo corpo. Era una sensazione straordinaria. «Poi sono stato colpito da un uccello.»

Harley annuì e strinse di nuovo le labbra prima di continuare: «Sì. In realtà, è stata colpa mia.»

«Colpa *tua*? Harley, non hai messo tu quell'uccello nel posto giusto al momento giusto. O che sia il posto sbagliato al momento sbagliato?»

«Mi sono piegata.»

«Cosa?» La sua voce era talmente triste e sommessa, che Coach non era sicuro di averla sentita bene.

«Mi sono piegata. Ho visto qualcosa arrivare con la coda dell'occhio e mi sono piegata. Se non lo avessi fatto, avrebbe colpito me, e saresti stato a posto per farci atterrare.»

Oh, diavolo, no.

«Harley, guardami» ordinò con fermezza Coach. Ci volle un momento, ma alla fine alzò gli occhi su di lui. «*Non* è colpa tua. Se avesse colpito te, saresti potuta morire. Sono più grosso e, inoltre, non mi ha preso in pieno. Se non ti fossi piegata, ti sarebbe arrivato dritto in faccia e ti avrebbe fatto molti più danni di un semplice naso rotto e un mal di testa. Mi hai capito?»

Non era d'accordo, ma nemmeno dissentì. Coach lo prese come una vittoria. «Cos'è successo dopo che sono stato colpito? Suppongo di aver perso i sensi. Aspetta, mi ha colpito prima di aprire il paracadute?»

«Sì.»

«Gesù, Harley. Mi dispiace tanto.»

«Per cosa?»

«Avevo detto che saresti stata al sicuro, che potevi fidarti di me, che mi sarei occupato di te e di portarti a terra, e non l'ho fatto.»

«Non è stata colpa tua.»

Coach sorrise debolmente. «Ora sembri me. Dai, raccontami il resto.» Digrignò i denti per il terrore che vedeva ancora negli occhi di Harley. Avrebbe dovuto capirlo prima, ma il fatto che fosse stato colpito quando il paracadute non era ancora stato aperto, era grave. Pensare a ciò che doveva aver provato quando si era resa conto che stavano precipitando al suolo, gli fece torcere lo stomaco.

Lei scrollò le spalle e spiegò in modo succinto e frettoloso ciò che era successo dopo che era stato colpito. «Eri svenuto. Non sono riuscita a tirare abbastanza forte l'impugnatura per far fuoriuscire il paracadute. Sono andata nel panico, ma poi, il dispositivo automatico ha funzionato e ci ha salvato. Siamo arrivati a terra e sono corsa a chiedere aiuto.»

Coach guardò Harley, sapendo che stava tralasciando molto, ma sembrava che fosse al limite e non voleva farle pressioni. Manovrare un paracadute non era molto difficile, ma con lui incosciente sulla schiena, il fatto che fosse il suo primo lancio e non sapere se sarebbe sopravvissuta o morta... be', quello aveva aumentato un po' il livello di difficoltà.

Lasciò andare la sua mano abbastanza a lungo da toccarle piano la guancia. «E il livido che si sta formando qui?»

Scrollò le spalle, imbarazzata. «Non mi sono resa conto di averne uno. Deve essere stato quando mi sono colpita in faccia con il ginocchio, quando si è aperto il paracadute.»

«Ti avevo avvertito che sarebbe potuto succedere» le disse Coach con un piccolo sorriso.

«Lo so» sussurrò.

«Grazie, Harley.» Le parole erano del tutto inadeguate rispetto a ciò che aveva fatto e per tutto quello che aveva passato, ma erano sincere, come nulla avesse mai detto a nessuno prima.

«Non ho fatto niente. Ha fatto tutto il congegno AAD.»

«Ci hai portati a terra interi. Non dev'essere stato facile con me che ero un peso morto. Hai trovato aiuto. In qualche modo sei riuscita a far sì che non precipitassimo di testa, o con il sedere, quando si è aperto il paracadute. Ci sono un sacco di altre cose a cui non riesco a pensare in questo momento, perché la testa mi pulsa forte, ma di una cosa *sono* certo.»

«Che cosa?» chiese Harley con voce sommessa, gli occhi di nuovo pieni di lacrime per le sue parole.

«Sono contento che ci fossi tu legata al mio petto, lassù.»

«Perché?»

«Perché non credo che Sarah o qualcuno dei suoi amici avrebbero reagito allo stesso modo. Non ti sei fatta prendere dal panico e hai fatto ciò che doveva essere fatto.»

«Non è così, non proprio» ribatté Harley, senza guardarlo negli occhi. «A essere sincera, sono andata fuori di testa, e inoltre, loro avevano già fatto dei lanci, quindi probabilmente avrebbero saputo cosa fare meglio di me.»

«Harley» disse Coach serio, mettendo la mano libera sull'altro lato del viso. «Sarei stato sorpreso se *non* fossi andata fuori di testa. Ma non è questo il punto. Il modo in cui le persone reagiscono in caso di emergenza è imprevedibile. Ho visto soldati esperti che in preda al panico, sono corsi *verso* il nemico invece di allontanarsi. Non importa quante volte qualcuno è stato in combattimento o si è lanciato da un aereo, è ciò che hai dentro di te che detta come gestire la situazione quando qualcosa va storto. Quindi, sì, sei andata nel panico, ma ciò che conta è che siamo entrambi qui in questo momento. Ammaccati, ma vivi. Per questo motivo, so che hai fatto tutto nel modo giusto. Lo *so*. Ora sono sdraiato qui perché tu hai fatto le cose per bene.»

«Ero t-terrorizzata.»

«Oh, tesoro. Vieni qui.»

Coach non avrebbe potuto resistere un attimo di più dall'attirarla tra le sue braccia, nemmeno se la sua vita fosse dipesa da quello. Sentiva una connessione che non aveva mai provato con nessuno prima. Stava cercando davvero tanto di essere forte, ma era ovvio quanto fosse terrorizzata.

Lei si sedette sul lato del letto e si sdraiò contro di lui quando Coach avvolse con le braccia il suo fisico sottile. Si limitò solo a stringerla, mentre tremava. Non stava singhiozzando come prima, ma era ancora scombussolata.

Quando alla fine smise di tirare su con il naso, le chiese a bassa voce: «Quanti dei miei compagni di squadra ci sono in sala d'attesa?»

Senza alzare la testa, Harley rispose: «Tre, quando ero là fuori. E due donne e una bambina.»

«Hmmmm. Non sarei sorpreso, se Fletch si fosse presentato per primo. E scommetto che anche Ghost è là fuori. E le loro donne. Sono sicuro che saranno arrivati anche gli altri, ormai.»

«Dovrei andare» disse Harley, cercando di sedersi.

Coach la strinse di più tra le braccia ma poi la lasciò andare. Le scostò i capelli dietro l'orecchio e mentre lei si asciugava il viso con le dita, gli passò per la mente un pensiero: «Dove sono i tuoi occhiali?»

«Oh, ehm. Non lo so. A un certo punto quelli di protezione si erano messi di traverso e quando li ho tolti, si sono levati anche i miei occhiali. Probabilmente li starà indossando una mucca.»

Coach sorrise. Harley era divertente. La situazione no, ma lei sì. Poi tornò serio. «Lascerai che uno dei miei compagni ti porti a casa?» Sollevò una mano quando fu certo che avrebbe protestato. «Non puoi vederci bene, e presumo che la tua macchina sia ancora all'aeroporto, giusto?» Quando annuì, lui continuò: «Per favore, per la mia tranquillità, permetti a Hollywood, o a Truck, o qualcun altro di portarti a casa. Ti riporteranno anche la tua auto, in seguito.»

Harley lo studiò. «Hai una commozione cerebrale.» Non era una domanda.

Coach fece una smorfia. «Sì.»

«Hai qualcuno a casa che può vegliare su di te?»

Non pensava che stesse cercando informazioni, ma le diede comunque. «Nessuna moglie o fidanzata, Harley. Non ti avrei chiesto di uscire con me, se fosse stato così. Uno dei ragazzi rimarrà da me e si assicurerà di svegliarmi ogni due ore. Non è la mia prima commozione cerebrale. Purtroppo il team ha avuto la sua buona parte di botte alla testa. Si prenderanno cura di me.»

«Va bene.»

Si sedette sul letto a guardarlo per un lungo momento prima di dire: «Sono contenta che tu stia bene, Coach.»

«Anch'io. Grazie, Harley.»

Si alzò e tese la mano. «È stato un piacere conoscerti, Beckett Ralston.»

Coach guardò la mano snella che gli porgeva. Non era sorpreso che ricordasse il suo nome, anche se lo aveva detto solo una volta. La prese e gliela strinse piano. «Se pensi che questo sia un addio, ti sbagli, Harley. Ricordo di averti chiesto di uscire prima di salire sull'aereo, e mi piacerebbe moltissimo.»

La sua mano sussultò nella stretta e Coach sorrise, amando il fatto di poterla sorprendere. «Oh, ma, avevo pensato...»

«Avevi pensato male. Parlerò con i miei compagni di squadra. Lascia che uno di loro ti porti a casa. Se ti va, mi piacerebbe vederti tra qualche giorno, per assicurarmi che tu stia bene. Mi darà il tempo di sbarazzarmi di questo terribile mal di testa, così potrò darti l'attenzione che meriti.»

«Ehm, ok, ma se cambi idea...»

Coach la interruppe di nuovo. «Non cambierò idea. L'unica cosa che potrebbe cambiare è quanto tempo lascerò passare prima di rivederti.»

Amò il rossore sulle sue guance.

Coach le tirò la mano che ancora teneva. «Penso che siamo oltre alla fase della stretta di mano. Non mi dispiacerebbe un abbraccio.» La lasciò cadere e allargò le braccia.

Harley si chinò di nuovo su di lui e lo abbracciò in modo goffo. Coach posò le mani sulla sua schiena, una sulla spina dorsale e l'altra appena sopra il sedere, e la tenne contro di sé. Lei lo strinse forte e sospirò, il fiato gli sfiorò l'orecchio, facendogli venire la pelle d'oca sulle braccia. «Grazie per aver avuto la testa dura e non essere morto, Coach.»

Le nascose il naso nel collo per un momento. «Grazie a *te*, per averci fatto scendere in modo sicuro, Harley.»

Lei annuì e si tirò indietro, Coach la lasciò andare, riluttante. «Vai a casa, Harley. Togliti quei vestiti macchiati di sangue e gettali via. Fai quel bagno che dicevi e dormi, ti farà stare meglio. Mi farò sentire. Ok?»

«Sì, penso che lo farò.» Abbassò un attimo gli occhi sui suoi vestiti sporchi, prima di riportarli sui suoi. «Hai bisogno del mio numero?»

«Bisogno? No. Ma renderebbe le cose più facili.»

Harley era troppo stanca per pensare a come avrebbe potuto trovare il suo numero di telefono senza che glielo avesse dato. «Va bene, vedo se riesco a trovare un pezzo di carta su cui scrivere.»

«Dimmelo e basta. Me lo ricorderò.»

«Oh, ma...»

«Harley, ho una memoria eidetica, se me lo dici una volta, me lo ricorderò. Fidati di me.»

Lei annuì e disse il suo numero. Coach lo ripeté nella sua mente e visualizzò i numeri. «Ricevuto. Grazie. Passa bene il resto della giornata. Ci sentiamo presto.»

«Mi piacerebbe. E prego.»

Coach osservò i fianchi di Harley ancheggiare mentre usciva dalla stanza. Era una donna intrigante, e non vedeva l'ora di conoscerla meglio.

CAPITOLO OTTO

LA SERA SUCCESSIVA, Harley si sdraiò sul suo divano e pensò a quanto era stata patetica. Gesù, aveva praticamente pianto sopra a Coach, e non era da lei. Odiava le donne che piangevano in continuazione. Era fastidioso e da deboli, eppure, l'aveva fatto, aveva singhiozzato sopra di lui, con il moccio al naso.

Ora doveva chiamare Montesa, aveva continuato a rimandare, ma dopo aver dormito per tredici ore di fila, fatto un lungo bagno e un discorsetto con se stessa, era arrivato il momento di fare quella telefonata.

Compose il numero e si girò sul divano in modo da essere stesa di schiena con i piedi posati sullo schienale, e la testa che quasi toccava il pavimento. Era una posizione strana, ma ad Harley non importava. Era comoda.

«Ehi, Harl. Com'è andata con il lancio in paracadute? Avresti dovuto chiamarmi per rassicurarmi, ma non ti sei fatta sentire e non credo che tu abbia sbattuto la testa atterrando.»

Harley deglutì a fatica. Meglio togliersi subito il pensiero, come un cerotto. «Allora, avevi ragione sorella, avrei dovuto guardarlo solo online. C'è stato un incidente, il mio istruttore è stato colpito in faccia da un uccello e ha perso i sensi, ma il paracadute di emergenza si è aperto e siamo atterrati senza troppi problemi. È stato portato in ospedale, ma sta bene. Aveva solo il naso rotto e una commozione cerebrale. Io sto bene.» Harley parlò in fretta e andò subito al punto. Non era mai stata una buona cosa girarci intorno con la sorella.

«Mi stai prendendo in giro?»

Harley fece una smorfia e tenne il telefono lontano dall'orecchio mentre Montesa continuava a urlare. Alla fine, quando capì che si era un po' calmata, riportò il telefono all'orecchio in tempo per sentire sua sorella dire: «... ascoltami la prossima volta!»

«È vero, avrei dovuto ascoltarti» la blandì Harley. «Avevi ragione e io avevo torto. Ma, prima di affermare che la sorella maggiore ha il diritto di vantarsi di avere sempre ragione, posso dire una cosa?»

«Che cosa?»

«Devo dire che, per quanto l'esperienza sia stata orribile, ho ottenuto ciò di cui avevo bisogno per il mio codice.»

«Per l'amor di Dio» sbottò Montesa. «Figuriamoci se non l'avresti pensata in quel modo. Davidson è a casa domani. Sposto la cena. Sabato sera, a casa mia. Vedi di esserci.»

«Sì, signora» disse in tono docile, sebbene dentro di sé stesse sorridendo. Montesa sembrava dura, ma Harley sapeva che era solo perché era preoccupata per lei.

Parlarono ancora un po' del più e del meno e riattaccarono. Harley portò entrambe le braccia sopra la testa e toccò il pavimento, allungando la schiena. Aveva dei lividi sui fianchi dove l'imbracatura le si era conficcata nella pelle e le facevano male i muscoli. I graffi sulla schiena provocati dal filo spinato prudevano ed erano anche leggermente arrossati. Era stata tesa durante tutto il lancio, non che ci fosse niente di cui stupirsi, e ci sarebbero voluti dei giorni per far sparire tutti i dolori.

Aveva ancora il livido sul viso provocato dalle ginocchia, non era diventato di un brutto viola e non uscendo poi molto, poteva conviverci.

Fece un respiro profondo, si diede lo slancio e si sollevò, mettendosi seduta, poi ruotò per far sì che i piedi posassero di nuovo per terra. Aveva una scadenza per quanto riguardava il gioco, era tempo di mettersi al lavoro.

———

Coach si voltò verso Hollywood e disse: «Grazie per essere rimasto stanotte. Lo apprezzo.»

«Nessun problema. Hai fatto lo stesso per me.»

«E probabilmente lo farò di nuovo.»

I due uomini si scambiarono un sorriso prima che Hollywood chiedesse: «Allora, cosa hai intenzione di fare con Harley?»

Coach non fece nemmeno finta di non capire. «Più tardi la chiamo.»

«Bene.» Hollywood annuì con approvazione. «Sembrava un po' fuori di testa riguardo a tutta la situazione, ma non posso darle torto. Devi andarci piano però. Non sembrava molto a suo agio con tutti noi, in sala d'attesa. Si era rilassata un po' con Annie, com'era prevedibile. Quella bambina potrebbe far sciogliere persino un serial killer. Ma a parte gli scherzi, lei non è come Rayne, o Emily.»

«Non vorrei che lo fosse» rispose subito Coach. «Guarda. Non so come si siano sentiti Ghost o Fletch quando hanno incontrato le loro donne, ma c'è qualcosa in Harley che mi fa sentire in sintonia con lei. È intelligentissima, ma timida, programma videogiochi per vivere. È per quello che si è lanciata con il paracadute... voleva provarlo di persona per renderlo bene nel gioco. Ma quel poco che ho scoperto di lei prima del lancio, è stato...» Coach si interruppe, non sapendo come spiegarlo al suo compagno di squadra.

«Giusto?» suggerì Hollywood.

«Sì. Giusto. È una buona parola. Non sono stupido, vedo come a volte mi guardano le donne. Non sono il tipo che passa inosservato, ma era come se Harley vedesse *me*, non il mio corpo.»

Hollywood annuì. «Se qualcuno lo capisce, quello sono io. Te lo meriti, amico. E sai che ci sono per qualsiasi cosa tu abbia bisogno.»

«Grazie, lo apprezzo. I ragazzi hanno riportato la macchina a casa sua?»

«Sì. Quella cosa è un catorcio» osservò Hollywood con un sorriso.

Coach lo guardò, preoccupato. «Davvero? Accidenti, non le ho nemmeno chiesto che tipo di auto guidasse.»

«È una Ford Focus, un modello della metà del duemila. Gli pneumatici hanno sicuramente visto giorni migliori. Sono quasi lisci.»

«Merda. È una trappola mortale» borbottò Coach.

«Non sarei così esagerato. Se ne è presa cura, ovvio, ma fa qualche strano rumorino tintinnante e dovrebbe almeno far girare le gomme. Fletch ha detto che ci avrebbe dato un'occhiata.»

«Grazie. È il migliore ad armeggiare con le macchine.»

«Sì. Hai già parlato con il tuo amico del club di paracadutismo?»

«Tommy? Sì, ha chiamato stamattina.»

«Era fuori di testa?»

Coach annuì. «Oh, sì. Ma l'AAD ha fatto esattamente ciò che doveva, si è aperto come tarato. Però è un po' incazzato perché è stato rovinato il suo record di sicurezza per l'assenza di incidenti.»

Hollywood alzò gli occhi al cielo. «Non è che qualcuno avrebbe potuto prevedere che quel maledetto uccello sarebbe stato sulla tua traiettoria.»

«Vero. Ma non è incazzato con me, solo per la situazione. Quando non siamo arrivati nella zona di atterraggio, come previsto, e nessuno riusciva trovarci, si è fatto prendere dal panico. Ha scoperto che ero stato ricoverato in ospedale, un'ora dopo rispetto a quando saremmo dovuti atterrare.» Coach scrollò le spalle. «Almeno ho altri cinque giorni liberi prima di dover rientrare alla base.»

Hollywood si alzò e tese la mano a Coach. «Sono contento che tu stia bene, amico. Sul serio. Strano incidente o no, non potremmo fare a meno di te nella squadra.»

Coach strinse la mano all'amico. «Grazie, Hollywood. Significa molto per me.»

«Chiamala» gli consigliò. «Non so quando le hai detto che

ti saresti fatto sentire ma se fossi in te, non lascerei passare troppo tempo. Hai avuto una brutta esperienza, ma non te la ricordi, probabilmente lei la sta rivivendo di continuo.»

«Lo farò.»

«Bene. Ci vediamo. Chiama se hai bisogno di qualcosa. Oh, e devo riferirti un messaggio di Rayne.»

«Spara.»

Hollywood alzò la voce come se stesse imitando il tono più acuto della donna. «Di' a Coach, che io ed Emily vogliamo pranzare con Harley, per ringraziarla di avergli salvato la vita.»

Ridacchiarono entrambi.

«Penso che aspetterò un po' prima di gettarle addosso quelle due.»

«Ottima idea. Soprattutto se arriva anche Mary.»

«Però sentirò Fletch, per via della sua macchina» rifletté Coach.

«Meglio. Ci sentiamo più tardi» disse Hollywood mentre si dirigeva verso la porta d'ingresso.

«A dopo. Grazie ancora per tutto.»

Hollywood non rispose, agitò semplicemente la mano e scomparve dietro la porta dell'appartamento.

———

Più tardi, quel giorno, Harley quasi ignorò il suono del cellulare. Era nel profondo della programmazione del nuovo gioco *This is War*, cercando di rendere perfetta la scena del paracadute. Aveva aggiunto al lancio, quello che pensava fosse un po' di realismo, e stava lavorando alle parti dello scenario dove i soldati fluttuavano nell'aria. Per quanto l'esperienza fosse stata terribile, l'*aveva* aiutata con ciò di cui aveva bisogno per il gioco.

Guardando lo schermo del suo telefono e aspettandosi di vedere il nome di Davidson, Harley fu sorpresa invece di trovare la parola "sconosciuto".

Mordendosi il labbro, esitò. Magari era un venditore telefonico. Ma se fosse stato Coach? Gli aveva dato il numero, ma non aveva avuto il suo in cambio.

Decidendo di riattaccare se fosse stato qualcuno con cui non voleva parlare, fece scorrere il dito sul telefono e poi disse: «Pronto?»

«Ciao, parla Harley?»

«Sì, sono io.»

«Ciao. Sono Coach.»

Il cuore di Harley si fermò per un momento, poi riprese a battere a velocità raddoppiata rispetto a prima.

Aveva chiamato.

«Ciao, Coach. Come stai?»

«Sto bene. Il naso è un po' sensibile, ma il mal di testa è quasi sparito.»

«Ne sono felice.»

Ci fu un attimo di silenzio. Harley non sapeva davvero cosa dire, e non si era mai trovata a suo agio a parlare al telefono. Era abbastanza terribile nei rapporti sociali, ma non riuscire a vedere l'espressione della persona con cui stava parlando, l'aveva messa nei guai più di una volta, quando era al liceo. Ai suoi fratelli, invece, non importavano i suoi modi bruschi al telefono, la conoscevano da troppo tempo.

«Cosa stai facendo?» chiese Coach.

«Lavorando.»

Ci fu una risatina all'altra estremità della linea. «Hai bisogno di una pausa?»

«Bisogno? No.»

«Lasciami riformulare la domanda, allora. Vuoi fare una pausa?»

«Con te?» Harley si diede una pacca sulla fronte. Dio, già che c'era poteva anche sparare un "Mi piaci!" e chiuderla lì.

Ma Coach non rise di lei, disse solo: «Sì, con me.»

«Certo.»

«Ti dispiace se vengo lì? Non sono sicuro che la mia testa sia ancora pronta per affrontare un ristorante rumoroso o altro.»

Voleva andare da lei? Harley non riusciva a ricordare l'ultima volta che aveva ricevuto qualcuno. Be', qualcuno che non fosse imparentato con lei, ecco. «Oh, sì, va bene. Ma» si guardò intorno, facendo una smorfia per quanto fosse disordinata la sua casa. «Casa mia è un disastro, quando sono immersa nel progetto, mi dimentico di pulire.»

«Non vengo per ispezionare il posto, Harl.»

«Perché *vieni*?» Le parole uscirono prima che Harley potesse fermarle. Chiuse gli occhi e sospirò prima di dire in fretta «Scusa. Non rispondere. Non me la cavo bene al telefono.»

Come se non avesse detto l'ultima parte, Coach rispose: «Voglio venire perché mi piaci, Harley. Sono stanco della mia compagnia e non mi dispiacerebbe passare un po' di tempo con te. Conoscerti meglio, assicurarmi che tu stia davvero bene dopo quello che è successo.»

Harley non seppe cosa rispondere. Non ci credeva

ancora che un uomo come Coach volesse uscire con *lei,* ma di certo non lo avrebbe dissuaso.

«Sei ancora lì?»

«Sì, scusa. Allora, a che ora vieni?»

«Magari tra un'oretta o giù di lì? Vuoi che porti qualcosa da mangiare?»

«Solo se è cinese, di quel nuovo posto in Main Street. Non il fast food, quella roba fa schifo. E mi piace qualsiasi cosa che sia di pollo. Oh, e piccante. Ma non il pollo con gli anacardi, ne mettono sempre pochi e ciò mi irrita.»

Coach rise. «Capito. Pollo piccante, niente anacardi.»

«Sai dove vivo?»

«Sì. Ho parlato con i ragazzi. Ah, e nel caso non l'avessi notato, la tua auto è fuori. L'hanno portata ieri sera.»

«Ho visto. Grazie.»

«La chiave è sotto il tappetino del sedile posteriore, dal lato passeggero.»

«Grande. La prenderò più tardi.»

«Grazie per avermi permesso di venire, Harl. Ci vediamo presto.»

«Va bene, Coach. A dopo.»

«Ciao.»

Harley chiuse la chiamata e si appoggiò indietro sulla sedia, fissando senza vedere lo schermo del computer di fronte a lei. Certo che erano stati due giorni strani. Guardò l'orologio. Le undici e mezza. Si era svegliata presto dopo aver avuto un incubo. Ovviamente nel sogno stava precipitando. Figuriamoci. Ma almeno si era svegliata prima di spiaccicarsi a terra.

Erano passate un paio d'ore da quando aveva parlato con sua sorella, e si era dimenticata di mangiare dopo essersi concentrata sul lavoro.

Fissando le righe del codice che aveva di fronte, all'improvviso le venne un'idea, così si mise al lavoro con entusiasmo. Avrebbe solo fatto quella piccola modifica, poi si sarebbe alzata e avrebbe pulito un po', prima che Coach arrivasse.

CAPITOLO NOVE

COACH SI ASCIUGÒ le mani sui pantaloni prima di bussare alla porta di Harley. Era nervoso. Sì, era ridicolo, ma non poteva farci niente. Era diverso essere quello che correva dietro piuttosto che il contrario, e gli piaceva davvero un sacco.

Harley viveva in una bella zona di Temple, in un piccolo quartiere di villette a schiera. Erano tutte uguali, sebbene fossero dipinte di colori diversi. La casa di Harley si trovava nel mezzo di una fila di sei, in un triangolo di altre costruzioni. Il parcheggio era al centro del gruppo di case. Era tutto tenuto bene e la signora anziana che lo aveva spiato da dietro le tende, mentre si stava avvicinando alla porta di Harley, gli aveva sorriso in modo amichevole.

Dopo aver aspettato praticamente un'eternità, Coach sorrise quando la porta si aprì. Ma invece di trovarsi davanti il viso sorridente di Harley, lei aprì appena un po' la porta e sbirciò fuori.

«Ehi, Coach. Io... ho perso la cognizione del tempo e non sono pronta.»

«Non sei pronta? Tutto bene?»

«Sì. Sto bene. È solo che...»

«Se hai cambiato idea, non c'è problema. So che forse sto correndo troppo, ma stavo impazzendo senza nulla da fare, e *voglio* davvero conoscerti meglio» Coach si affrettò a rassicurarla. L'ultima cosa che voleva era metterla a disagio.

«No! Non è quello. Voglio dire, voglio conoscerti di più anch'io. Ma.... voglio essere onesta, ho un aspetto terribile. Ieri ho fatto una doccia quando sono tornata a casa, ma questa mattina non me ne sono preoccupata. Indosso» Coach la vide abbassare lo sguardo sui vestiti prima di continuare «una vecchia maglietta logora e dei pantaloni enormi. Oggi non ho nemmeno messo le mutande.»

Coach quasi soffocò nel sentirlo, ma per fortuna lei non se ne accorse e continuò a blaterare.

«Volevo cambiarmi, per presentarmi meglio. Non sono la donna più carina del mondo, anche quando sono vestita bene, ma almeno per oggi, volevo provarci. Voglio dire, sei attraente, quindi mi era sembrata la cosa sensata da fare, ma poi ho iniziato a lavorare sul gioco e non mi sono resa conto...»

«Fammi entrare, Harley» domandò con fermezza Coach.

«Non so...»

«Fammi entrare» ripeté.

«Oh. Va bene, ma non dire che non ti avevo avvertito.»

Harley aprì la porta e si mise di fronte a lui, muovendosi a disagio. Senza distogliere lo sguardo dal suo viso, Coach entrò nel piccolo ingresso e chiuse la porta quando lei indietreggiò, dandogli un po' di spazio.

Una volta chiusa, Coach guardò Harley dalla testa ai piedi. Indossava una maglietta grigia che descriveva l'evoluzione dell'uomo; da una scimmia chinata a un uomo che giocava a un gioco arcade. Sembrava enorme sul suo corpo sottile, ma scendeva appena oltre i fianchi. I pantaloni erano neri e fatti di un cotone morbido. Non sapeva cosa intendesse per "pantaloni enormi" ma a lui sembravano normali pantaloni del pigiama. Erano legati in vita con un grande fiocco e avevano la gamba larga, che nascondeva la maggior parte dei piedi coperti da calzini. I capelli castani, erano legati sopra la testa in un nodo disordinato.

Si tirò su gli occhiali sul naso, si mise le mani sui fianchi e disse in modo bellicoso: «Visto? Te l'avevo detto.»

«Cosa avresti indossato se avessi avuto tempo?»

«Cosa? Oh, be'...» Harley scrollò le spalle un po' imbarazzata. «Non lo so. Probabilmente un paio di jeans e magari un maglione. Mi sarei almeno fatta una doccia, così non puzzerei.»

Coach non riuscì a resistere, si avvicinò di un paio di passi e si sporse verso di lei, seppellendo il naso nel suo collo, vicino all'orecchio, e inspirò. La sentì ansimare, ma non si allontanò da lui, si limitò a inclinare la testa di qualche centimetro, dandogli più accesso, e sentì una mano posarsi incerta sul suo fianco.

«Non puzzi. Sai di detersivo per bucato e cannella.»

«Oh be'. Sì, stamattina ho mangiato un toast alla cannella per colazione. Probabilmente mi sono sporcata la maglietta senza accorgermene.»

Coach le sorrise e lei si rilassò. Abbassò di nuovo lo sguardo sul suo corpo, notando che i capezzoli erano un'altra volta inturgiditi sotto il cotone della maglietta. Non era un esperto, ma il fatto che non riuscisse a controllare la reazione del suo corpo quando gli stava vicina, era un buon segno. Almeno per lui. Com'era ovvio, pensare ai suoi capezzoli gli fece venire in mente che non indossava biancheria intima sotto i vestiti e che, se fossero stati più in confidenza, gli sarebbe piaciuto afferrare l'estremità del laccio in vita e tirare.

«Allora, hai portato il cibo cinese?»

Quelle parole strapparono Coach dal suo stordimento sessuale. Dio. Non le era stato intorno che poco più di un paio d'ore e già stava fantasticando di spogliarla. Era un coglione.

«Sì, ti ho preso il pollo Hunan piccante, con i jalapeño ripieni come contorno.»

Sussultò quando Harley lo afferrò sul davanti della maglietta, trascinandolo in casa. «Perché non l'hai detto quando sei arrivato? È il mio preferito! Più è piccante, meglio è! E i jalapeño sono la ciliegina sulla torta» esclamò.

Coach sorrise e si lasciò trascinare in cucina. Harley allungò una mano, come per chiedere di consegnarle il sacchetto di carta che reggeva da quando era arrivato. «Dammelo.»

«Sì, signora. Lungi da me mettermi tra una donna e il suo cibo.»

Lo fissò per un attimo. «Mi stai prendendo in giro?»

«No» le disse subito Coach con un sorriso. «In realtà sono serio. Non hai idea di quanto sia eccitante stare con una donna che sa ciò che vuole. Per non parlare di quello che mangi.»

«Quello che mangio?»

Coach annuì e la guardò tirare fuori con attenzione il cibo dal sacchetto per metterlo sul bancone. «Sì, sai, il fatto che a un appuntamento, la maggior parte delle donne mangia solo un'insalata e magari un semplice petto di pollo.»

Le sue parole la lasciarono un attimo impietrita. «Un appuntamento?»

Lui sorrise. «Sì. Questo lo sto considerando come il nostro primo appuntamento. Coinvolge cibo, conversazione e, si spera, un bacio a fine serata. Un appuntamento.»

Coach sapeva di averla presa alla sprovvista quando lei lo fissò perplessa. Non aveva mai avuto appuntamenti? Impossibile; era divertente, carina e interessante. Un insieme eccezionale per quanto lo riguardava. Coach aveva incontrato troppe volte donne che volevano solo portarselo a letto. Che non desideravano scoprire chi fosse come persona... vedere l'uomo che c'era al di sotto dell'uniforme. Per qualche ragione, sapeva che Harley era diversa. Non solo aveva avuto il fegato di farli uscire dalla situazione pericolosa in cui si erano ritrovati il giorno prima, ma era rimasta in ospedale fino a che non si era svegliato, ed era stata gentile con la figlia di Emily. Sì, voleva proprio frequentarla.

«Oh be'. Va bene, allora. Ho solo pensato che tu fossi qui... sai.»

«*Non* so, Harley. Cosa?» Coach appoggiò una mano sulla sua sopra il bancone, per bloccare i suoi movimenti frenetici mentre rimuoveva i contenitori bianchi da asporto dal sacchetto.

Lei scrollò le spalle. «Per ringraziarmi per ieri o qualcosa del genere.»

«Sì, anche» confermò tranquillo Coach. «Ma è più di quello. Ti ricordi, volevo portarti fuori a mangiare prima dell'incidente. Ma ti dirò, mi hai incuriosito ancora di più adesso.»

Harley fece un respiro profondo. «Va bene, ma questa» allargò le braccia «sono io. A volte dimentico di mangiare e di fare la doccia per giorni, quando sono concentrata sul mio lavoro. Sono una nerd. Ho amici nerd, per la maggior parte sono persone che ho conosciuto online. Preferisco stare a casa e giocare con i videogiochi con quegli amici, piuttosto che uscire. Sono un'introversa. Sì, le persone mi piacciono, ma se dovessi scegliere, preferirei stare a casa da sola. Mi piace leggere e posso mangiare... molto. Sono magra e a prescindere da ciò che mangio, non riesco a ingrassare. Reggo molto bene l'alcol e probabilmente potrei batterti nel bere.» Si fermò e si morse il labbro mentre lasciava cadere le braccia lungo i fianchi.

Coach, le prese una mano e portò l'altra sul suo viso, facendo scorrere il pollice sulle sue labbra. «Sono nell'esercito. Ci sono volte in cui io e i miei amici passiamo giorni senza fare la doccia. Mangiamo pasti confezionati quando siamo in missione, quando abbiamo tempo. Non mi interessa che tu sia una nerd, anzi se vuoi proprio saperlo, mi intriga. Non ho alcun problema con il fatto che ti piaccia giocare con i videogiochi, spero solo che lascerai che mi unisca a te. Che tu ci creda o no, anch'io sono un po' introverso. Anche se sono in grado di difendermi, e lo faccio se necessario, ho imparato molto tempo fa che le persone sono cattive. Quindi, per evitarle, cerco di non trovarmi in situazioni in cui devo assistere a certi comportamenti. Detto questo, non mi faccio problemi a intervenire quando qualcuno si comporta da stronzo e a intromettermi in determinate situazioni.»

Coach spostò la mano che aveva sulla sua guancia e la portò alla vita, quindi continuò: «Non ho niente da ridire riguardo al tuo corpo, Harley. Niente. In effetti, da quello che ho visto finora, è perfetto per me.» Lo percorse con lo sguardo. «Gambe lunghe, dita sottili, seni piccoli ma davvero reattivi.» Gli brillarono gli occhi vedendola dimenarsi un po' quando strinse le dita sul suo fianco.

Alla fine, portò di nuovo lo sguardo sul suo. «Per quanto riguarda il cibo? Mangia ciò che vuoi. Preferisco avere una ragazza che mangia cibo vero piuttosto che una che cerca di impressionare quelli che la circondano. Non c'è niente di meno sexy che sentire il brontolio dello stomaco di una donna, quando esce con me. L'unica cosa con cui non sono d'accordo con te è che mi batteresti nel bere. Prima di tutto, non farei mai una gara del genere, non metterei a rischio la tua salute. Ma, se vuoi bere, ubriacati pure, tutto ciò che ti chiedo è che tu lo faccia in un posto sicuro. E magari, permettimi di venirti a prendere così da assicurarmi che torni a casa sana e salva.»

La bocca di Harley si spalancò, ma non uscirono parole. Alla fine, lo colpì al petto con le dita. Forte.

«Ahi!» Coach gliele afferrò, circondandole con il palmo per impedirle di farlo di nuovo. «Perché l'hai fatto?»

«Stavo solo verificando se sei reale. Ho pensato che dovevi essere un robot o qualcosa del genere. Forse un cyborg programmato per dire esattamente la cosa giusta alle donne.»

Coach sorrise. «Sono al cento per cento carne e ossa, Harl. Ora mangiamo o cosa?»

«Ridammi indietro le mani e sì, mangeremo.»

Coach non smise di sorridere, ma la lasciò andare.

Harley riportò la sua attenzione sul cibo. «Ti va bene se mangiamo sul divano?»

«Certo.»

«Grande. Non riesco a ricordare l'ultima volta che ho mangiato al tavolo.»

Harley si girò verso l'armadietto e tirò fuori due grandi ciotole e poi prese cucchiai e forchette dal cassetto sottostante. Li portò sul bancone dove si trovava lui e gli porse un cucchiaio. «Per il tuo riso.»

Coach raccolse un po' di riso dal contenitore e lo mise nella sua ciotola, poi aggiunse la carne e i broccoli e mescolò con la forchetta che gli aveva consegnato. «Niente bacchette?» chiese con un sorriso.

«Pff» sbuffò Harley senza alzare lo sguardo mentre preparava la sua ciotola. «Me la cavo alla grande con le bacchette, ma ho fame. È molto più efficiente usare una forchetta.»

«Non posso che essere d'accordo» le disse Coach, pensando a quanto fosse adorabile. Gli piaceva la sua schiettezza. Era stimolante. Era quasi come stare con i suoi compagni di squadra... quasi.

Aggiunsero qualche jalapeño e andarono sul divano. Harley si sedette infilando una gamba sotto di lei e si buttò sul pollo, senza parlare con lui e senza alzare lo sguardo.

Invece di sentirsi offeso, Coach si sentì... a suo agio. Anche se era la prima volta che andava a casa sua, o passavano del tempo insieme, non si sentiva in imbarazzo o impaurito di dire la cosa sbagliata. Harley era un tipo alla mano e stava bene con se stessa.

Si buttò anche lui sul cibo, senza preoccuparsi di provare a parlarle mentre mangiavano. Harley non aveva mentito, mangiava con gusto, e svuotò la sua ciotola più in fretta di quanto avesse creduto, considerando che lui finì l'ultimo boccone solo qualche istante dopo di lei.

Harley si pulì la bocca con un tovagliolo di carta che aveva preso dalla cucina prima di sedersi e lo osservò arricciando il naso. «Nessun commento su quanto mangio veloce?»

«No. Siamo una coppia perfetta.» Coach sollevò la sua ciotola vuota.

Tese la mano per prenderla. «Io ho finito, tu ne vuoi ancora?»

Coach scosse la testa. «No, sto bene così. Ma faccio io, dammi la tua.»

Harley non protestò, si limitò a consegnargli la sua ciotola ormai vuota. Mentre percorreva la breve distanza verso la cucina, per metterle nel lavandino, lei commentò: «La gente mi riprende perché mangio troppo in fretta.»

Coach si voltò a guardarla. Harley si era girata, aveva il gomito appoggiato sullo schienale del divano in pelle nera e guardava verso di lui.

Fece scorrere l'acqua sulle stoviglie sporche e ammise: «Sì, lo fanno anche con me. Mia mamma mi rimprovera ogni volta che mangio a casa sua.»

«Mia sorella dice che mangio come se fossi un bambino affamato dell'Africa.»

Si scambiarono un sorriso.

«Ma ho fame. Non vedo alcun motivo per fermarmi tra un boccone e l'altro, o posare la forchetta mentre mastico. È solo più efficiente finire, e passare a qualcosa di più interessante» cercò di spiegare Harley.

Se fosse stata una qualsiasi altra donna, Coach avrebbe potuto fare un'allusione sessuale, ma era ovvio che Harley non ci stesse provando con lui in alcun modo. «Allora, ti sentirai come a casa con i miei amici. Emily e Rayne si lamentano sempre che siamo come un branco di sciacalli.» Scrollò le spalle con nonchalance mentre richiudeva i contenitori di cibo cinese con gli avanzi e li metteva nel frigorifero. «Quando siamo sul campo, a volte, non c'è tempo per sedersi e godersi un pasto. Ci riempiamo con ciò che possiamo, quando possiamo.»

«Puoi dirmi di più su quello che fai?»

Coach tornò sul divano e si sedette di nuovo accanto ad Harley. Tutta la sua attenzione era rivolta a lui. Non stava armeggiando con il cellulare, non stava cercando il telecomando della televisione, era concentrata su di *lui*. Stava dimostrando, a ogni minuto che passava, che era diversa da ogni altra donna con cui era uscito in passato. In senso positivo, molto positivo.

Avrebbe voluto rispondere alla sua domanda, ma sapeva anche che doveva stare attento. «Sai che sono nell'esercito» iniziò con cautela.

Lei annuì e lo incoraggiò a continuare.

«Sono un *foxtrot trentacinque*.»

Harley lo fissò, poi ammise: «Okay, non ho idea di cosa significhi. Conosco alcuni codici di base, come *bravo undici* che significa fanteria, *bravo dodici* è il genio militare, i *centocinquantatré* sono piloti e *bravo ventisette* è un giudice, ma non ne conosco altri.»

«Sono impressionato che tu ne sappia così tanti.»

Harley scrollò le spalle. «Mia sorella è un avvocato, e ho imparato alcune cose negli anni giocando ai videogiochi.» Sorrise imbarazzata.

«Un *foxtrot trentacinque* fa parte del ramo dei servizi segreti militari.» Quando Harley aprì la bocca per dire qualcosa, Coach la interruppe con una risata. «E no, non è una contraddizione.» Risero entrambi.

«Come sapevi cosa stavo per dire?» riuscì alla fine a

chiedergli tra le risatine, e quando riprese il controllo, continuò: «Che cosa fai con esattezza?»

«Ufficialmente il mio lavoro è analista di intelligence.» Coach non le disse che, sui documenti – documenti che erano top secret – era in realtà codificato come un *foxtrot diciotto*... una parte del ramo delle forze speciali. «In sostanza, utilizzo le informazioni per cercare di determinare di cosa sia capace il nemico, quali potrebbero essere le sue vulnerabilità e come si dovrebbe agire rispetto a entrambe.»

Harley annuì. «Non fa una piega. Scommetto che la tua memoria eidetica è utile.»

«Sì, di certo aiuta.»

«Quindi, lavori con un team?»

«In che senso?»

«I ragazzi che erano all'ospedale, ieri. Li hai chiamati compagni di squadra. Sono anche loro tutti foxtrot trentacinque?»

Coach trattenne uno sbuffo. Ghost e gli altri si sarebbero goduti un mondo questo momento. Harley poteva anche definirsi nerd, ma i ragazzi definivano *lui* il nerd del gruppo. Gli piacevano i numeri e capire le cose, i puzzle di logica erano la sua droga.

«No, ognuno ha la propria specialità. Lavoriamo molto insieme, tanto che siamo più come fratelli che colleghi.»

Coach non batté nemmeno ciglio mentre Harley lo fissava. Avrebbe dovuto continuare a ricordarsi che lei era molto più intelligente della maggior parte delle donne con cui era uscito. La sua spiegazione sarebbe stata sufficiente con tutte le altre. Continuò: «Veniamo inviati molto spesso in missione insieme, quindi *siamo* come compagni di squadra.»

«In missione insieme? Non nello stesso schieramento?»

Merda, merda e tripla merda. Coach non disse nulla, ma mantenne il contatto visivo con Harley fino a quando lei non distolse lo sguardo.

«Va bene. Ho capito. Vedo che sei a disagio e non te lo chiederò più. Ma posso dire una cosa?»

«Certo.»

«Penso che sia fantastico. Voglio dire, sono arrivati all'ospedale circa quindici minuti dopo di noi. Nessuna delle persone che conosco, a parte la mia famiglia, lo farebbe per me. Erano preoccupatissimi, anche le due donne. Sono contenta per te.»

«Sono contento anch'io, Harl. Ma sai una cosa?»

«Cosa?»

«Se sapessi che sei in ospedale, sarei lì in meno di quindici minuti.»

«Non mi conosci nemmeno» sussurrò confusa, scuotendo la testa. «Perché dici così?»

«Magari non ti conosco nei minimi particolari, ma conosco a sufficienza le cose fondamentali da essere sicuro che mi importerebbe se tu fossi ferita. Che mi preoccuperei per te. Che vorrei essere lì quando ti svegli.»

Coach vide ancora la confusione nei suoi occhi castani e decise di cambiare argomento. «Dimmi di più sul tuo lavoro. Programmi videogiochi e, a quanto pare, quelli che trattano di guerra.»

Fu la cosa giusta da chiedere. Coach annuì e mormorò apprezzamenti durante tutti i quindici minuti in cui Harley parlò, eccitata, del suo lavoro e di ciò che faceva al computer. Lavorava per una grande e famosa azienda di grafica, ed era una delle tante persone che stava dietro le quinte dei videogiochi più amati dai ragazzini oggi, per renderli il più realistici ed emozionanti possibile.

«Hai qualche merito riconosciuto?»

«Merito?»

«Sì, tipo il tuo nome elencato nei titoli di coda? O sei solo dietro le quinte?»

I suoi occhi si illuminarono e Coach amò quello sguardo.

«Vuoi vedere?»

«Il tuo nome sul gioco? Accidenti, sì.»

Harley scese dal divano e andò verso la TV e la console di gioco. Non disse nulla, ma cercò nello scaffale dei giochi e ne tirò fuori uno. Lo inserì nel lettore e prese un telecomando, accendendo la televisione mentre si sedeva di nuovo.

«Ok, non ti eccitare troppo, è solo il mio nome tra una ventina d'altri, ma siamo elencati nei titoli di apertura, quando il gioco viene fatto partire per la prima volta. So che quasi tutti saltano quella parte, ma è comunque una soddisfazione.»

Coach osservò Harley, invece dello schermo. Quando era eccitata, il suo viso si illuminava tutto: era un lato di lei che non aveva ancora visto. E gli piaceva molto.

«Ok, sei pronto?» chiese girandosi e aspettandosi di vederlo guardare lo schermo invece di lei. «Coach?»

«Scusa, sì, sono pronto.»

«Bene, proverò a mettere in pausa, ma devi essere veloce.» Si tirò su gli occhiali sul naso e si sporse in avanti, come se ciò la aiutasse a concentrarsi. «Ecco, lì!» esclamò, indicando la TV. «Preso!»

Coach guardò lo schermo da cinquantacinque pollici e

vide un elenco di nomi, e nel mezzo c'era Harley Kelso, game designer. Le sorrise raggiante. «È fantastico.»

«Vuoi giocare?»

«Sì.» La risposta di Coach fu immediata. «Anche se devo ammettere che *Bejeweled* è la mia specialità. Ho visto che ce l'hai.»

«Dimenticalo» gli disse Harley. «Ce l'ho solo perché mia sorella non sa giocare a nessuno di quelli in prima persona. Quel gioco è per femminucce.»

«Quindi, su quello fai schifo» scherzò Coach.

Si voltò e gli lanciò un'occhiataccia. «Vuoi giocare o no?»

Alzando le mani in segno di resa, la blandì, «Sì, scusa. Mi va bene quello che vuoi tu.»

Per fortuna lo perdonò per la scelta di un gioco apparentemente mediocre. «Possiamo giocare sia uno contro l'altro, sia nella stessa squadra.»

«Stessa squadra.»

«Scelta intelligente, probabilmente ti straccerei» gli disse sorridendo.

«Non ho dubbi.» E non ne aveva davvero. Coach poteva anche essere un soldato grande e grosso della Delta Force, ma se Harley aveva aiutato a programmare il gioco, sarebbe stata molto più abile di lui... e si considerava un giocatore abbastanza bravo.

«Tieni.» gli porse un controller. «Hai mai giocato a questa versione di *This is War?*»

«Non a questa, ma a quella con i soldati alieni, sì.»

«Ok, questa è molto meglio. E prima che tu te lo chieda, sì, ho aiutato a programmare l'altro, ma questo è più recente e abbiamo fatto delle cose fortissime. Lo metto a livello medio e ti lascio avere il comando.»

«Cerca di non spararmi nel culo, va bene, Kelso?»

Lei ridacchiò, e gli si contorse lo stomaco a quel suono. Sembrava felice e senza una preoccupazione al mondo, e quasi cancellò il ricordo del giorno prima, quando aveva pianto contro il suo petto. Quasi.

«Va bene, Ralston, facciamolo.»

CAPITOLO DIECI

«STAI ATTENTO! Dietro di te! Merda, ha una granata! Scappa, Coach! Esci di lì!»

«Cazzo, da dove è arrivato? Colpiscilo, Harl! Sparagli!»

«Non ho una buona angolazione! Dannazione!»

«No, no, no, no! Accidenti!» Coach si lasciò cadere sui cuscini del divano, sconfitto, mentre guardava morire il suo personaggio per praticamente la ventesima volta, quella sera. Guardò Harley con una smorfia afflitta. «I programmatori di questo gioco sono dei sadici.»

Lei scoppiò a ridere; gettò indietro la testa e rise fino a tenersi la pancia con le mani. Quando infine Harley riprese un po' il controllo, disse senza fiato: «Stiamo giocando solo a difficoltà media, bambinone. Dovresti vedere il livello esperto.»

Coach sollevò le mani in segno di sconfitta. «Dio. Basta così. Ottimo lavoro, Harley. Sul serio.» Abbassò lo sguardo sull'orologio e sollevò le sopracciglia, sorpreso. «Sono davvero le nove?»

Anche Harley sembrò sorpresa, e voltò la testa di

scatto per guardare l'orologio sul muro vicino alla cucina. «Porca vacca. Pare di sì.» Si voltò di nuovo verso Coach e scrollò le spalle. «Non è un buon gioco se non riesce a tenerti occupato per almeno otto ore della tua vita.»

«È un bel gioco. Ma a essere sincero, è stata la compagnia che ha fatto sì che valesse la pena perdere una giornata intera.»

Harley arrossì, ma gli sorrise. «Non mi divertivo così tanto da molto tempo. Grazie, Coach.»

«Il piacere è stato mio, credimi.»

Harley si alzò e si tirò i muscoli, mettendo le mani dietro la schiena e inarcandosi, proprio come aveva fatto prima che si lanciassero.

Coach quasi soffocò nella sua saliva. Era ovvio che non avesse idea di essere attraente, ed era anche sicuro che non stesse fingendo di fare la timida, o cercasse di provarci, e quando si inclinò indietro, spingendo i seni in avanti, anche se i suoi capezzoli non erano tanto turgidi come quando si stavano preparando a lanciarsi, ebbe una visione migliore delle sue forme.

Era snella, sì, ma i seni erano perfetti per il suo fisico. Volendo indovinare, Coach avrebbe detto che probabilmente portava una coppa B, riempivano bene la mano. Ma era il pensiero di mettere le labbra sui suoi capezzoli che gli faceva venire l'acquolina in bocca. Si ricordava di come si erano inturgiditi, dimostrando di provare interesse per lui.

Coach si sentì pulsare nei jeans. Gesù, non aveva visto nemmeno un centimetro della pelle nuda di Harley, ma nella sua testa, le aveva già tolto i vestiti e succhiato i seni fino a farla venire.

Lei lo guardò e si bloccò, vedendo lo sguardo di desiderio sul suo viso. Coach cercò di nascondere qualsiasi emozione potesse trasparire ma capì di aver fallito quando lei inconsciamente abbassò le braccia per incrociarle intorno alla vita.

«Come va la testa? Hai bisogno di altro ibuprofene?»

Coach negò con il capo. «No, sto bene. L'ultimo paio che ho preso quando abbiamo fatto una pausa per mangiare il resto del cibo cinese, sta ancora facendo il suo lavoro. Grazie, comunque.»

«Ok. Bene.»

Coach si alzò in piedi. «Meglio che vada. Ti ho portato via anche troppo tempo oggi.»

«No, non c'è problema. Avevo bisogno di una pausa. A dire il vero, giocare con uno dei giochi più vecchi con te non è stato solo divertente, ma mi ha dato alcune idee per quello nuovo.»

Avvicinandosi ad Harley, volendo ribadire il concetto, Coach disse a bassa voce: «Mi fa piacere e mi sono divertito. Grazie per aver condiviso questa parte della tua vita con me. La trovo, e trovo te, affascinante. Anche se abbiamo già mangiato insieme, mi piacerebbe comunque portarti fuori qualche volta.»

«Davvero?» Harley fece una smorfia, poi cercò in fretta di mascherare la sua risposta scettica. «Voglio dire, certo, piacerebbe anche a me.»

Coach sorrise. «Mi accompagni alla porta?»

Camminarono fianco a fianco fino all'entrata. Harley sbloccò la serratura e aprì la porta, mettendosi di lato.

Coach rimase lì, accanto a lei, a osservarla per un momento. Non aveva mentito, si era divertito moltissimo. Giocare, vedere come Harley si arrabbiava ed eccitava concentrata nel videogioco, era stato stimolante. Era stato come competere con i ragazzi del team, tranne per il fatto che Coach non era riuscito a dimenticare, nemmeno per un secondo, che Harley era al cento per cento donna. Poteva indossare pantaloni enormi di cotone e una maglietta che le nascondeva il fisico, ma i suoi sensi non erano mai stati così vivi vicino a una donna, come con lei.

Chinandosi verso Harley, ma senza toccarla, la fissò negli occhi mentre diceva: «Vorrei baciarti.»

Il suo cuore mancò un battito quando non rispose subito, ma poi si riprese quando lei annuì. «Lo vorrei anch'io.»

Coach si prese il suo tempo, sapendo che non avrebbe mai avuto un altro primo bacio con lei, le mise una mano sulla spalla e le nocche dell'altra sotto il mento, per inclinarle il viso in modo da avere l'angolazione perfetta. La sua altezza era ideale, ma avrebbe dovuto comunque chinarsi un po', senza però doversi preoccupare di stirarsi la schiena.

Harley si leccò le labbra nervosa, e la sentì posare esitante le mani sulla sua vita mentre lui si avvicinava di più. Anche Coach si leccò le labbra, preparandosi, e la guardò chiudere gli occhi.

Non volendo perdersi nemmeno un secondo del momento, tenne i suoi aperti mentre eliminava la distanza tra di loro. Le labbra si toccarono in una fugace carezza, poi un'altra. Alla terza, indugiò, e lei reagì come faceva con qualsiasi cosa, si buttò con tutto il cuore nell'esperienza.

Coach si sentì stringere i fianchi dalle sue mani mentre si abbandonava a lui. Volendo assaporarla più di quanto desiderasse respirare, fece scivolare la lingua nella sua bocca, incontrando quella di Harley come in una danza, mentre lei ricambiava.

Sapeva un po' di pollo piccante che aveva mangiato a cena, ma soprattutto, sapeva di... Harley. Coach inspirò, inclinò la testa e spostò la mano dietro la sua nuca, per tenerla contro di sé. Respirò il suo profumo; non era sapone o shampoo, ma aveva un odore tutto femminile, leggermente fragrante e fresco.

Lui gemette nella sua bocca e prese il controllo del bacio. Tenendola ferma, la divorò come se fosse l'ultima volta che l'avrebbe baciata. Le succhiò la lingua, poi le mordicchiò le labbra. Avrebbe voluto assaporarle tutta la notte, ma la sentì tremare contro di lui, così si tirò indietro. L'ultima cosa che voleva fare era spaventarla o spingerla a fare ciò che non voleva.

Coach si sentì come un cavernicolo, avrebbe voluto trascinarla di nuovo in casa e in camera, gettarla sul letto e strapparle i vestiti di dosso, per vedere cosa si nascondeva sotto. Ma aveva tempo. Non voleva precipitare le cose facendo subito sesso. Giocare con lei stasera era stato divertente, e qualcosa che non aveva mai fatto con nessun'altra donna. Qualcosa che non avrebbe mai *voluto* fare con nessun'altra donna.

Appoggiò la fronte sulla sua, amando i suoi respiri affannati. «Grazie, Harley. È stato un bel regalo.»

Si scostò indietro e lo guardò confusa.

Non riuscì a farne a meno, era stato curioso da quando aveva posato le labbra sulle sue per la prima volta, così portò lo sguardo sui seni e sorrise.

I capezzoli di Harley erano turgidi e premevano contro la maglietta grigia, verso di lui. Vedeva chiaramente quanto l'aveva eccitata il suo bacio. Spostando una mano dalla testa al fianco, Coach strofinò il pollice sotto la curva del seno. Non come un pervertito, ma di certo toccandola in modo più intimo di quanto avrebbe fatto un amico, e forse, aveva oltrepassato un limite proibito visto da quanto tempo si conoscevano, ma non avrebbe potuto fermarsi nemmeno se avesse avuto una pistola puntata alla testa. Aveva *bisogno* di toccarla.

«Grazie per il miglior primo bacio che abbia mai ricevuto. Ha superato tutte le mie aspettative.» Incontrò i suoi occhi, ma il pollice non fermò mai la dolce carezza. «Ti voglio, Harley Kelso. Ma più del tuo corpo, in questo momento, voglio che ti fidi di me. Ho spezzato quella fiducia quando ci siamo lanciati, non per colpa mia, ma comunque è successo. Voglio trascorrere altri giorni a rilassarmi accanto a te sul divano. Voglio sapere di più sul tuo lavoro, quello che fai e come funziona. Voglio incontrare tuo fratello e tua sorella. Voglio che tu conosca i miei compagni di squadra, ed Emily e Rayne. In sostanza, ti voglio nella mia vita. Non mi sono mai sentito così con nessuna prima d'ora, e non ti sto dicendo tutto questo per riuscire a portarti a letto. Per quanto voglia vedere e toccare il tuo bellissimo corpo, voglio conoscere chi è Harley. Le tue paure, i tuoi sogni e le tue fantasie.»

«È solo perché mi sei riconoscente.»

Coach scosse la testa, confutando le sue parole tremanti. «No. Non è così. Sono orgogliosissimo di te per ciò che hai fatto ieri, non fraintendermi, ma a essere onesti, l'AAD si sarebbe aperto comunque, non importa chi fosse legato al mio petto. Certo, se ci fosse stato qualcun altro con me e non avesse fatto la metà di ciò che hai fatto tu, una volta atterrati avrei potuto restare ferito molto peggio. Ma sono grato che ci fossi *tu*. Ti sono grato per tutto ciò che hai fatto. Ma non è quello il motivo,

Harley. Non so spiegarti cosa ci sia in te, ma ne sono attratto. Ossessionato.»

«Devono essere i miei occhiali da nerd e il vestito perfetto per sfilare sulla passerella» commentò in tono sarcastico Harley.

Avrebbe dovuto insegnarle come accettare un complimento. «*Sono* i tuoi occhiali. E i tuoi vestiti. Tu sei *tu*. Non ti frega niente di quello che gli altri dicono o pensano di te. Ti senti a tuo agio con te stessa. E tutto ciò mi eccita. Non ci sono molte donne al mondo d'oggi che sono così. È davvero affascinante e, Harl, devo avvisarti, mi piaci molto. Spero proprio che sia reciproco, ma ho intenzione di fare del mio meglio perché succeda.»

«Vai così, giovanotto.»

La voce sembrò provenire dalla casa accanto. Entrambi sporsero la testa fuori dalla porta, e Coach vide la stessa donna anziana che aveva notato al suo arrivo, sorridere in piedi sulla soglia di casa sua.

«È maleducato origliare, Gretel» la rimproverò Harley, arrossendo.

«Ah. È maleducato solo se intendi fare del male con ciò che senti.»

«Non ha tutti i torti» concordò Coach, non lasciando andare Harley.

«Se lo dici tu» borbottò sottovoce. «Buona notte, Gretel» disse, tirandosi indietro sulla porta.

Quando Coach la guardò con le sopracciglia inarcate, Harley spiegò: «Quella è Gretel Owens. Ha circa ottant'anni e ha una cotta per l'altro mio vicino. Gli dà la caccia, uscendo ogni volta che lui arriva o se ne va. In sostanza, è la signora che fa la guardia al quartiere. È innocua.»

«Ma il vicino ricambia?»

«Henry? Non ne ho idea. Penso di sì, ma la sta facendo penare non poco, questo è certo.»

«Spero che non abbia intenzione anche tu di farmi penare, ma ti avverto già, se sarà così, sarò felice di stare al gioco.»

Coach sorrise dato che sembrava essere riuscito finalmente a lasciare Harley senza parole. Si chinò di nuovo verso di lei, sfiorandole la bocca con un brevissimo bacio, poi si tirò indietro. «Ti chiamo domani. Mi restano ancora alcuni giorni di ferie. Mi piacerebbe vederti di nuovo.»

«Sabato ho la cena con mio fratello e mia sorella.»

«Ok, nessun problema. Domenica, allora? Penso che Fletch farà un barbecue a casa sua. Vorresti venire con me?»

Harley si guardò i piedi prima di incontrare il suo sguardo. «Non sono brava nelle interazioni sociali, Coach. Sul serio. Dico sempre la cosa sbagliata, e l'ultima cosa che voglio fare è metterti in imbarazzo con i tuoi amici.»

«Andrà tutto bene.»

«E se a loro non piacessi?»

«Ti adorano già, Harley, li hai incontrati in ospedale. Fletch mi ha detto che Annie ha parlato di te senza sosta. Di quanto eri calma e controllata, anche se eri coperta dal mio sangue. È stata la cosa più bella che le sia successa in almeno una settimana.» Coach sorrise, facendole capire che stava scherzando.

Non vedendola ancora convinta, continuò: «Non dovremo rimanere a lungo, se ti sentirai a disagio. Ti vengo a prendere e possiamo passare a salutare, e poi tornare qui, se vuoi. Oppure possiamo andare un po' a casa mia. Qualsiasi cosa vuoi.»

«Ok. Va bene. Mi piacerebbe conoscere meglio i tuoi amici.»

«Grazie, cazzo» sospirò sollevato. «Giuro che mi hai fatto sudare più tu per avere un appuntamento, di chiunque abbia mai conosciuto.»

«Mi dispiace. Non sto cercando di fare la difficile» gli disse, con un'espressione preoccupata sul viso.

«Lo so» la tranquillizzò. «Ciò rende ancora più gratificante il fatto che tu abbia detto di sì. Ti chiamo domani e possiamo parlare, imparare altre cose su di noi.»

«Va bene.»

«Chiudi a chiave dietro di me» le ordinò, lasciandola andare con riluttanza e indietreggiando.

«Certo» gli rispose «Lo faccio comunque ogni sera.»

«Buona notte, Harley. Grazie per la bella giornata.»

«Notte.»

Coach sorrise fino a casa. Gli faceva male la testa e il naso era indolenzito ma, in quel momento, non gliene poteva fregare di meno. Harley sarebbe stata sua, solo che lei non lo sapeva ancora.

CAPITOLO UNDICI

HARLEY SORRISE al fratello e alla sorella. Avevano cenato e ora erano seduti sul divano di Montesa. Coach le aveva mandato qualche messaggio e ieri sera le aveva telefonato. Erano rimasti alzati fino a tardi a discutere dei meriti dei puzzle game, come *Bejeweled*, rispetto ai giochi sparatutto in prima persona, come *This is War*. Dopo aver riattaccato, Harley aveva mal di pancia da quanto aveva riso.

«Allora, dimmi di più su questo Coach» le chiese Davidson con voce dura ma preoccupata, che solo un fratello maggiore poteva avere.

«È nell'esercito. È un sergente. Lavora nell'intelligence con un gruppo di altri uomini.»

«Non lavorano tutti con altri uomini?» disse Montesa, sorseggiando il suo terzo bicchiere di vino.

«Fa parte delle forze speciali?» domandò all'improvviso Davidson.

Harley osservò suo fratello prima di rispondere cauta: «Penso di sì, ma era a disagio a parlarne, quindi non ho insistito.»

«Mmm, probabilmente non è un Ranger allora. Quei ragazzi adorano parlare del loro lavoro.»

«Non è carino, Davidson» lo rimproverò Harley. «Non dovresti essere così cinico.»

«Mi dispiace, ma non posso farci niente. Allora, pensi che sia della Delta Force? Fa parte dell'esercito, quindi non può essere un SEAL.»

«Come potrei saperlo?» sbottò Harley, esasperata. «Non sono top secret? Non è che me lo direbbe, se lo fosse.»

«È vero.»

«Quindi, ti piace?» le chiese Montesa, arrivando al succo del problema.

«Sì» ammise, senza ombra di dubbio. Loro erano la sua famiglia, ed erano molto più legati rispetto alla maggior parte dei fratelli e sorelle. Sapeva di poter dire qualsiasi cosa e che non l'avrebbero mai giudicata. Be', forse non avrebbe parlato con suo fratello di sesso, ma con Montesa, sì. «È diverso dalla maggior parte dei militari che ho conosciuto. È divertente e mangia più in fretta di me.»

«Non sono sicuro che sia un punto forte, Harley» le disse il fratello con le labbra arricciate.

Harley rise, ma non fu d'accordo. «In realtà lo è. Non gli è importato per niente che avessi mangiato tutto. Sai cosa provo per gli uomini che fanno commenti riguardo alla quantità di cibo, o a quanto veloce mangio. Il fatto che lo sia anche lui quanto me, significa che non devo preoccuparmi dei commenti sprezzanti.»

«Vero» concordò con riluttanza Davidson. «Ma non sono sicuro che dovresti costruire un'intera relazione sul fatto che può mangiare velocemente. Inoltre, fino a quando non lo incontrerò, mi tratterrò dall'esprimere qualsiasi opinione.»

«Bene» concordò Harley. Ci teneva al giudizio di suo fratello e non vedeva l'ora di vedere cosa ne pensasse di Coach.

«Perché ha quel soprannome?» le chiese Montesa.

Harley scrollò le spalle. «Non lo so. Non gliel'ho ancora chiesto.»

«Oh, per favore, fammelo sapere, trovo affascinante il modo in cui quei militari si guadagnano i soprannomi. Il più delle volte è divertente.»

«Lo so. Fanno una mossa sbagliata, e sono marchiati con un nome sciocco per il resto della loro vita. Anche se il suo amico Fletch si chiama così perché il suo cognome è Fletcher, quindi potrebbe essere qualcosa di innocuo.»

«Come diavolo fai a sapere il significato di quello del suo amico, ma non conosci quello dell'uomo che ti piace?»

«Me l'ha detto la figlia di Fletch.»

Montesa scosse la testa esasperata e svuotò il bicchiere. «Non voglio saperlo. Sul serio, la tua vita è una soap opera.»

«Non è così» Harley non era d'accordo. «Di solito è estremamente noiosa. Mi dici tutto il tempo che dovrei uscire di più.»

«È vero. Ok, allora, non far *diventare* la tua vita una soap opera, va bene?»

Harley sorrise alla sorella. «Ok. Niente *General Hospital* nella mia vita. D'accordo.»

«È ora che ci togliamo dai piedi, sorella» disse Davidson. «Ho una teleconferenza domani mattina.»

«Di domenica?»

Lui fece una smorfia. «Già.»

«Che palle.»

«Già» ripeté. «Sei pronta per tornare a casa, Harley? Non hai ancora fatto controllare la tua auto?»

«No. Non c'è niente che non va nella mia macchina.»

«Le gomme sono quasi lisce» ribatté Davidson «e fa uno strano rumore, non cercare di negarlo. Ero proprio dietro di te stasera quando hai parcheggiato, e sono quasi diventato sordo finché non hai spento il motore.»

Harley lanciò un tovagliolo appallottolato a suo fratello. «Ma va là.»

Lo prese prima che lo colpisse in testa e le sorrise. «Falla controllare, Harley.»

«Va bene, va bene. Lo farò.»

«Stessa ora la prossima settimana?»

«Non posso, scusa» disse Montesa a suo fratello. «John e io andremo a una conferenza a San Francisco. Non saremo a casa fino a domenica sera.»

Harley notò che Davidson avrebbe voluto commentare la strana relazione tra la sorella e il suo socio, ma non lo fece. Entrambi avevano imparato a lasciar perdere. Montesa era sensibile al riguardo, e nessuno dei due voleva ferire i suoi sentimenti.

«Okay, magari la settimana dopo, allora.»

«D'accordo.»

«Perfetto.»

Harley salutò Montesa avviandosi con il fratello verso le macchine. Gli diede un abbraccio e un bacio, e si scordò subito di loro non appena salì in auto e controllò i messaggi.

Spero che ti sia divertita a casa di tua sorella.

Era carino che Coach si fosse ricordato che quella sera avrebbe cenato da Montesa. Non ne avevano parlato la sera prima al telefono. La sua memoria eidetica doveva estendersi anche alle conversazioni. Harley si ripromise di ricordarselo. Controllando l'orologio e vedendo che non era troppo tardi, rispose con un breve messaggio.

Sì, grazie. È sempre bello passare del tempo con loro.

La sua risposta fu immediata. *Sei fortunata.*

Harley lo sapeva. Non molte persone avevano un rapporto così stretto con i fratelli. Ma per qualche motivo, ebbe la sensazione che ci fosse qualcosa di più nel testo di Coach, oltre alla semplice cortesia. Prima che potesse commentarlo, le inviò un altro messaggio.

Tutto confermato per il barbecue di domani?

Sì. A che ora?

Posso venirti a prendere verso le dodici e mezzo. Ti va bene?

Certo. Abbigliamento casual, giusto?

Assolutamente. Saremo tutti in jeans.

Harley sospirò di sollievo. I jeans erano alla sua portata.

Ok, allora ci vediamo domani.

Non vedo l'ora.

Il suo sorriso non svanì nemmeno un'ora dopo, quando si infilò a letto. Aveva dimenticato la sensazione di euforia che si provava a frequentare una persona nuova. Era bello. Anzi meraviglioso.

CAPITOLO DODICI

COACH ARRIVÒ puntuale il giorno successivo.

Alle dodici e trenta in punto, Harley guardò fuori e lo vide parlare con Henry. Stavano conversando in modo vivace perché Coach stava ridendo e gesticolando. Si voltarono entrambi verso la casa di Gretel e la salutarono con la mano, beccandola a spiarli.

Alla fine, Coach strinse la mano di Henry e poi si avvicinò alla sua porta. Stava per bussare, ma Harley la aprì prima che le nocche potessero toccare il legno.

«Ciao.»

«Ciao. Hai un aspetto fantastico.»

Harley arrossì. Si era impegnata molto di più oggi, per rimediare a ciò che era successo l'ultima volta che era stato a casa sua. Indossava un paio di jeans attillati che le avvolgevano bene il sedere; Montesa le aveva detto che erano molto sexy. Li aveva abbinati a una delle sue magliette preferite, che aveva lo scollo a V e la scritta a caratteri cubitali "Harvard", e appena sotto, in caratteri più piccoli, "sto scherzando".

«Bella maglietta.»

«Grazie. Oggi ho deciso di rinunciare ai pantaloni enormi.» Non era niente di eccezionale, ma d'altra parte, non lo era nemmeno lei.

Coach portò una mano sul suo viso e le spostò una ciocca di capelli dietro l'orecchio. «Mi piacciono anche i tuoi capelli.»

Sorrise imbarazzata. «Ho pensato di fare qualcosa di meglio che legarli in una semplice coda, per una volta. Oh, e ho anche fatto la doccia stamattina. Solo per te» scherzò.

Le fece un gran sorriso e si mise una mano sul petto. «Mi batte forte il cuore.»

Harley si rilassò, felice che lui non avesse dato grande importanza alla cosa. Aveva trascorso molto tempo quella mattina a cercare di far cooperare i suoi capelli, ma non era riuscita a fare molto, dato che il risultato stava a metà tra il dritto e il riccio. Quando li arricciava, tenevano a malapena per circa un'ora, e quando cercava di farli dritti, inevitabilmente si increspavano. Quindi, oggi aveva deciso di lasciarli al naturale, con l'aiuto di un po' di gel. Li aveva asciugati a testa in giù per dare un po' di volume, e sperato in un bel risultato. Fin qui, tutto bene.

«Sei pronta per andare?»

Harley annuì. «Come non mai.»

Coach aspettò paziente che chiudesse a chiave la porta, poi allungò la mano, come per indicare la strada verso la sua macchina.

Harley studiò la sua auto, poiché era la prima volta che la vedeva, e si voltò verso di lui con un sorriso. «Una Toyota Highlander? Non è... ehm... come posso dirlo... un po' da mamma casalinga?»

Lui rise, senza vergognarsi della sua auto, e aprì le

portiere con il telecomando mentre si avvicinavano. «Può essere, ma non mi interessa. Adoro questa bambina.» La accarezzò lungo il tetto quando la raggiunse. «Aspetta solo di sederti. La guida è fluida, le caratteristiche di sicurezza sono straordinarie e, inoltre, è divertente da guidare.»

«Niente pick-up? Pensavo che tutti i soldati tosti del Texas ne avessero uno.»

Coach le diede una mano a salire, e una volta seduta si chinò verso di lei. «Il retro di questa è molto più comodo del cassone di un pick-up.» Le fece l'occhiolino e chiuse la portiera, sorridendo.

Harley alzò gli occhi al cielo. Non lo avrebbe ammesso con lui, ma era impressionata. L'interno del SUV era in pelle e, ovviamente, aveva tutti gli accessori possibili e immaginabili. La parte posteriore era dotata di poltrone comode indipendenti e di un tetto panoramico. Era stupendo. La sua macchina sembrava decisamente un rottame rispetto a quella di Coach.

Si ricompose quando lui salì al suo posto. Premette il pulsante per avviare la macchina, e Harley non fece nemmeno la battuta sul fatto che avesse un'auto che non aveva bisogno di una chiave da inserire nell'accensione per avviarla.

«Ho chiesto a Fletch se può dare una controllata alla tua macchina» disse con disinvoltura mentre erano in viaggio.

«Che cosa? Perché?»

«Perché Hollywood ha detto che faceva un rumore strano e che le tue gomme erano finite, e perché Fletch ama armeggiare con le macchine. Ha una Charger su cui sta lavorando da un po'.» Lanciando un'occhiata ad Harley e vedendo lo sguardo incerto sul suo viso, proseguì in fretta. «Non è un grosso problema. Non farà una revisione completa, ma può cambiare l'olio, girare le gomme, cambiarle se vuoi, controllare i filtri e cose così. Può dirti cosa pensa potrebbe essere necessario fare, in modo che i meccanici non ti freghino.»

«Oh, ok. Mi piacerebbe. Ma per favore non dirgli nulla oggi, se dopo avermi conosciuta non riuscisse a sopportarmi, mi farebbe strano se gli facessi controllare la mia macchina.»

«Prima di tutto» le disse con calma Coach, «gli piaci già. In secondo luogo, sarebbe felice di controllarla. Armeggiare sotto il cofano lo rilassa. Andrà tutto bene. Ci metteremo d'accordo sul momento migliore per farlo.»

Chiacchierarono del più e del meno per un po' nel tragitto verso la casa del suo compagno di squadra. Harley fu felice di vedere che Coach era un autista prudente. Controllava costantemente gli specchietti e teneva gli occhi sulla strada. «Allora, la cena è andata bene ieri sera?» si informò.

«Sì. È sempre bello trovarsi con Montesa e Davidson.»

«Aspetta, anche i tuoi fratelli hanno preso il nome dalle motociclette?»

«Ottima intuizione. E sì, ti avevo detto che i miei genitori avevano una passione per le moto.»

«È vero» concordò con un sorriso. «Si fanno chiamare con dei soprannomi?»

«Tipo David o Tesa? No. I miei genitori si sono rifiutati di abbreviare i loro nomi, e poi quando sono morti, abbiamo voluto mantenerli così com'erano, per loro.»

Coach posò la mano sulla sua sul vano porta oggetti centrale. «Mi dispiace per i tuoi genitori. Non lo sapevo. Come sono morti, se non ti dispiace che te lo chieda?»

«Non mi dispiace. È stato tanto tempo fa. Stavano andando a Sturgis, sai, quel grosso raduno motociclistico nel South Dakota? Ad ogni modo, correvano tranquilli, quando un tizio con un pick-up non li ha visti nel punto cieco dello specchietto e ha cambiato corsia. La motocicletta di papà si è scontrata con quella di mamma, e sono caduti entrambi giù dal pendio della strada di montagna che stavano percorrendo.»

«Gesù, Harley, mi dispiace.»

«Grazie. È stato orribile, ma ciò ha anche avvicinato me, Montesa e Davidson. Ho imparato a cercare di vedere le cose belle dalle situazioni brutte. Aiuta.»

«Ammiro questa aspetto della tua personalità.»

Harley arrossì. Le piaceva il fatto che le stesse ancora tenendo la mano e la strinse in risposta. «E i tuoi?»

«Sono ancora vivi e stanno bene. Hanno divorziato quando ero al liceo, ma sono in rapporti amichevoli. Nessuno dei due si è risposato, e di recente sono andati in pensione.»

«Dove vivono?»

«Mia madre nel Maine e mio padre in Florida.» Scrollò le spalle quando lei rise. «Mamma ha sempre adorato la neve e papà non la sopportava. Ora sono entrambi felici.»

«È fantastico.»

«Siamo arrivati.»

Harley sollevò lo sguardo sorpresa. Non aveva prestato attenzione a dove stavano andando, era stata troppo in adorazione di Coach e della sua bellissima macchina. Stavano rallentando in un vialetto, che portava a una casa davvero carina. Aveva un grande portico e un garage separato che sembrava avere un appartamento sopra.

«È bella.»

«Sembri sorpresa.»

«Un po'. Non intendevo essere scortese al riguardo, ma è molto più bella di quanto immaginavo fosse la casa di un soldato. Voglio dire, la maggior parte dei militari che conosco vivono in appartamento, perché si muovono spesso.»

«Come me.»

«Sì, credo.»

«Fletch si è trasferito un po' di tempo fa. Affittava l'appartamento sopra il garage, per contribuire a pagare il mutuo.»

«Ah.»

«So che li hai incontrati per un attimo, ma la versione breve è che Emily ha affittato l'appartamento con sua figlia, Annie. C'era un bastardo, un militare, che la stava ricattando. Ci fu un malinteso e Fletch pensò che il tipo fosse il suo ragazzo.»

«Merda. Davvero? Ma adesso sta bene?»

«Sì. L'uomo ha rapito Em e Annie e voleva vendicarsi della mia squadra. Ma tutto è bene ciò che finisce bene.»

«Credo che tu abbia tralasciato gran parte delle cose da quella storia» lo accusò Harley.

«Sì, è vero. Ma è una giornata troppo bella per parlarne adesso. Sono sicuro che quando conoscerai Emily, ti racconterà tutto.»

«Va bene. E Rayne?»

«Anche loro hanno una bella storia.»

Harley rise. «Avrei dovuto immaginarlo.»

«Be', ne abbiamo una anche noi adesso.»

Harley rimase un attimo in attonito silenzio. «Credo di sì.»

Coach le sorrise e spense il motore con la semplice

pressione di un pulsante. «Dai, andiamo a incontrare la banda. Ricorda, quando ne avrai abbastanza, basta dirlo. Possiamo sempre tornare a casa tua e giocare a *Bejeweled*.»

Harley aveva ricominciato a essere nervosa, ma alle sue parole sorrise e si rilassò. «Che cos'hai con quel gioco?»

«Sono un professionista. Devo batterti su qualcosa, e so per certo che non ci riuscirò mai con nessuno dei tuoi giochi. Dai, andiamo.»

Harley saltò giù dal SUV e incontrò Coach davanti alla macchina.

«Stavo per venire ad aprirti» disse con il broncio.

Harley alzò gli occhi al cielo. «Sembro una che ha bisogno di aiuto per uscire da un'auto?»

«No. Ma è da gentiluomini farlo.»

«Coach, va bene così. Apprezzo il gesto, ma non sono esattamente il tipo di donna che deve essere trattata come se fosse un fiore delicato.»

«Credimi, so per averlo provato in prima persona che sei molto competente in tutto ciò che fai. Se non lo fossi, non avresti gestito quel lancio in paracadute in quel modo. E potresti anche pensare di non meritarlo, ma quello è proprio il motivo per cui *voglio* farlo.»

Harley gli mise una mano sul bicipite e lo sentì flettersi sotto la punta delle dita. La camicia si tendeva intorno al braccio con i suoi movimenti e avrebbe voluto avvolgerci entrambe le mani, solo per misurare quanto fosse grande, ma si trattenne. «Grazie. Ma mi faresti sentire ancora più in imbarazzo se mi trattassi come una superstar o qualcosa del genere.»

«Mmm.»

Non era esattamente una parola o un'espressione di assenso, ma Harley lasciò perdere, per il momento.

Coach le prese la mano e si diresse verso il fianco dell'edificio, si capiva che si sentiva a casa nella proprietà dell'amico. Girò l'angolo e salutò con la mano il gruppo di gente che si trovava nel cortile.

Harley si irrigidì per un momento, vedendo il numero di persone presenti, e fece un respiro profondo. Poteva farlo. Era un'adulta che avrebbe potuto chiacchierare con gli amici di Coach per alcune ore, anche se ciò oltrepassava i limiti della sua comfort zone.

«Coaaaaaaach» urlò Annie, felice di vederlo.

Lui lasciò cadere la mano di Harley e aprì le braccia, afferrando la bambina che si lanciò contro di lui. «Come va, scricciolo?»

«Non sono uno scricciolo» protestò ridendo quando Coach la rovesciò e la tenne sottosopra.

La raddrizzò e se la posò sul fianco. «Ti ricordi di Harley, vero?»

Annie la guardò e sorrise. «Sì! Era coperta di sangue!» Sollevò la mano per toccare il naso di Coach, ma lui la afferrò prima che ci riuscisse. «Il tuo naso ha uno strano colore blu e verde. Stai bene adesso, Coach?»

«Sto benissimo, Annie. Grazie per averlo chiesto. Ci hai tenuto da parte un po' di cibo?»

La bambina ridacchiò. «Ovvio. Papà ne ha preparato tanto che basta per un esercito!»

«Meno male che ci sono molti soldati qui, per aiutarlo a mangiare tutto.»

«Sì! E anch'io sono un soldato!» Annie si dimenò finché Coach non la mise giù e tornò di corsa dal gruppo di persone sorridenti che aspettavano pazienti che Coach arrivasse da loro.

«È un po' ossessionata dalla roba militare» le spiegò Coach, tendendo di nuovo la mano ad Harley.

Ci si aggrappò, dicendosi che l'avrebbe tenuta solo per un po', fino a quando non si fosse sentita più a suo agio, e sorrise. «Ci sono cose peggiori da cui essere ossessionati.»

«Esatto. Dai, andiamo a incontrare tutti.»

Prendendo un respiro profondo, Harley si lasciò condurre dai suoi amici. Coach non perse tempo.

«Ragazzi, questa è Harley Kelso. Mi ha salvato il culo quando quel maledetto uccello ha fatto una deviazione sulla mia faccia.»

Gli uomini e le donne salutarono, e Harley cercò di rilassarsi. Non si sentiva mai a suo agio quando incontrava nuove persone.

«Questo è Ghost. È il nostro leader, diciamo. Accanto a lui c'è Rayne. Credo che tu li abbia incontrati in ospedale.»

Harley annuì e strinse la mano a entrambi.

«Hai incontrato anche Emily e Fletch e la loro figlia, Annie.»

Harley sorrise e fece un cenno con la mano alla splendida famiglia. Sul serio, sembravano usciti da un film romantico del canale Hallmark.

«Poi c'è Hollywood, che è quello bello. Poi Beatle, Blade e Truck.»

Ognuno degli uomini le si avvicinò e le strinse la mano.

«Grazie per aver mantenuto la calma mentre eri lassù con il nostro uomo» le disse Hollywood serio.

«Sì, sarebbe stato imbarazzante per lui atterrare su una mucca o qualcosa del genere» scherzò Blade.

Harley sorrise, sentendosi più a suo agio. «Sì, ho provato a colpire la mucca che ho visto sul campo, ma l'ho mancata.»

Tutti risero e Harley si rilassò ancora di più. Finora le piacevano i suoi amici. Non si facevano problemi a scherzare con lei, ed era ovvio che fossero tutti molto legati.

«A proposito, mi piace la tua maglietta» le disse Beatle, indicandole il petto.

«Grazie. Sono scoppiata a ridere quando l'ho vista online e ho capito che dovevo averla» spiegò Harley.

«Quindi, non ti sei laureata ad Harvard?» chiese Rayne.

«Magari.»

Tutti sorrisero.

«L'unica che penso che manchi è Mary» osservò Coach.

«Mary?»

«È la mia migliore amica» la informò Rayne. «Aveva un appuntamento dal dottore oggi, che non poteva mancare.»

«Di domenica?» chiese Harley. Poi pensò subito di essere stata scortese. «Scusa, non sono affari miei.»

«No, nessun problema» ribatté Rayne. «Il suo medico è a Fort Worth e sa che si è trasferita qui. Oggi è di guardia in ospedale, quindi si è presentata l'opportunità di avere un appuntamento.»

«E non ha permesso a nessuno di andare con lei» borbottò Truck.

«Era solo un controllo» disse con dolcezza al gigante.

«In ogni caso, non avrebbe dovuto andare da sola.»

«Prova a dirlo a *lei*» si lamentò Rayne.

«L'ho fatto» ribatté subito Truck.

Tutti risero. Harley non capì cosa ci fosse sotto tra Truck e l'amica di Rayne, ma non erano affari suoi.

«Avete fame?» chiese Fletch, prendendo un piatto dal tavolo. «C'è un sacco di cibo. Annie ha già mangiato, ma noi vi abbiamo aspettato.»

«Sto morendo di fame» disse Coach al suo amico. «Cominciamo pure.»

Mentre il gruppo si avvicinava al tavolo per riempire i piatti, Harley si voltò verso Coach. «Grazie per avermi portato. Mi piacciono.»

«Sono persone simpatiche.» Le prese la mano e se la portò alle labbra per baciarne il dorso. «Dai, se non ci buttiamo, i ragazzi mangeranno tutto.»

«Il cibo ha un profumo troppo buono per lasciarlo mangiare tutto a loro» affermò Harley con un sorriso, e il suo stomaco si contorse alla sensazione delle labbra di Coach sul dorso della mano.

Mentre riempiva il piatto, Harley pensò che forse aveva trovato un gruppo di persone con cui poteva essere se stessa. Erano tutti vestiti più o meno come lei, e si stavano comportando in modo del tutto rilassato e disinvolto. Era un buon inizio.

CAPITOLO TREDICI

«ALLORA, a cosa si deve il tuo nome?» chiese Harley a Coach. C'era appena stata una conversazione appassionante sui soprannomi degli altri uomini del gruppo.

«Oh, è una bella storia, ma la domanda più importante è, qual è il suo *primo* nome» disse Rayne con un sorriso.

«Non ti chiami Beckett?» domandò Harley, voltandosi verso Coach. Tuttavia si irrigidì, davanti all'espressione sul suo viso. Qualunque fosse la storia dietro al suo primo nome, non doveva essere piacevole per lui. Si pentì persino di averlo chiesto.

«No. Beckett è il mio secondo nome. Non uso l'altro.»

Harley posò la mano sopra la sua, cercando di dirgli senza esprimerlo a parole, che non c'erano problemi se non voleva parlarne.

Dopo aver finito di mangiare si erano seduti tutti uno accanto all'altro, in cerchio. Per fortuna, sembrava che tutti mangiassero velocemente, tranne Rayne ed Emily, ma non fu sorpresa che le donne fossero molto più femminili di lei.

Per deviare la conversazione dal primo nome di Coach, Harley cercò di indirizzarla sul suo soprannome. «Allora, che mi dici di Coach?»

Le rivolse un sorriso colmo di gratitudine e spiegò: «Sì, allora, durante l'addestramento di base, c'era un ragazzo che era un disastro totale in tutto ciò che faceva. Non riusciva proprio a capire niente; farsi il letto, pulire la latrina, la preparazione fisica, marciare... citane una, lui combinava un casino. Mi ero stufato che il nostro sergente istruttore ci facesse rifare tutto ogni volta che lui sbagliava, sai, per la faccenda del lavoro di squadra, così ho iniziato ad addestrarlo, mostrandogli come avrebbe dovuto fare tutto. Non lo stavo facendo per il suo bene; non me ne fregava niente di lui. L'ho fatto per la mia sanità mentale. Ero stufo di essere svegliato alle tre di notte e di dover ammazzarmi di esercizi nel piazzale.

C'è voluta circa una settimana, ma il sergente istruttore ha finalmente capito che Smith non aveva all'improvviso imparato a essere un soldato, così ha iniziato a chiamarmi Coach, e mi è rimasto.» Scrollò le spalle. «Sarebbe potuta andare peggio. Almeno il mio soprannome non è Hollywood.»

«Ehi» si lamentò l'uomo in questione, e lanciò un tovagliolo appallottolato a Coach. «Non è divertente. Non è colpa mia se sono il bello del gruppo.»

Tutti risero e Harley fu felice che la tensione si fosse spezzata. Sebbene fosse curiosa di sapere il nome di Coach, non voleva che si sentisse a disagio o riportasse a galla brutti ricordi. All'improvviso, fu sicura che avesse davvero una buona ragione per non voler usare il suo primo nome.

«Stai pensando di affittare di nuovo l'appartamento, Fletch?» chiese Truck.

Lui scosse la testa. «No. Quando c'ero solo io, non mi dispiaceva avere un estraneo che vivesse lì. Ma ora che ci sono anche Emily e Annie, non voglio che una persona qualunque viva così vicino. Soprattutto quando potremmo essere inviati in missione senza preavviso.»

Truck annuì d'accordo. «Non posso biasimarti. Quali sono i tuoi piani per il posto?»

«Non lo so ancora.»

«Se non hai completamente escluso di affittarlo, potrei avere qualcuno che ne ha bisogno» disse Hollywood. Era ovvio che stesse cercando di essere disinvolto al riguardo, ma non ci riuscì molto bene.

«Ah, sì?» ribatté Fletch.

Hollywood annuì.

Harley notò la comunicazione non verbale tra Fletch e il suo amico. Non capì nulla, ma era ovvio che stessero parlando senza dirsi una parola. Era strano e straordinario allo stesso tempo.

«Ne riparleremo» disse infine Fletch.

«Bene.»

«Allora, Coach ci ha detto che programmi videogiochi» si intromise Beatle, durante un momento di pausa.

«Sì.»

«Da dove è arrivata questa passione?» chiese Rayne sorseggiando un bicchiere di tè freddo.

Harley non si sentiva molto a suo agio a parlare di sé, ma non poteva proprio rifiutarsi dopo che erano stati tutti così gentili con lei. Scrollò le spalle. «Non ne sono esattamente sicura. È solo successo. Giocavo a un sacco di videogiochi quando ero al liceo, e mi irritava vedere quanto alcuni non fossero realistici. Me ne stavo lamentando in classe di informatica e, il signor Wardham, il mio insegnante, mi ha sentito e mi ha detto di fare qualcosa al riguardo. Di programmarli da sola. L'idea meritava di essere presa in considerazione, così ho frequentato alcune lezioni al college e ho scoperto che mi piaceva. Il resto è storia.»

«È fantastico» disse Emily, un po' malinconica. «Mi piacerebbe fare qualcosa di diverso che lavorare al PX per il resto della mia vita.»

«Perché non lo fai?» Le parole uscirono prima che Harley riuscisse a trattenerle, e si sentì morire quando Fletch aggrottò la fronte. Provò a ritrattare. «Non intendevo dirlo in quel modo, ho solo...»

Emily la interruppe. «No, hai ragione. Se voglio davvero fare qualcosa di diverso, dovrei buttarmi. È solo che riuscivo a malapena a stare a galla, cercando di avere cibo e vestiti per me e per Annie.» Indicò sua figlia, alla loro sinistra, che stava giocando allegra con alcune action figure dell'esercito. «Non potevo permettermi di andare a scuola o altro. Ma ora che abbiamo Fletch, devo decidere cosa voglio fare della mia vita.»

«Non devi fare nulla, Em. Posso prendermi cura di entrambe.»

Emily diede uno schiaffetto sulla mano a Fletch e gli sorrise. «Lo so, ma mi annoierei. E inoltre, mi sono occupata di me stessa per molto tempo, e mi è impossibile stare lì seduta e lasciarti "prenderti cura di me".»

«Sai, sei davvero brava a creare le cose, trovi sempre un oggetto nei negozi dell'usato e nei mercatini, che poi sistemi e rendi più bello. Scommetto che potresti fare qualcosa del genere. Soprattutto per alcune delle mogli dei soldati alla base. Gli alloggi sono così spenti.» Rayne si sedette in avanti sulla sedia e si chinò verso il gruppo, eccitata. «Ho visto quel tavolo che hai rifinito l'altro giorno. Sai, quello che è nell'ingresso? È bellissimo! Non potevo credere che l'avessi fatto da sola. Io non riesco nemmeno a tagliare dritto un pezzo di carta!»

Risero tutti.

«Be', se hai bisogno di aiuto, ho imparato molto sui contributi finanziari e sulla domanda di iscrizione al college. Sarò felice di aiutarti, se vuoi» propose Harley a Emily.

«Grazie. Lo apprezzo. Ci penserò su. Potresti essere proprio la spinta di cui ho bisogno per iniziare il corso di laurea» affermò Emily.

Harley aprì la bocca per rispondere quando suonò il cellulare di Truck. Il tema del telefilm *The Big Bang Theory* si diffuse a tutto volume in mezzo al gruppo. Quando tutti risero, il grande uomo si limitò a fare un sorriso sbilenco e si portò il telefono all'orecchio.

«Truck.»

Il sorriso lasciò subito il suo viso, sostituito da un cipiglio duro e profondo.

«Dove sei? No, stai ferma lì. Non. Muoverti. Donna. Non è un'imposizione. Sarò lì tra una trentina di minuti. Vai dentro... merda... allora rimani in macchina. Fai un respiro profondo. Ecco. Un altro. Sto arrivando, andrà tutto bene. Ti richiamo tra dieci minuti. Vedi di rispondere.» La sua voce si abbassò. «Lo so... anch'io. Sarò lì presto... non lo farò. Ciao.»

Truck si alzò e fece un cenno a Hollywood di seguirlo. Harley li vide parlare fitto l'uno con l'altro, prima che Truck si girasse in modo brusco per andare verso la parte anteriore della casa senza dire una parola al resto del gruppo.

Quando Hollywood tornò, Ghost chiese: «Va tutto bene?»

Harley si sentì a disagio. Sembrava che qualcosa non andasse e lei non conosceva quel gruppo di amici abbastanza bene da trovarsi nel mezzo. Avvertendo il suo imbarazzo, Coach le prese la mano e la strinse.

«Sì.»

Sentirono il veicolo di Truck partire lungo il vialetto a tutta velocità.

Hollywood continuò, guardando Ghost: «Era Mary. Lei...»

«Mary?» esclamò Rayne, alzandosi in piedi. Abbassò lo sguardo su Ghost, gli occhi colmi di panico. «Devo...»

«Se ne sta occupando Truck, Rayne. Siediti.» Il tono di Ghost era deciso, ma amorevole. La tirò giù per farla sedere sulle sue ginocchia e fece cenno a Hollywood di continuare.

«Truck non ha detto molto. Solo che Mary stava tornando dal suo appuntamento e aveva bisogno di assistenza. Non voleva disturbarti, Rayne, quindi ha chiamato lui.»

«Oh. Ok, sì, la sua macchina ha avuto problemi. Truck se ne occuperà per lei. Sono sicura che fosse davvero seccata di doverlo chiamare.» Fece una mezza risatina, non mostrandosi così convinta come probabilmente credeva.

Harley intravide lo scambio di sguardi tra gli uomini seduti attorno al tavolo. Le sembrava che ci fosse sotto qualcosa di più del fatto che Mary avesse problemi con l'auto, ma non era compito suo ficcare il naso. Magari più avanti, quando avrebbe conosciuto meglio tutti.

«Lo farà» Ghost rassicurò con tono calmo la sua fidanzata. Cambiando argomento in modo brusco, si rivolse ad Harley. «Grazie per aver salvato Coach lassù» fece un gesto verso l'alto con gli occhi. «Siamo piuttosto affezionati al ragazzo e sarebbe stato un peccato dover trovare un altro esperto di intelligence se ci avesse lasciato le penne.»

Harley fece una debole risata, non gradendo per niente che l'altro stesse scherzando sul fatto che Coach sarebbe potuto morire, ma comprese che faceva parte della loro mentalità da uomini duri. «Non sono sicura di aver fatto molto, come ho già detto a lui, ma prego.»

«Quindi, cos'è successo lassù dopo che è stato colpito?» chiese Beatle, appoggiando i gomiti sul tavolo davanti a lui.

Harley si irrigidì. Non aveva raccontato tutto nemmeno a Coach, e non era sicura di voler parlarne con i suoi amici. Ricordava ancora la sensazione di panico che aveva provato quando si erano girati di schiena mentre precipitavano. Sentì la saliva in bocca mentre il cibo che aveva appena mangiato minacciava di risalire in gola.

Tutti la stavano fissando, in attesa.

«Scusate, devo usare il bagno.»

Fu l'unica cosa che riuscì a pensare di dire per togliersi da quella situazione, senza essere troppo maleducata. Si alzò in piedi, ignorando Beatle che diceva: «Oh merda, non volevo turbarla» e fuggì dal patio, per entrare in casa. Non aveva idea di dove fosse il bagno, ma non doveva essere troppo difficile da trovare.

Dopo aver guardato in fretta in giro, ne trovò uno piccolo vicino all'ingresso e si chiuse dentro, si appoggiò alla parete e scivolò lungo il muro, finché il suo sedere toccò il pavimento e posò la testa sulle ginocchia. Aveva il respiro affannato ricordando la sensazione di impotenza che aveva provato mentre precipitavano a terra.

Non era passato nemmeno un minuto quando Harley sentì bussare piano alla porta.

«Harley? Sono Coach. Posso entrare?»

«Uscirò tra un minuto» rispose lei, non muovendosi dal suo posto sul pavimento. Aveva bisogno di più di un minuto per ricomporsi, soprattutto se doveva uscire e fingere che tutto andasse bene con gli amici di Coach. Tanto più se avesse dovuto parlare di quello che era successo.

Harley alzò lo sguardo scioccata quando la porta si aprì e Coach entrò, chiudendo a chiave questa volta... cosa che avrebbe dovuto fare lei fin dall'inizio.

«Cosa stai...»

Si interruppe quando lui non parlò, ma si sedette sul pavimento di fronte a lei e la abbracciò. Era scomodo, dato che erano entrambi troppo alti per stare seduti sul pavimento di un piccolo bagno, ma per Harley fu comunque confortante.

Nessuno dei due disse nulla, per molto tempo.

«Non abbiamo mai parlato in modo approfondito di quello che è successo, vero, Harl?» Le parole di Coach erano sommesse e gentili.

Lei scosse la testa, ma non parlò.

«Mi dispiace. Avrei dovuto chiedere, parlarne aiuta. L'esercito ha fatto molti progressi nel corso degli anni nell'aiutare i soldati, farli parlare con uno psichiatra quando tornano dalle missioni. Ho fatto anch'io la mia buona parte di sessioni e, per quanto l'avessi odiato all'inizio, ho scoperto che mi hanno aiutato davvero a superare certi pensieri che pesavano nella mia mente.»

«Ho piantato i tuoi amici» gli disse Harley senza sollevare la testa dalla spalla di Coach.

«Stanno bene. Sono sicuro che Rayne stia interrogando
Hollywood riguardo alla sua amica Mary, e del fatto che
abbia chiamato Truck invece di lei. Accidenti, vorrei
saperlo anch'io, dato che mi è sempre sembrato che Mary
non potesse sopportarlo ma, al momento, ho in mente
cose più importanti. Raccontamelo, Harl. Tutto quanto.»

Senza spostare la testa, Harley cominciò a raccontare.
Se non altro, supponeva che Coach avesse il diritto di
saperlo, dato che era successo anche a lui... anche se non
era stato cosciente. Non tralasciò nulla, dai suoi pensieri su
quanto fosse stato bello il salto all'inizio, a quanto le fosse
sembrato di cadere veloce quando aveva visto l'aereo sopra
le loro teste, fino al momento in cui si era chinata quando
aveva visto qualcosa arrivare verso di lei.

Gli disse di quando si era resa conto che lui era incosciente e di come, quando aveva cercato di girarsi per guardarlo, li aveva capovolti e li aveva quasi fatti precipitare in
rotazione. Harley descrisse persino la sua disperazione
quando non era riuscita a raggiungere la sua mano o le
maniglie per virare, per aiutarli ad atterrare.

Fu solo quando gli disse di quanta paura avesse avuto
del fatto che lui si sarebbe potuto rompere le caviglie una
volta toccato terra, che Coach si mosse.

Si tirò indietro e le prese la testa tra le mani. Abbassò
la sua e sussurrò: «Sono sbalordito Harley. Hai fatto tutto
in modo perfetto. Tutto.»

«No, io...»

«Harley, ascoltami» insistette Coach, impedendole di
continuare. «Sì, eri spaventata. Mi preoccuperei per te se

non lo fossi stata, ma non ti sei fatta prendere dal panico. Anche quando eravamo girati sulla schiena, hai usato la testa e ci hai riportato nella giusta posizione. Quando l'AAD si è aperto, hai capito cosa bisognava fare, ci hai fatto evitare l'edificio e poi ci hai fatto atterrare. Avrei potuto ferirmi in modo più grave per molte ragioni, ma tu hai fatto tutto nel modo giusto. Mi dispiace tanto che sia successo. Mi dispiace davvero tanto. Ma allo stesso tempo sono contento, se non altro, ti ha dimostrato quanto sei forte.»

«Non credo di voler tornare a fare paracadutismo molto presto.»

Coach ridacchiò in modo sommesso. «Non ti biasimo. E non ti preoccupare, non è come andare a cavallo. Non è necessario rifarlo solo per dimostrare che puoi.»

Harley annuì e sollevò lo sguardo su Coach. «Adesso sto bene. Grazie per avermene fatto parlare. Hai ragione, mi sento meglio.»

«Prego.»

«Sono pronta per tornare fuori.»

«Andiamo via.» Coach si spostò di lato e si alzò, tendendo la mano ad Harley.

Senza pensarci, gli permise di aiutarla a rimettersi in piedi. «Ma è scortese. Devo tornare là fuori e...»

«Ho già detto loro che ce ne saremmo andati.»

«Sul serio, Coach. Non voglio che pensino...»

«È tutto ok. Capiscono.»

«La smetti di interrompermi?» brontolò Harley, mettendosi la mano libera sul fianco, irritata.

Coach sorrise. «Se tu la smetti di dire cose che non sono vere, allora io smetto di interromperti.»

Harley alzò gli occhi al cielo. «Per favore. Sto davvero

cercando di migliorarmi nei rapporti sociali. Vorrei salutare i tuoi amici.»

Coach rimase a osservarla per un momento, poi le mise le mani su entrambi i lati del collo.

Ad Harley piaceva la sensazione dei suoi palmi caldi su di lei. Non si sentiva prigioniera o soffocata, aveva solo posato le mani sul suo corpo. Chiuse gli occhi e sospirò, portando le proprie sugli avambracci di Coach.

«Va bene. Non che lo farebbero, ma non permetterò che loro, o chiunque altro, ti costringano a parlare di ciò che è accaduto, se non vuoi.»

«Grazie. Non voglio parlarne» ammise subito Harley. «Almeno non con i tuoi amici. Tu potrai dire ciò che vuoi... più tardi, ma ora, ho intenzione di andare là fuori e ringraziare Fletch ed Emily per l'ospitalità, magari dare un abbraccio ad Annie, se riuscirà a staccarsi dai suoi soldati abbastanza a lungo, e dire a tutti gli altri che è stato bello conoscerli.»

«Mi sembra un'ottima idea.» Coach non si spostò o allontanò.

«Coach?»

Sospirò. «Sto pensando a quando potrò vederti di nuovo.»

«Lo vuoi ancora, dopo oggi?» scherzò Harley.

Non sorrise nemmeno. «Oh sì, più di quando sono venuto a prenderti.»

«Sei strano, lo sapevi?» lo prese in giro, spostando le mani per afferrargli i polsi, e rimasero così per un momento.

«Torneremo tutti in servizio la prossima settimana. In genere ci alziamo presto e facciamo allenamento, poi abbiamo tempo di andare a casa e fare la doccia. Lavoriamo praticamente tutta la giornata, ma alcuni giorni abbiamo una certa flessibilità. C'è anche la possibilità di essere inviati in missione, in qualsiasi momento. Qualche volta abbiamo circa una settimana di preavviso, ma il più delle volte potremmo avere più o meno un'ora.»

«Va bene.»

«Voglio passare del tempo con te. Incontrare tuo fratello e tua sorella. Mi piacerebbe vederti lavorare e nel mentre aiutarti, rispondendo a tutte le domande che potresti avere. Mi è piaciuto molto giocare con te l'altra sera, vorrei farlo ancora, e penso anche che con il tempo ti sentirai più a tuo agio con i miei amici e le loro fidanzate. Il punto è che, Harley, il pensiero di portarti a casa e di non rivederti per chissà quanto tempo, non mi attrae per niente. Mi piaci, ed è divertente stare in tua compagnia. Rilassante. Non sento il bisogno di fingere con te e non hai idea di quanto sia piacevole.»

«Lo so. Provo le stesse cose anch'io.»

Coach si chinò e premette le labbra contro le sue, in modo lieve, stuzzicandole con la lingua, ma non approfondì il bacio quando si abbandonò a lui, si tirò indietro. «Va bene, allora parleremo al telefono, ceneremo insieme, a casa tua o mia, ci manderemo messaggi e magari chatteremo online. Se riesco a capire come fare, collegherò la mia console a Internet e potremo giocare insieme in quel modo. Non voglio affrettare le cose.»

«Posso aiutarti a capire come collegarla.»

«Va bene. Ma stai certa di una cosa, Harley.»

Fece una pausa abbastanza lunga, tanto che Harley sentì il bisogno di chiedere: «Cosa?»

«Ti voglio. Voglio sentirti dimenarti sotto di me mentre ti prendo. Non vedo l'ora di vedere cosa nascondi, con poco successo, sotto quelle tue magliette. Ma non mi interessa solo il sesso, mi piace tutto ciò che ho visto finora.»

«Non sono perfetta, Coach. Al contrario.»

«Lo so. Nemmeno io. Non avrei questo intenso desiderio di stare con te se lo fossi. Non capisci, Harl? Il fatto che la tua casa sia un casino, che mangi troppo in fretta, che tendi a lasciare i piatti nel lavello e dimentichi di fare la doccia perché sei troppo concentrata nel tuo lavoro... sono solo alcuni dei motivi per cui mi piaci. Sei reale.»

«Oh.»

«Sì, oh. E poi, quando ci conosceremo meglio e ci saremo baciati un po' di volte, e quando non riusciremo più a tenere lontane le mani l'uno dall'altra, porteremo la nostra relazione al livello successivo.»

«Sono vergine» sbottò Harley, poi chiuse subito gli occhi, imbarazzata, e si affrettò a proseguire: «Be', non esattamente. C'era un ragazzo al college, stava cercando di farmi venire e ha spinto le dita dentro di me, pensando che quello che stava facendo fosse sexy, ma mi ha fatto male. Così, senza volere, gli ho dato una ginocchiata sulle palle, ed è finita lì. Non mi ha più chiamata, comunque, e non ho sentito per niente il bisogno di andare a letto con nessun altro. Quindi, spero che non ti aspetterai grandi cose rispetto a ciò che succederà. Probabilmente sarà imbarazzante e io farò schifo.»

Coach ridacchiò e Harley aprì gli occhi, solo per trovarselo ancora più vicino di quanto non fosse prima. «Potrebbe essere imbarazzante. Fare sesso con qualcuno la prima volta di solito lo è, Harl. Ma ti posso promettere, che non ti farò del male. Ti farò stare così bene che non ti sentirai affatto a disagio.»

«Sono già imbarazzata di averti detto tutto questo.»

«Io no, ne sono felice. Ci stavo già andando piano con te, ora so che devo solo assicurarmi che tu sia davvero pronta per me prima di farti mia.»

Harley non riusciva a distogliere lo sguardo dagli occhi color nocciola di Coach. Le sembrava quasi di essere nel corpo di qualcun altro. Quel genere di cose non succedevano a lei...

«Dai, Harley. Sono stati discorsi abbastanza profondi per un bagno. Andiamo a salutare i miei amici e poi ti porto a casa.»

«Sì, ho bisogno di lavorare ancora un po' sul mio gioco.»

Coach sorrise, si chinò e la baciò ancora una volta, prima di stringerla in un abbraccio. Senza dire una parola, la lasciò andare e le prese la mano. Lasciarono il bagno insieme e tornarono nel patio.

Harley salutò tutti, ricevette un abbraccio da Annie, proprio come voleva, e se ne andarono, promettendo di ritrovarsi presto.

Dopo essere arrivata a casa sua, Coach la accompagnò alla porta, sorridendo quando vide le tende muoversi nella finestra della vicina. La buona vecchia Gretel, che vegliava sul quartiere.

«Non rimanere sveglia fino a tardi. Dopo ti chiamo. Ok?»

«Sì, mi piacerebbe. Scusa se ti ho fatto andare via prima di quanto volessi.»

«Va tutto bene, ero pronto ad andarmene. Ho un leggero mal di testa e andrò a casa a fare una dormita.» Sollevò una mano per prevenire qualsiasi commento da parte sua. «E prima che tu dica qualsiasi cosa, non è forte. Prenderò un paio di Tylenol, dormirò per un'ora e starò bene.»

«Chiamami quando ti svegli.»

Lui sorrise. «Lo farò. Ma risponderai?»

«Certo. Potrei essere assorbita nel codice, ma ho sempre il telefono vicino nel caso in cui Davidson o Montesa chiamino.»

«O io.»

Harley arrossì, ma confermò: «O tu, adesso.»

Coach la baciò ancora una volta e le passò il dorso della mano sulla guancia. «Ci sentiamo presto. A dopo.»

«Grazie per avermi portato a conoscere i tuoi amici, Coach, anche se mi sono comportata come una pazza.»

Lui si limitò a sorridere mentre si allontanava. «È stato un piacere. Ciao, Harley.»

«Ciao, Coach.»

Rimase a guardarlo mentre risaliva nella sua Highlander e usciva dal parcheggio. Harley chiuse la porta e sorrise. Era stata una giornata strana, ma era abbastanza sicura che lei e Coach ora si stessero frequentando. Strinse le braccia intorno al corpo. Era proprio una bella sensazione. Stupenda.

CAPITOLO QUATTORDICI

«Ehi, Coach.»

«Harl. Sei pronta?»

Harley guardò l'orologio sul computer. Merda. Aveva avuto intenzione di alzarsi e cambiarsi già da una trentina di minuti, ma come al solito, si era lasciata assorbire da ciò che stava facendo.

«No.» Non provò nemmeno a mentire.

Coach si limitò a ridere. «Sì, come pensavo. Non c'è problema, la nostra prenotazione è tra un'ora. Vai a prepararti. Sarò lì tra trenta minuti.»

Harley sorrise. Lui non le aveva detto che lo stava facendo, ma era ovvio che avesse iniziato a dirle che sarebbe stato lì mezz'ora prima del suo reale orario d'arrivo. Lo apprezzava, altrimenti senza quel preavviso che la spronava a prepararsi, non sarebbe mai stata pronta all'ora prestabilita.

«Va bene. Lascio la porta aperta per te.»

«No» disse Coach. «Non farlo, non è sicuro. Busserò non appena arrivo, non è un problema.»

«Forse dovrei darti una chiave» mormorò Harley, più a se stessa che a Coach mentre andava verso la sua camera da letto per potersi cambiare.

«Per quanto mi piacerebbe avere accesso illimitato a te e a casa tua ogni volta che voglio, preferirei che aspettassi a darmi una chiave fino a quando sarai sicura al cento per cento della nostra relazione.»

Harley si lasciò cadere sul bordo del letto e non la turbava che fosse ancora disfatto. «Che cosa vuoi dire?»

«Voglio dire, che ho la sensazione che tu stia aspettando che da un momento all'altro arrivi il peggio» rispose in tono pratico. «C'è una parte di te che crede ancora che io "rinsavirò" e mi renderò conto che non so cosa sto facendo con te. Che un giorno sono lì e il successivo me ne andrò.»

Harley non disse niente. Non poteva, Coach aveva ragione.

«Proprio così. Quindi, finché non sarai sicura dei miei sentimenti per te, aspetterò. Potrai darmi la chiave di casa tua quando ti fiderai completamente del fatto che non ti sto prendendo in giro. Ok?»

«Non volevo...»

«Lo so, e mi va bene così. A dire la verità, mi piace.»

«Ti piace il fatto che ci sia una parte di me che dubita di piacerti davvero come sembra?» Harley era confusa.

Lui ridacchiò. «Sì. Significa che quando *finalmente* te ne renderai conto, avrò il tuo cuore e la tua anima. Sarai mia per sempre.»

«Uhm...»

«Io però avevo fatto fare una chiave per te, dopo il barbecue a casa di Fletch di un mese fa.»

«Cosa?»

«Sì, la porterò stasera. Probabilmente avrei dovuto aspettare di parlarne faccia a faccia piuttosto che al telefono, ma quando hai detto che avresti lasciato la porta aperta, non ho potuto fare a meno di dirtelo. Quindi... vai a cambiarti, arriverò tra mezz'ora e andremo a incontrare Davidson e Montesa al ristorante, poi andremo a casa mia e staremo lì per un po'. Ok?»

Harley deglutì a fatica. «Va bene.»

«E non preoccuparti. Non farò niente di folle davanti a loro. Piacerò ai tuoi fratelli.»

«Non sono preoccupata di quello.»

«E di cosa, allora?»

«Uff. Sei troppo perspicace, Coach.»

Lui rise. «Di cosa sei preoccupata, Harl?»

«Che pensino che tu sia troppo per me, che non ti merito.»

Coach scoppiò a ridere dall'altra parte della linea. Rise così forte e così a lungo che Harley si arrabbiò. «Coach! Non è divertente.»

«Oh, Signore, sì che è divertente. Harley, piacerò a tuo fratello e tua sorella, ma non crederanno mai che io sia troppo per te. Semmai il contrario. Penseranno, fin dall'inizio della serata, che *non* sono degno della loro sorellina. Sono un soldato dell'esercito, è probabile che penseranno che voglia solo riuscire a portarti a letto. Spero che, entro la fine della serata, vedano che sono pazzo di te. Per quanto lo voglia, portarti a letto non è il motivo per cui sto con te. Non sono per niente alla tua altezza, ma spero che la mia sincerità e il mio genuino interesse traspaiano, e che mi diano comunque la loro benedizione.»

«Non so cosa dire.»

«Questo perché ho ragione. Vai a vestirti, il tempo stringe. Sarò lì tra venticinque minuti.»

«Va bene. A presto.»

«Ciao, Harl.»

Harley chiuse la chiamata e cadde all'indietro sulle coperte in disordine.

Coach aveva ragione? Aveva sempre pensato che *lui* fosse troppo per *lei*, ma ora che ci pensava, poteva capire il suo punto di vista. Si era laureata e aveva un ottimo lavoro, che amava. Aveva una meravigliosa famiglia ed era felice della sua vita. La vita nell'esercito, invece, non era proprio la più stabile, con tutti gli spostamenti che i soldati dovevano fare. Per non parlare delle misteriose "missioni" di Coach. Da quando avevano iniziato a frequentarsi era stato via una volta, solo per tre giorni, ma era stato sufficiente per farle mettere davvero in dubbio ciò che faceva per l'esercito. Prima di andare a letto con lui, aveva bisogno di saperlo.

Si mise di nuovo a sedere e si passò le dita tra i capelli. Sì, Montesa e Davidson sarebbero stati più preoccupati di Coach, e se fosse abbastanza in gamba per lei. Il pensiero la fece sorridere. Era sicura che lui sarebbe riuscito a tener testa alle tattiche da tribunale di Montesa, ma sarebbe stato divertente da vedere.

Suo fratello e sua sorella le facevano pressione da un paio di settimane sul fatto di voler conoscere Coach, da quando avevano capito che avrebbe trascorso ogni minuto libero con quell'uomo. Considerando gli impegni che ognuno aveva, quella era la prima volta che erano tutti liberi.

Si sarebbero incontrati al Bella Sera, un ristorante italiano di lusso, ma non tanto da far sentire i suoi fratelli a disagio. Era molto popolare nella zona e Coach aveva pensato che, probabilmente, Montesa e Davidson fossero già stati lì. Sua sorella avrebbe voluto portare John con sé, ma Harley si era rifiutata. Non voleva che nessun altro si coalizzasse contro di lei, o contro Coach, interferendo nella loro relazione. Era già abbastanza brutto doversi confrontare con i suoi fratelli, invitare altre persone sarebbe stato ingiusto.

Harley si alzò e andò all'armadio, sapendo esattamente cosa voleva indossare. Montesa aveva comprato quel vestito per lei un po' di tempo fa, e di solito Harley, non si sentiva a suo agio con quel tipo di abbigliamento. Ma stasera sembrava appropriato. Il fatto di indossare quel vestito per la prima volta, sarebbe stato come fare una dichiarazione a Montesa... ma anche a Coach. Sperava che avrebbe capito il suo messaggio, forte e chiaro.

Harley si vestì e si studiò davanti allo specchio del bagno. Stava bene, e si sentiva bella. Non desiderava vestirsi in quel modo con regolarità, ma ora capiva un po' di più il motivo per cui le donne si mettevano in ghingheri quando uscivano con i loro fidanzati, o mariti. Sperava solo che Coach apprezzasse lo sforzo che aveva fatto per lui. E che fosse chiaro, era decisamente per lui e non per se stessa.

Sentendo bussare alla porta di sotto, Harley si infilò ai piedi un paio di sandali neri col tacco alto, che aveva indossato solo una volta. Anche per quelli, era stata Montesa a convincerla ad acquistarli e, in un momento di debolezza, Harley si era arresa. Avevano dei cinturini che le circondavano le caviglie e mettevano un po' in mostra le unghie a cui aveva dato da poco lo smalto rosso. Non erano delle

Jimmy Choo o Manolo Blahnik, ma per lei, avrebbero anche potuto esserlo.

Scese le scale con cautela, in modo da non piantare la faccia a terra vista la poca familiarità che aveva a muoversi con i tacchi, e andò alla porta. Guardò attraverso lo spioncino e vide che era proprio Coach, la aprì, un po' ansiosa della sua reazione.

«Ehi, Coach. Per una volta sono pronta in orario.»

Coach era fermo sul gradino che conduceva all'entrata della casa di Harley e la fissò incredulo. Fece scorrere gli occhi dalla testa ai piedi, poi tornò su. Non riusciva nemmeno a credere che fosse la stessa donna che aveva conosciuto nell'ultimo mese. La Harley che conosceva schifava abiti e gonne, e di solito indossava magliette enormi quando erano insieme. L'aveva vista in canotta una volta, ma solo perché era passato a trovarla una sera, quando non lo aspettava, ed era corsa subito a cambiarsi con qualcosa di meno succinto.

Sapendo di avere la bocca spalancata, e non riuscendo a chiuderla, Coach fissò con ammirazione, la donna che aveva iniziato a significare tutto per lui.

Indossava un vestito nero che sarebbe sembrato semplice sulla maggior parte delle donne, ma poiché lo portava Harley, che non era sicura della sua femminilità, era ancora più sexy. L'abito aveva il corpetto con una scollatura profonda, era allacciato dietro la nuca e metteva in mostra le spalle. Coach riusciva a vedere uno scorcio di décolleté nel punto in cui finiva la V, tra i suoi seni. Aderiva stretto al busto, delineando le linee del corpo e le sue deliziose curve. Invece di allargarsi ai fianchi, scendeva dritto fino a sopra le ginocchia. C'era uno spacco su un lato, e quando si voltò per prendere una piccola borsa nera appoggiata sul tavolino vicino alla porta, Coach non riuscì a vedere altro che la schiena nuda.

A completare il vestito aveva un paio di scarpe nere con il tacco alto. I cinturini intorno alle caviglie, avevano un aspetto intricato e molto sexy. L'unico tocco di colore sul suo corpo era lo smalto rosso sulle unghie dei piedi.

Avrebbe voluto tirare il piccolo fiocco sulla nuca per averla nuda davanti agli occhi. Avrebbe voluto toccarla e imparare ogni curva, in modo intimo. Nel corso dell'ultimo mese, si erano baciati e toccati sul divano, a casa dell'uno o dell'altro, ma Coach aveva cercato di tenere le mani sopra i vestiti. Poteva letteralmente sentire l'acquolina in bocca per il desiderio di assaporarla... dappertutto.

«È... vado bene così?» chiese Harley con voce tremante, spingendosi gli occhiali sul naso. «So che i miei occhiali non si adattano bene all'abbigliamento.»

«Merda. Sì. Sei splendida. Gli occhiali sono perfetti. Ti danno quell'aspetto da bibliotecaria sexy o qualcosa del genere, io...» Coach non riusciva a pensare in modo lucido. All'improvviso ebbe un pensiero. «Indossi qualcosa sotto?»

«Mutandine, sì. Reggiseno, no. Perché? Dovrei? Ha la schiena scoperta... Merda, si vedono i capezzoli?» Harley abbassò lo sguardo, cercando di vedere se fosse indecente. Quando si voltò per andare verso il bagno in fondo al corridoio per controllare il vestito, Coach le prese il braccio e la tirò indietro girandola verso di sé.

Non avrebbe potuto toglierle le mani di dosso nemmeno se la sua vita fosse dipesa da quello, e non avendo al momento la capacità di guardarla negli occhi, fece scorrere un dito lungo clavicola e nella V della scollatura, sfiorandole la pelle calda. La sentì inspirare mentre il suo dito sfiorava un lato di un seno, poi l'altro.

«Non si vedono affatto i capezzoli. È un vero peccato.» Alla fine, la guardò negli occhi. «Sei bellissima. E non è il vestito, sei sempre stata bella, ma stasera...» Il suo dito si spostò sotto il tessuto, entrando in un territorio che non aveva ancora esplorato pelle a pelle. «Lo hai indossato per me, vero?»

Harley annuì, ma non disse nulla.

Coach spostò il dito leggermente più a destra e raggiunse il suo obiettivo. Il capezzolo si inturgidì ancora di più mentre ci passava l'unghia sopra. «Sai che stasera sarà una tortura per me, non è vero?» Non sembrava aspettarsi una risposta, perché continuò a parlare. «Penserò a cosa non hai sotto a questo vestito.»

«Coach» lo avvertì Harley, afferrandogli il polso con la mano. Però non la tirò via dal suo corpo, la tenne lì, come se non fosse sicura di volere che smettesse o continuasse.

Lui allontanò il dito dal capezzolo eretto e scivolò sull'altro seno, circondando la punta turgida, dandogli la stessa attenzione che aveva dato all'altro, e disse: «Sei bellissima, Harley. Non vedo l'ora di avere le labbra intorno a queste bellezze. Ma per alleviare le tue preoccupazioni per stasera, il vestito ha abbastanza stoffa che non potrei dire se sei eccitata. Lo so solo per questo...» Tirò il capezzolo e sorrise quando lei trattenne il respiro.

«Non ti metterei mai in imbarazzo di fronte alla tua famiglia. Te lo direi se pensassi che l'abito è inappropriato. È ben lungi dall'esserlo. È bellissimo, e lo sei anche tu. Ma dannazione, potrei mettere *me* in imbarazzo con questa erezione, se non sto attento.» Sorrise, per nulla a disagio del suo cazzo duro che spingeva sulla pancia di Harley.

Tenendo una mano sul suo seno, Coach posò l'altra sul

viso con delicatezza. «Grazie per esserti vestita bene per me, Harley.»

«Prego. Ehm, Coach?»

«Sì?»

Si mosse contro di lui, che sorrise alla sua evidente eccitazione.

«Quando torneremo nel tuo appartamento stasera... mi piacerebbe restare, se per te va bene.»

Coach chiuse gli occhi e lottò per tenere sotto controllo il suo desiderio. Li riaprì e la fissò negli ansiosi occhi castani. «Per me va benissimo. Ma Harley, te lo ripeto, perché voglio che tu lo capisca...»

Aspettò che lei percepisse il suo tono serio. Quando sollevò le sopracciglia in una muta domanda, continuò: «Ti ho desiderato per un mese. E non è perché indossi questo vestito molto sexy che ti voglio. Va bene?»

Lei sorrise e annuì. «Meglio così, perché credo che sia l'unico vestito che possiedo, e non sorprenderti se mi verserò addosso metà della cena mentre mangiamo.»

Coach tolse la mano con riluttanza da sotto il vestito, e la baciò con tenerezza sulle labbra. «Ti aiuterò a ripulirti se ti sporchi, e comunque, non potrai mai capire cosa significhi per me che stasera ti sia data tanto da fare per piacermi. Hai preparato una borsa per la notte?»

Harley annuì timidamente. «È dentro. Non volevo portarla fuori nel caso non ti piacesse l'idea.»

«Mi piace. Mi piace moltissimo.»

«Bene.»

«Dimmi dov'è, così la prendo e andiamo via, non voglio fare tardi la prima volta che incontro Montesa e Davidson. Ma, Harley?»

«Sì?»

«Sappi che se non avessimo dovuto incontrarli, non saremmo usciti di casa.»

Harley ridacchiò, amando il fatto di poterlo eccitare così tanto da non voler nemmeno andarsene da lì. «La mia borsa è in cucina, dietro il bancone.»

Coach si chinò e le diede un rapido bacio prima di indietreggiare. Si sistemò l'evidente erezione mentre camminava, il che fece sorridere Harley ancora di più. Non era mai stata il tipo di donna che lo faceva diventare duro agli uomini... ed era una bella sensazione.

Coach tornò fuori con la borsa in mano e sorrise. «Gesù. Sul serio, sei favolosa.»

Coach le porse il gomito. Harley vi si attaccò e gli diede le chiavi in modo che potesse chiudere la porta. «Non lo so, ma grazie per il complimento.»

«Non mi importa se ci credi o no, davvero» le disse Coach mentre chiudeva a chiave, tenendola al suo fianco. «Ma ogni uomo che ti vedrà stasera sarà molto geloso di me. Per quanto voglia portarti nel mio appartamento e spogliarti, non vedo l'ora di averti al mio fianco, incontrare i tuoi fratelli e, in generale, mostrare a tutti quelli che incontreremo stasera quanto sei bella.»

Andarono verso la sua Highlander. «Ma non fraintendermi, Harley» la avvertì.

Lei lo guardò confusa. «A proposito di cosa?»

«Ogni volta che vado da qualche parte con te, mi sento allo stesso modo. Non importa cosa indossi. Sono un uomo fortunato e lo so.»

Harley alzò gli occhi al cielo. «Coach, non mi dispiace che tu mi faccia i complimenti perché indosso questo vestito, è stata una decisione consapevole quella di metterlo stasera, sperando di sorprenderti. Proprio come non mi aspetto che tu indossi l'uniforme blu ogni volta che usciamo, non dovresti aspettarti che io ci metta sempre tutto questo impegno. Sono sicura che mi piacerai in uniforme, proprio come io piaccio a te con questo vestito, ma il più delle volte, saremo in indumenti normali. Sono felice di stare con te, qualunque cosa indossi.»

«C'è una festa da ballo dell'esercito verso la fine dell'anno. Verrai con me?»

«Indosserai la tua uniforme?»

«Sì. E saranno presenti anche tutti i ragazzi.»

«Sì. Se saremo ancora insieme, mi farebbe piacere andarci con te.»

Coach aiutò Harley a salire sul veicolo, assicurandosi che non perdesse l'equilibrio. Quando fu seduta, afferrò la cintura di sicurezza e si chinò su di lei per allacciarla. «Saremo ancora insieme.»

Harley gli sorrise. «Va bene.»

«Lo saremo» insistette.

«Ho detto va bene, Coach.»

«Sì, ma non sono sicuro che tu ci creda.»

Harley alzò gli occhi al cielo. «Non sei un indovino, non puoi saperlo con certezza. Potrei venirti a noia con tutto il tempo che passo al computer. Oppure potrei decidere che sei troppo maniaco dell'ordine per me. Non puoi sapere cosa accadrà in futuro. Mi piacerebbe andare al ballo con te, ma affronteremo la cosa quando sarà il momento.»

«Non mi verrai a noia, e se ti farà sentire meglio, lascerò i piatti nel lavandino durante la notte. Non sarò in grado di predire il futuro, ma non ho alcun dubbio che, dopo stasera, dopo aver fatto mio il tuo dolce corpo per la prima volta, vorrò rifarlo. E rifarlo ancora. Fare l'amore con te sarà incredibilmente fantastico, la ciliegina sulla torta di Harley Kelso, perché sono già così dipendente da te che è quasi ridicolo. Quindi sì, qualche mese non è niente, e sono tentato di chiederti di venire anche alla mia cerimonia di pensionamento. Vedi, sono proprio *così* sicuro che in futuro vorrò ancora stare con te.»

«Coach» protestò Harley con voce debole. Non aveva mai sentito parole così toccanti... mai, di certo, non rivolte a lei.

«Attenta al braccio, sto per chiudere la portiera» la avvertì, sorridendole con calore e facendo un passo indietro.

Allontanò il braccio e aspettò che Coach facesse il giro della macchina, aprisse la portiera posteriore per mettere la sua borsa sopra il sedile, per poi salire al posto di guida. Mise in moto il SUV come se non avesse appena sconvolto il suo mondo.

«Stai pensando di andare in pensione presto?» chiese Harley, mentre si avviavano verso il ristorante.

«No. Mi mancano ancora altri dieci anni.»

Harley rimase in silenzio quando non approfondì. Decidendo di lasciar perdere quello, ma di tirare fuori un altro argomento pesante prima di cena, si azzardò: «Ho una domanda, ma non sono sicura che vorrai rispondere. E non lo sto chiedendo perché sono una ficcanaso, ho solo bisogno di sapere cosa dire a Montesa e Davidson. Lo hanno già chiesto e non ho saputo come rispondere.»

«Spara.»

«Sei un Delta Force?»

Se non fosse stata intenta a guardarlo con tanta attenzione, si sarebbe persa il sussulto che lui riuscì a nascondere all'istante. Harley proseguì in fretta: «Te lo ripeto, non mi interessa. Ma è solo che Davidson ha sollevato la questione subito dopo l'incidente. Io non lo sapevo, e ha detto che probabilmente lo eri, visto che hai missioni che non durano a lungo. Ha accennato qualcosa riguardo ai Ranger e alle forze speciali, ma non ricordo cos'abbia detto. Non dirò nulla a nessuno, è solo che...»

«Sei troppo intelligente» affermò Coach mentre metteva una mano sulla sua sul vano porta oggetti tra di loro. «Non posso parlare del mio lavoro, con te o con la tua famiglia. La Delta Force è uno dei gruppi delle forze speciali più segreti, in campo militare. Potresti sentire la notizia che il SEAL Team Six era in missione per uccidere Osama Bin Laden, o potresti vedere un film su di loro che vengono paracadutati a Mogadiscio, ma non vedrai o sentirai mai nulla di simile sui team Delta Force. I Delta non parlano mai di ciò che fanno. Vengono inviati in situazioni limite, sapendo che nessuno verrà mai a conoscenza che erano lì.

I tassi di divorzio dei soldati della Delta Force sono alti, più alti rispetto al resto dell'esercito, solo a causa della segretezza. Non possono dire ai loro coniugi dove stanno andando o quando torneranno. Per molte coppie è troppo dura. Non ci ho mai pensato in passato, non ho mai pensato a quanto sarebbe stato difficile mantenere quel tipo di segreto con qualcuno con cui stavo insieme, ma non è mai stato un problema nelle mie relazioni passate, perché sapevo che non erano del tipo che sarebbe durato per sempre. Ma ora mi trovo a comprendere quanto debba essere difficile per un soldato delle forze speciali.»

Coach fece una pausa, ma con il pollice continuò ad accarezzarle il dorso della mano mentre aspettavano che il semaforo diventasse verde. Alla fine, si voltò verso Harley e la guardò dritta negli occhi. «Non ti mentirò mai, Harl. Stare con me non sarà sempre come una passeggiata nel parco, ma non dico bugie.»

Harley annuì, comprendendo ciò che voleva dire. Non aveva detto di *essere* un soldato della Delta Force, ma non lo aveva nemmeno negato. Mentire era una cosa, tralasciare i dettagli era un'altra.

«Lo apprezzo, Coach» gli disse seria, senza distogliere lo sguardo dai suoi occhi.

Fu quando sentirono il suono di un clacson dietro di loro che distolsero lo sguardo. Quando ripartì, disse con disinvoltura: «La cosa bella, è che lavoro con degli ottimi amici, e alcuni hanno delle fidanzate, così potrai andare da loro per parlare quando sei preoccupata di qualcosa. Proveranno i tuoi stessi sentimenti, sarà come una specie di sistema di supporto.»

«Sì» concordò Harley, sorridendo. «Grazie. Cercherò di non fare troppe domande su ciò che fai.»

«Puoi chiedere» replicò pronto. «Devi solo capire, quando non posso rispondere.»

«Lo farò. Ho apprezzato il tuo aiuto l'altra sera quando ero bloccata sul codice.»

Sorridendo di più ora che aveva cambiato argomento, Coach disse: «Nessun problema. Avevo pensato che forse stessi chiamando per continuare quello che avevamo lasciato in sospeso sulla soglia di casa tua, ma ho capito subito che non era il sesso telefonico che cercavi, solo che ti descrivessi in dettaglio cosa succede quando un cecchino si posiziona sopra un edificio.»

«Oh, volevi fare sesso al telefono?» chiese Harley con aria innocente ma un luccichio negli occhi.

Coach rise. La tensione era sparita. «Per tua informazione, non lo rifiuterei, ma penso che sentirti realmente mi rovinerà qualsiasi tipo di sesso telefonico potremmo avere in futuro.»

Harley si dimenò sul sedile. Non avrebbe dovuto tirare fuori l'argomento, sapeva che Coach non avrebbe lasciato perdere, ma era contenta di aver alleggerito l'umore. «Non lo so, dobbiamo solo essere creativi.»

«Merda, Harl. So di essermela cercata, ma abbi un po' di pietà per me, ok? Mi sono già sbarazzato di un'erezione stasera. Per favore, non farmene venire un'altra prima che arriviamo al ristorante. Non sono sicuro di riuscire a farla sgonfiare.»

Harley diede uno schiaffetto sulla mano di Coach. «Starai bene. Oh, e ti ho detto che Montesa è uno degli avvocati di maggior successo della zona, vero?»

«Ok, ha funzionato» si affrettò a dire Coach in modo scherzoso. «Sì, me l'hai detto. Ho un po' paura di lei, se vuoi proprio saperlo.»

«Dovresti proprio» ribatté subito, continuando a stuzzicarlo.

Si sorrisero e Coach entrò nel parcheggio del ristorante. Fermò l'auto e si voltò per guardare Harley.

«Sono entusiasta di incontrare tuo fratello e tua sorella, ma il punto è che, anche se non dovessi piacere loro, stasera andremo comunque nel mio appartamento. Dovrò solo faticare un po' di più per ottenere la loro approvazione. Non ti lascerò andare così facilmente, Harley.»

«Piacerai a entrambi, non preoccuparti. Ma sì, ho aspettato abbastanza a lungo, ti voglio. Sono pronta.»

«Caaaazzo» gemette Coach. «Dai, siamo in ritardo di cinque minuti, sono sicuro che ci stanno aspettando.»

Harley non si sentì offesa che Coach avesse interrotto

in modo così brusco la conversazione, e fosse saltato fuori dalla macchina. Era stato divertente prenderlo in giro. Ma non aveva mentito, non vedeva l'ora di arrivare a casa di Coach. Non era nemmeno nervosa. Più o meno. Voleva vederlo nudo più di quanto desiderasse conservare il proprio pudore. Era davvero presa da lui.

Per una volta, Harley attese che le porgesse il braccio prima di uscire dall'auto. Non avrebbe rischiato di cadere per terra, cercando di scendere da sola dall'Highlander con i tacchi.

Mentre camminavano verso la porta d'ingresso del ristorante, Harley si rivolse a Coach e sussurrò: «Grazie per stasera.»

«Per cosa?»

«Per aver voluto incontrare Davidson e Montesa. Per avermi fatto sentire bella. Per aver riconosciuto lo sforzo che ho fatto per te. Per tutto.»

«Prego. Anche se il piacere è stato tutto mio. E *sarà* tutto mio, più tardi.» Aprì la porta ed entrarono nel ristorante, molto intimo e con le luci soffuse.

Harley aprì la bocca per rispondere a Coach quando sentì chiamare: «Harley!» Si voltò e vide Montesa e Davidson in piedi accanto alla postazione della direttrice di sala, che sorridevano da un orecchio all'altro, come se avessero sentito le ultime parole di Coach.

Harley arrossì, anche se sapeva che non potevano averlo sentito. Sembrava proprio che sarebbe stata una lunga cena.

Mentre si avvicinava per abbracciare i suoi fratelli, per la prima volta in assoluto, desiderò essere figlia unica, e che lei e Coach potessero andare subito nel suo appartamento.

CAPITOLO QUINDICI

«QUINDI, ti piace davvero questo ragazzo, eh?» Osservò
Montesa mentre lei e Harley erano in bagno, più tardi,
quella sera.

«Sì.»

«Per quello che vale, piace anche a me.»

«Fiu!» fece Harley, fingendo di asciugarsi la fronte. Poi
tornò seria. «Grazie, Montesa. Apprezzo che stasera ci sia
andata piano con lui, e senza tirar fuori l'atteggiamento da
avvocato.»

Sua sorella rise. «Devo ammettere che *avevo* programmato di fargli il terzo grado.»

«Cos'è che ti ha fatto cambiare idea?» le chiese, asciu-
gandosi le mani su una salvietta di carta per poi gettarla
via.

«Sei stata tu. In particolare, il tuo vestito.»

«Che cosa? Davvero?» Cercò di sembrare sorpresa, ma
non era sicura di esserci riuscita.

«Eh, già. Harley, nei due anni passati da quando
abbiamo comprato quel vestito insieme, non l'hai mai

indossato una volta. Nemmeno una. Quando ti ho chiesto perché, mi hai detto...»

Harley interruppe sua sorella, sapendo cosa stava per dire: «Che l'avrei indossato quando avessi avuto qualcuno da voler stupire.» Ricordava in modo chiaro quella conversazione, ma in quel momento non aveva pensato che sarebbe successo.

«Esatto. Quindi, che tu lo abbia indossato stasera, tra tutte le sere, proprio quando ci dovevi presentare Coach, mi ha fatto capire che lui non era solo un ragazzo qualunque per te.»

Harley abbracciò forte sua sorella. «Mi piace» sussurrò, come se stesse rivelando un segreto di stato. «E penso anche che sia reciproco.»

Montesa si tirò indietro. «Oh, sì, gli piaci proprio.»

«Davvero?»

«Davvero. Non riesce a toglierti gli occhi di dosso.»

Harley sorrise compiaciuta. «Quali cose terribili pensi che Davidson gli stia dicendo di me?»

«È impossibile saperlo con lui, ma è meglio che torniamo là fuori, prima che decida di raccontare di quella volta che hai camminato nuda nel sonno, durante il suo pigiama party, quando avevi cinque anni.»

«Oh, merda» esclamò Harley, inorridita. «Hai ragione, è di sicuro una storia che racconterebbe a Coach. Dai, andiamo!»

———

«Non so perché fosse imbarazzata lei, dormiva. *Io* ero mortificato... tutti i miei amici avevano visto mia sorella nuda!»

Coach ridacchiò per un aneddoto che riguardava Harley, successo quando Davidson aveva nove anni e stava facendo un pigiama party con i suoi amici. Lei li aveva sorpresi tutti, presentandosi all'improvviso completamente nuda, e aveva camminato in mezzo al gruppo ignara di ciò che stava facendo, visto che era addormentata.

La serata era stata bella, gli piacevano davvero molto Montesa e Davidson, erano persone alla mano, che ovviamente si preoccupavano molto della sorella, e ciò lo faceva sentire bene.

Montesa l'aveva torchiato solo un po', ma doveva essersene resa conto, perché poi si era trattenuta. Davidson gli aveva lanciato qualche occhiata sfuggente, di certo cercando di farsi un'idea su di lui e i suoi pensieri verso la sorella.

«Allora, ti piace Harley» disse Davidson, affrontando la questione apertamente per la prima volta.

Avevano finito di mangiare e ora erano nel salottino del locale, aspettando che Harley e sua sorella tornassero dal bagno. A Coach non seccava affrontare il discorso, ma solo fino a quando non fossero tornate. Non voleva che Harley si sentisse in imbarazzo in alcun modo.

«Sì. È fantastica. Mi piace tutto di lei.»

«È carina stasera» fece notare Davidson.

«Molto.»

«Non è sempre così...»

«Sul serio?» sbottò Coach a denti stretti. «Pensi che non lo sappia? Pensi che mi importi?» Senza dare al fratello di Harley la possibilità di rispondere, continuò, agitato: «Tanto perché tu lo sappia, in realtà preferisco il suo look di tutti i giorni. Stasera è troppo nervosa. In parte a causa tua e di tua sorella e al fatto che vi avrei incontrato per la prima volta, lo so, ma in parte anche perché lei non si sente a proprio agio con quel vestito. Adoro che l'abbia indossato per me, ma lei è molto più... Harley... quando indossa i pantaloni della tuta e una maglietta, e impreca davanti alla TV o allo schermo del computer mentre cerca di capire cosa fare sul gioco su cui sta lavorando.»

Coach fece un respiro per continuare a rimproverare l'altro uomo, ma si fermò quando vide che Davidson stava sorridendo. «Che c'è?»

«Tu. Stavo solo facendo un semplice commento, *stavo* per dire che non veste sempre così, ma è ovvio che non ti importi.»

«Oh.»

Davidson ridacchiò. «Sì, oh. E sono davvero contento che la pensi in quel modo e che tu abbia preso subito le sue difese. Harley non ha avuto una vita facile, ma è una persona straordinaria, in tutti i sensi. Tutto ciò che chiedo è, se arriva un momento in cui ti accorgi che non ti importa di lei abbastanza da volerla per sempre nella tua vita, per favore, lasciala senza farla soffrire troppo.»

«Lo farò. Anche se dovresti sapere, che non ho intenzione di lasciarla. Non sono stupido, e non sono nemmeno un ragazzino, ho la mia buona dose di esperienza e ho visto molto nella vita. Riconosco una cosa bella quando la vedo. E quando trovo qualcosa che mi piace, non la mollo più.»

«C'è un'altra cosa di cui vorrei parlare, ma so che è un argomento spinoso.»

«Il mio lavoro» disse Coach con sicurezza.

«Sì.» Davidson sollevò una mano per prevenire la smentita che Coach era ovviamente pronto a dare. «Non ti sto chiedendo di darmi alcun dettaglio. Volevo solo dire che ho lavorato ad alcuni contratti per il governo a suo tempo,

vivere vicino a Killeen lo rende quasi inevitabile, ma ora
che ti ho incontrato, capisco che i miei sospetti su di te e
sui tuoi amici sono molto probabilmente corretti.»

Davidson prese un respiro, considerando le parole
successive, poi continuò: «Grazie per quello che fai. Sul
serio. So che il mondo non ne saprà mai niente, ma
grazie comunque. Detto questo, devi fare tutto il possibile perché il tuo lavoro non si ripercuota su Harley. Che
si tratti di un dannato terrorista che vuole vendicarsi di
te e della tua squadra, o del fatto che lei non riesca a
gestire le lunghe assenze da parte tua, o anche che la
segretezza inizi a pesarle... prenditi cura di mia sorella.
Non lasciarla rimuginare su niente, perché lo farà, anche
se cercherà di impedirti di sapere cosa la preoccupa. Si
comporta da dura, ma non è così forte come vuole
mostrarsi agli altri.»

Coach si sporse in avanti sul tavolino alto del bar, si
appoggiò sui gomiti e fissò dritto negli occhi Davidson.
«Ho capito, e ho tutte le intenzioni di assicurarmi di comunicare sempre con Harley. Sono sicuro che col tempo
imparerà di più su ciò che faccio, ma non devi preoccuparti di tua sorella. La proteggerò con la mia vita, e lo
faranno anche i miei compagni di squadra. Non ho intenzione di fare nulla che potrebbe preoccuparla di più, nel
caso fosse già turbata. E se c'è qualcosa che non credo di
poter gestire da solo, ti chiamerò.»

«Allora, benvenuto in famiglia, Coach.» Davidson gli
tese la mano.

Coach la afferrò e gliela strinse con decisione. «Grazie.
Lo apprezzo più di quanto pensi.»

«Cosa apprezzi?» chiese Harley, arrivando al tavolo con
sua sorella. Coach le circondò la vita con un braccio atti-

randola accanto a sé. Si appoggiò a lui, godendosi la sensazione del suo tocco.

«Niente. Discorsi tra uomini, sorella» rispose Davidson con un sorriso ironico.

«Merda, non vogliamo saperlo» replicò Montesa. «Odio dover essere io a terminare questa piccola festa, ma devo andare. John e io abbiamo un processo domani mattina.»

«Grazie per essere venuta» le disse Harley con sincerità. «Abbiamo perso la cena della scorsa settimana, quindi è stato bello recuperare.»

«Decisamente.» Montesa si voltò verso Coach. «Abbi cura di lei.»

«Sempre» rispose calmo, stringendole anche la mano. «È stato un piacere conoscerti. Magari un giorno potremo farlo di nuovo e potrò incontrare il tuo amico John.»

«Certo. Sarebbe fantastico.»

«E a questo punto, devo andare anch'io» disse Davidson. «Ragazzi, state tutto il tempo che volete. Ho già pagato il conto.»

«Cosa? No! Toccava a me questa settimana!» protestò Harley.

«No. Hai preso la pizza la volta scorsa» ribatté sicuro suo fratello.

«Quella non contava! Gesù, ragazzi, non mi lasciate mai pagare» brontolò Harley.

Coach fece un sorrisetto, i suoi fratelli gli piacevano sempre di più. Non l'avrebbe lasciata pagare nemmeno lui se fosse stata la sorella più piccola.

«Rassegnati» le disse Montesa con tono indifferente.

«Come vuoi.» Poi, come se un secondo prima non avesse fatto il broncio, Harley sorrise. «Guidate con prudenza, ragazzi. Fatemi sapere quando arrivate a casa.»

«Certo.»

«Lo faccio sempre.»

Montesa e Davidson salutarono con la mano mentre si avviavano verso l'ingresso del ristorante.

Harley si voltò verso Coach. Era ancora in piedi vicino al tavolo e sentì le sue dita accarezzarle il fianco sopra la stoffa del vestito. «Vuoi qualcos'altro?»

«No.»

«Sei sicuro?» Harley insistette. «Potremmo prendere ancora un bicchiere di vino, o altro.»

Coach si sporse verso di lei e le spostò una ciocca di capelli dietro l'orecchio. Le sue labbra le sfiorarono il lobo mentre diceva: «Quello che voglio, non posso averlo qui nel mezzo di un luogo pubblico.»

«Oh.»

I suoi respiri accelerarono e Coach sorrise tra sé, felice di avere quell'effetto su di lei, come Harley lo aveva su di lui. «Sei pronta per andare?»

«Sì.» Si voltò in modo da essere di fronte a lui. «Ai miei fratelli sei piaciuto.»

«E loro sono piaciuti a me. Sono fantastici, Harley.»

Lei sorrise, sollevata dal fatto che i suoi fratelli apprezzassero il suo ragazzo, e che il sentimento fosse reciproco. «Sono pronta ad andare.»

«Tanto per essere chiari su ciò che succederà stasera.» Coach mantenne la voce bassa in modo che le persone intorno a loro non potessero sentirlo. «Andremo a casa mia e ti toglierò questo vestito, che mi ha fatto impazzire per tutta la sera. Poi mi prenderò il mio tempo per imparare cosa ti piace e cosa ti fa dimenare sotto di me. Avrai almeno un orgasmo prima che io entri nel tuo corpo caldo e umido. Andrò piano in modo che tu possa adattarti a me.

Quando ti sentirai a tuo agio, mi muoverò, all'inizio con lentezza, poi più veloce, finché non sentirai altro che me. Sei d'accordo con tutto?»

«Sì e no.»

Coach non si scompose nemmeno. Harley stava ansimando e non riusciva a stare ferma, si era eccitata con il suo discorso schietto. «Per cos'è il no?»

«Voglio toccarti anch'io.»

«Gesù» sospirò Coach. «Va bene, piano modificato allora. Imparerò cosa ti piace, e tu cosa piace a me. Poi ti farò venire, e poi farò l'amore con te. Va meglio?»

«Mmm-mm.»

Coach le sollevò il mento finché non ebbe altra scelta che guardarlo. «Se in qualsiasi momento vorrai smettere, dillo e basta. Mi fermerò. Capito?»

«Smettere? Coach, non ti fermerò. Non vedo l'ora di sentire le tue mani e la tua bocca su di me. Stasera, il dito sul... capezzolo, mi ha quasi fatto perdere la testa. Posso solo immaginare cosa mi farà la tua bocca. Quindi no, nessuna interruzione. Non esiste. Proprio per niente.»

Coach non riuscì a impedire il sorriso sciocco che gli curvò le labbra. «Ok, tesoro. Non mi fermerò. Dai, diamoci una mossa.»

CAPITOLO SEDICI

HARLEY AVEVA PENSATO che sarebbe stata nervosa di trovarsi finalmente nuda con Coach, ma non lo era. Nell'ultimo mese circa, aveva trascorso con lui quasi ogni minuto libero. Quando non avevano potuto stare insieme, anche se non lavoravano, avevano parlato al telefono. A volte era andato a casa sua per giocare una partita veloce a *This is War*, altre erano stati seduti nel suo studio a lavorare entrambi, fino a quando non arrivava il momento per lui di tornare a casa.

Harley era stata nell'appartamento di Coach un paio di volte, ma sembrava che entrambi preferissero la sua villetta. Però, per qualche motivo, era importante per lei che facessero l'amore per la prima volta nel letto di Coach. Non sapeva perché, tranne per il fatto che le sembrava giusto così.

Durante il tragitto fino al suo appartamento rimasero in un silenzio confortevole, anche se Harley riusciva a malapena a stare ferma; era più che pronta a fare quel passo successivo con Coach. Avevano trascorso così tanto tempo insieme, che le sembrava di conoscerlo da sempre. Sapeva cosa preferiva mangiare, che aveva la tendenza a guardare sempre prima a destra quando controllava un luogo in uno dei suoi videogiochi, che preferiva dormire sulla schiena piuttosto che in qualsiasi altra posizione, che gli uomini con cui lavorava erano come fratelli per lui, e che aveva un debole per la piccola Annie.

In definitiva, ad Harley piaceva tutto di lui. Il fatto che sembrasse piacere anche a sua sorella e a suo fratello era una vittoria in più.

Coach si fermò nel parcheggio nel suo complesso di appartamenti e spense il motore. Senza dire una parola, scese dall'auto. Harley seguì l'esempio e riuscì a uscire senza inciampare. Prima che potesse fare un passo, Coach fu lì. Non commentò il fatto che non avesse aspettato che le aprisse la portiera, come al solito, le mise solo un braccio intorno alla vita e la attirò al suo fianco.

Harley imitò la sua posizione e infilò la mano in una delle tasche posteriori dei pantaloni. Mentre camminavano verso il suo appartamento, sentì il sedere contrarsi. Sentendosi audace, lo strinse forte e gli sorrise. La sua andatura vacillò, ma non si fermò.

«Stai giocando con il fuoco, Harl» commentò in tono secco mentre si avvicinavano alla porta.

«Bene.»

Coach la aprì e la tenne spalancata per lei. Harley entrò e prima che potesse girarsi per guardarlo, sentì entrambe le braccia di Coach avvolgerla da dietro. La porta si chiuse di colpo, ma Harley riuscì a concentrarsi solo sull'uomo dietro di lei.

Con un braccio le aveva cinto la vita fino al fianco opposto, con l'altro era andato sopra la spalla e aveva fatto scivolare il palmo fino all'interno della scollatura a V del vestito, per coprirle il seno nudo. Harley gemette e appoggiò la testa sulla sua spalla.

«Dio, Coach.»

«Non hai idea di quanto questo vestito mi abbia fatto impazzire per tutta la sera. Quanto *tu* mi abbia fatto impazzire. Ogni volta che ti sei mossa, avrei potuto giurare di aver visto uno scorcio del capezzolo. Quando ti sei chinata sul tavolo per schiaffeggiare tuo fratello, il vestito è sceso quel tanto che è bastato per farmelo intravedere. Il tuo profumo, i tuoi sguardi di sottecchi... tutto, è stato un preludio a questo momento. A quando ti avrei tenuto tra le braccia.»

Harley gemette quando le dita di Coach le pizzicarono piano il capezzolo, facendolo inturgidire ancora di più di quanto non fosse stato tutta la sera. Tentò di girarsi nel suo abbraccio, ma non glielo permise.

«No, lasciami giocare, Harley. Per favore.»

Lei si dimenò, ma non cercò di allontanarsi.

«Sei perfetta» le mormorò Coach all'orecchio, il suo respiro caldo la solleticò e le provocò i brividi sulle braccia. «Allarga le gambe.»

Fece come aveva chiesto, e le aprì. Sentì la mano sulla sua vita sollevare lentamente la gonna del vestito.

«Ho immaginato di farlo dal momento in cui ti ho vista stasera, di mettere le mani sul tuo corpo, di ascoltarti gemere mentre ti toccavo. Sei bellissima, Harley. Che tu indossi un abito nero sexy come il peccato, o quelli che chiami pantaloni enormi, non ha importanza. Non sai quante volte ho sognato di tirare il cordoncino di quei pantaloni e di toglierteli. O di sollevare la maglietta enorme per succhiarti i capezzoli.»

Harley portò una mano dietro e la premette contro la testa di Coach. «Se non smetti di parlare, avrò un orgasmo proprio qui.»

«È quello l'obiettivo, Harl. Riesco a vedere e a sentire quanto sei eccitata dalle mie parole.»

Strinse la presa sul suo seno e lo strizzò, mentre con il pollice le accarezzava il capezzolo, e Harley giurò di sentirlo inturgidirsi di più nella sua mano. Inarcò la schiena e si spinse contro di lui.

«Sì. Dio, Coach. Più forte.»

Coach le prese il lobo tra le labbra e succhiò, fece scorrere la lingua sull'orecchio e sopra il piccolo orecchino di diamante. Harley rabbrividì di nuovo.

«Abbandonati alle sensazioni, Harley. Lasciami fare. Ci penso io a te. Vediamo se riesco a farti venire così.»

La mano di Coach aveva sollevato la gonna del vestito abbastanza da esporre le mutandine. Erano di pizzo nero, per abbinarsi all'abito. «Più tardi, voglio vederle meglio, ma accidenti, da qui, sono sexy come il peccato.»

Harley guardò in basso e vide la mano abbronzata di Coach contro il bianco della sua coscia. Era erotico come niente che avesse mai visto, e non riusciva a distogliere lo sguardo.

«Tienila, Harley. Tieni la gonna sollevata, così posso vedere ciò che ti sto facendo.»

Senza pensare, la mano libera di Harley si mosse per afferrare la stoffa del vestito, liberando le dita di Coach che tracciarono il davanti delle sue mutandine. Rabbrividì e non riuscì a fermare la reazione naturale di spingere i fianchi contro il suo tocco.

«Shhhh, faccio io, Harl. Non pensarci. Chiudi gli occhi.»

Inclinò la testa all'indietro, appoggiandola di nuovo sulla spalla di Coach e fece come aveva suggerito, chiuse gli occhi. Non riusciva a pensare in modo lucido, a causa delle sue dita sul capezzolo, che lo stringevano e tiravano, e dell'altra mano che si avvicinava sempre di più alle sue pieghe bagnate. Tutto ciò a cui riusciva a pensare era Coach.

«Sei così bella. Riesco a sentire quanto sei già bagnata, e non ti ho ancora toccato.» Coach passò un dito lungo le mutandine, tracciando le pieghe sopra il tessuto.

Harley gemette di nuovo. «Per favore, Coach. Toccami.»

«Ti sto toccando.»

«Sai cosa intendo.»

«Dimmelo» ordinò con voce roca.

«Il clitoride. Ti prego. Voglio venire.»

«Oh, sì, mi piace così. Dimmi cosa vuoi.»

Harley si contorse nella presa stretta di Coach, bramava le sue dita dentro di lei, voleva che la accarezzasse... desiderava tutto.

Il suo tocco tornò di nuovo sul davanti delle mutandine e invece di toglierle, infilò la mano sotto l'elastico e scivolò verso il basso, sfiorando la morbida peluria. Questa volta non la stuzzicò, e sentì due dita scorrere sul clitoride, e poi giù tra le sue pieghe e spingere dentro di lei.

«Sì, Coach!» Inclinò i fianchi in avanti, cercando di dargli più spazio, un'angolazione migliore... qualcosa.

«Fradicia» sussurrò. Le sue dita continuarono ad accarezzarle il sesso spargendo i suoi umori fino al clitoride, per poi tornare giù stuzzicandola tra le pieghe prima si scivolare di nuovo su. «Non vedo l'ora di seppellire il viso laggiù. Avrai un sapore dolcissimo e so che non ne avrò mai abbastanza. Sarai così stretta intorno al mio cazzo, e mi stringerai così forte che ho la sensazione che finirò prima ancora di iniziare. È passato un po' di tempo per me, tesoro, e non vedo l'ora di sentire il tuo sesso caldo risucchiarmi. Sei sempre così bagnata? È fantastico.»

Harley non avrebbe potuto rispondergli nemmeno se ne fosse andato della sua vita. Era così vicina al limite e doveva essere spinta oltre. Ma le dita di Coach non rimanevano in un posto abbastanza a lungo per farla arrivare lì.

Quando le sue dita sfiorarono ancora una volta il clitoride, sussultò nel suo abbraccio e non riuscì a fermare la supplica. «Lì. Di più. Coach, ti prego.»

«Qui, Harley?» La stuzzicò, strofinando il clitoride con due dita.

Lei gemette. «Sììì. Più forte.»

La sua mano strinse di più il seno e Harley inarcò la schiena, spingendo contro la mano al petto e contro quella nelle mutandine.

«Aggrappati a me, Harley» le ordinò con un tono ora più brusco «Non vedo l'ora di vederti venire.»

Harley aprì la bocca per rispondere, ma invece ansimò. Coach aveva smesso di stuzzicarla. L'indice iniziò a sfregare il clitoride come se sapesse esattamente quale tipo di tocco le serviva per venire. Allo stesso tempo, le pizzicò il capezzolo turgido girandolo tra le dita e facendo scorrere il pollice sopra con movimenti alternati.

L'assalto combinato sulle parti sensibili del suo corpo, fecero esattamente ciò che lui voleva. Harley sentì l'orgasmo arrivare dalle profondità della sua anima e portò entrambe le mani sull'avambraccio attorno al petto. La gonna cadde, ma Coach non fermò i movimenti frenetici delle sue mani.

Harley cercò di tirarsi indietro, di allontanarsi dalle
dita sul clitoride, ma non poteva muoversi. Sentì vaga-
mente l'erezione di Coach contro la schiena, ma nel mezzo
del piacere, non ne era del tutto consapevole.

«Lasciati andare, Harley. Ti tengo io.»

Le parole rassicuranti di Coach funzionarono, e si
abbandonò alle sensazioni. Sussultò tra le sue braccia
quando arrivò la prima ondata. Harley sentiva il cuore
battere all'impazzata e sapeva che i suoi respiri erano
ansimanti, ma era persa nell'estasi di un orgasmo provocato dalle mani di un uomo, per la prima volta nella sua
vita.

Dimenandosi ancora in preda al piacere, Harley provò
di nuovo ad allontanarsi dal tocco di Coach.

«No, ferma. Ancora uno, Harl. Ancora uno.»

Le sue dita non si spostarono dal clitoride, aumenta-
rono invece il ritmo, con lievi colpetti e carezze, cercando
di indurre il suo corpo ad averne un altro.

«Ahhhhh» gemette Harley mentre veniva travolta
dall'orgasmo una seconda volta. Fu più forte, più intenso
del primo. «Coach!» Affondò le unghie nei suoi avambracci
mentre si contorceva, persa nel piacere del suo tocco.

Erano trascorsi pochi secondi, o forse minuti, prima
che si rendesse conto che Coach non le stava più strofinando il clitoride, ma stava invece facendo scorrere con
dolcezza le dita avanti e indietro, lungo le pieghe bagnate
sotto le mutandine. Era quasi una lieve carezza e ogni volta
che passavano sopra il clitoride, sussultava, ma era una
piacevole reazione.

«Bellissimo» le sussurrò nell'orecchio. «È stata la cosa
più bella che abbia mai visto in vita mia. Grazie.»

Harley aprì gli occhi e si schiarì la gola. Deglutì due

volte prima di riuscire finalmente a parlare. «Penso che dovrei essere io a ringraziarti.»

Coach non rispose, ma infine tirò fuori la mano dalle mutandine e se la portò alla bocca.

Harley sentì l'odore della sua eccitazione sulle dita e arrossì. «Cosa stai...» La sua voce si affievolì mentre Coach leccava ogni dito.

«Non penso...»

Urlò di sorpresa quando la girò di scatto tra le sue braccia e la tenne contro di lui. Lo sguardo nei suoi occhi era intenso, un'intensità che non gli aveva mai visto in passato.

«Non pensare, Harley. *Senti*. Questa è stata davvero una delle cose più eccitanti che abbia fatto o visto in vita mia. Eri così disinibita. Ne ho amato ogni secondo. Volevo aspettare che tu fossi nel mio letto, ma non ce l'ho fatta. Per tutto il tragitto verso casa, tutto ciò a cui sono riuscito a pensare, era di mettere le mani sotto quel vestito. Nel momento in cui sei entrata in casa mia, non sono più riuscito a controllarmi. Grazie per non esserti spaventata. Grazie per esserti fidata di me.»

Le prese una mano e se la portò sul davanti dei pantaloni. «Sono duro e pronto per te. Giuro che sono stato così tutta la sera.»

Harley lo accarezzò sopra la stoffa per tutta la lunghezza. Poteva sentire il calore e quanto fosse duro... per lei.

«Andiamo a letto?» Fu più una domanda che un invito, ma Coach annuì. Tenendola per mano la condusse verso la sua camera.

CAPITOLO DICIASSETTE

HARLEY ERA STATA nell'appartamento di Coach un paio di volte prima di quella sera, e lo aveva trovato sempre perfettamente in ordine. La sua camera non faceva eccezione.

C'era un cassettone contro una parete, e non aveva nulla appoggiato sopra. Non c'erano vestiti sparsi per la stanza. Una libreria alta, stretta e piena di libri, si trovava accanto al letto. Erano tutti allineati in ordine alfabetico.

Le coperte sul letto erano ripiegate in modo preciso, come se l'avesse fatto prima di uscire di casa. Le lenzuola erano bianche e sembravano molto invitanti. Coach la fermò davanti al letto e la girò in modo che la sua schiena fosse contro di lui.

Andò con la mano sul fiocco alla nuca e tirò piano, allentando il corpetto che minacciò di scivolare giù dai fianchi. Harley sollevò una mano per tenerlo in posizione, sentendosi a disagio per la prima volta. Era ridicolo, aveva avuto le mani sul suo corpo pochi istanti prima, però era ancora abbastanza coperta.

Coach la girò di nuovo per far sì che lo guardasse. Le

prese la testa tra le mani e si sporse per baciarla. Poi ne
spostò una dietro la nuca per tenerla contro di lui mentre
le divorava la bocca. Alla fine, si tirò indietro, ma
mantenne gli occhi fissi sui suoi.

«L'ho già detto e lo ripeto. Continuerò a dirlo finché
non mi crederai. Sei bellissima, Harley. Dentro e fuori.
Sono davvero fortunato che ti stia dando a me.»

Le sue parole funzionarono, e Harley lasciò cadere la
mano lungo il fianco, il vestito perse la sua battaglia contro
la gravità e scivolò fino ai piedi. Trattenne il respiro.

Coach inspirò profondamente mentre osservava il
corpo quasi nudo di Harley per la prima volta. L'aveva
sentito con le mani, ma vederlo, era una cosa del tutto
diversa.

Era alta e i suoi seni erano proprio come li aveva imma-
ginati, come piccole mele, ma furono i suoi capezzoli a
fargli venire l'acquolina in bocca. Erano eretti e puntavano
verso di lui. E grandi, non c'era da meravigliarsi che fosse
stato in grado di vederli attraverso i vestiti, quel primo
giorno all'hangar, prima del lancio in paracadute. E mentre
la mangiava con gli occhi, si inturgidirono ancora di più
davanti al suo sguardo.

Harley si mosse nervosa, così Coach le mise le mani
sulle spalle per calmarla. Non aveva ancora finito di esami-
narla tutta. Lei si rilassò sotto a quel tocco mentre gli
occhi di Coach continuarono a scorrere lungo il suo corpo.

Era snella, poteva quasi vedere le costole. Sorrise, e
andò a toccare il piccolo ombelico. Lei ridacchiò e cercò di
allontanarsi da lui, ma Coach le avvolse una delle sue
grandi mani intorno alla vita per tenerla dove la voleva.

«Sporge» sussurrò. «Lo adoro.»

«È strano» ribatté Harley.

«No. Ti rappresenta.» la rassicurò. Quindi, guardandola negli occhi e sfiorando le mutandine con le dita, le chiese: «Posso?»

Harley annuì e Coach fece un sospiro di sollievo. Portò le mani sui fianchi e infilò le dita sotto i lacci sottili, e spinse lentamente verso il basso, portando con sé le mutandine.

Si inginocchiò di fronte a lei, facendole scivolare giù, e inspirò profondamente il suo profumo quando il viso arrivò davanti alla sua fica. Non si era nemmeno reso conto che lei aveva calciato via vestito e mutandine; tutta la sua attenzione era rivolta alla piccola chiazza di peli e alle sue pieghe lucide.

Aprì le mani sui suoi fianchi e tenne i pollici sull'inguine. Coach non riusciva a distogliere lo sguardo. Sì, ne aveva viste di fiche, ma non ricordava di essere mai rimasto affascinato da nessuna, come lo era di quella di Harley.

Teneva i peli corti, e poteva vedere le labbra gonfie brillare ancora degli umori dell'orgasmo. Ma era il suo clitoride ad affascinarlo. L'aveva sentito prima, ma poteva vederlo spuntare tra le sue pieghe mentre era in ginocchio davanti a lei. Era come se fosse ancora eccitata quanto lo era stata nel mezzo dell'orgasmo in corridoio.

Non riuscendo a trattenersi, Coach si sporse un po' in avanti e soffiò piano sul fascio di nervi, e sentì una goccia di liquido preseminale fuoriuscire dal proprio sesso, mentre lei sospirava e si dimenava tra le sue mani. Era così sensibile e reattiva al suo tocco. Non vedeva l'ora di entrare in lei.

Sapendo che non sarebbe stato in grado di mantenere la promessa di andarci piano e lasciarla esplorare il suo corpo, se avesse continuato a inspirare il suo profumo e a guardarla reagire alle sue carezze, Coach si alzò, restando davanti a lei.

«Siediti, Harl. Lascia che ti aiuti a toglierti quelle scarpe.»

Fece come le aveva chiesto e si sedette piano sul letto. Aveva cambiato le lenzuola quella mattina, con la speranza di avere Harley esattamente dove si trovava adesso. Aveva ripiegato la trapunta, cercando di renderlo invitante e comodo per lei, rendendosi conto ora, che non aveva importanza l'aspetto del letto.

Coach le tolse le scarpe e le mise di lato in modo da non rischiare di inciampare su di loro se avessero dovuto alzarsi nel mezzo della notte. Si alzò e si tolse la camicia, senza preoccuparsi di slacciare i bottoni, semplicemente sfilandola dalla testa. Poi si tolse la maglietta e gettò anche quella di lato.

Sentendosi vulnerabile e rendendosi conto di come doveva sentirsi Harley, Coach si affrettò a togliersi il resto dei vestiti. Sapeva di essere in forma, ma faceva un certo effetto stare nudo per la prima volta, davanti a qualcuno che era importante per te.

Raddrizzandosi di fronte a lei, Coach si lasciò osservare. Il suo cazzo era completamente eretto e oscillava a ogni movimento. Lei allungò le mani per toccarlo, e Coach fece un passo in avanti, rendendo il suo corpo più accessibile.

Harley fece scorrere le dita sottili dagli addominali ben definiti fino ai capezzoli, dove si fermò e li strinse in modo scherzoso, sorridendo quando lui fece un sospiro di piacere. Passò ai bicipiti, e li circondò, prima uno e poi l'altro, con entrambe le mani, e le sue dita non riuscirono nemmeno a toccarsi. Spostò la sua esplorazione di nuovo al petto e scese. Tracciò con le dita i muscoli che formavano la V che puntava verso il cazzo.

Alla fine, tenendo una mano sulla sua coscia, chiuse nell'altra l'erezione e la accarezzò fino alla punta, poi di nuovo verso la base.

«Ah, Dio, Harley» riuscì a malapena a dire Coach, la sensazione di quel tocco morbido e caldo per la prima volta sul suo cazzo, gli fece quasi cedere le ginocchia. Era una sensazione meravigliosa. Era esitante nella sua esplorazione, ma allo stesso tempo non era timida.

L'altra mano si spostò fino a quando non toccò una delle palle, e al suo piccolo gemito, si sentì più sicura e sembrò soppesarle.

«Riesco a sentirti pulsare» gli disse affascinata, senza distogliere lo sguardo da ciò che stava facendo. «È morbido, ma allo stesso tempo duro.»

Coach gemette e le mise una mano sulla spalla per tenersi in equilibrio. Allargò le gambe, cercando di darle il tempo di esplorarlo. Era più intimo di qualsiasi cosa avesse mai condiviso con altre donne. Forse era la sua inesperienza o la sua naturale curiosità ma, qualunque cosa fosse, gli faceva venire voglia di spingerla indietro e scoparla più forte di quanto avesse mai fatto con qualcuno prima.

«Oh» esclamò Harley quando il cazzo fremette nella sua mano, mentre lui immaginava di spingersi dentro il suo corpo caldo. «Si è mosso!»

Lei lo guardò, come se volesse essere rassicurata che la sua reazione fosse normale.

«Sì, capita» mormorò Coach, non proprio sicuro di cosa stesse dicendo.

Harley si leccò le labbra, e tutto ciò a cui lui riuscì a pensare, fu di vederla sporgersi in avanti e prenderlo in bocca. Deglutì a fatica. Per quello ci sarebbe stato tempo dopo. Se solo gli avesse sfiorato il cazzo con le labbra, sarebbe venuto.

Coach rimase fermo il più possibile mentre Harley continuava ad accarezzarlo, imparando le dimensioni e la forma. Gli strinse le palle, meravigliandosi del loro peso e della sensazione. Coach stava resistendo alla grande, fino a quando non passò un dito sulla punta e poi lo portò sulle labbra con una goccia di liquido preseminale. Harley succhiò il dito e lo guardò negli occhi, e vide in modo chiaro il suo intenso desiderio.

«Cazzo» gemette Coach, poi si mosse.

Le afferrò entrambe le mani e la spinse indietro sul materasso. «Spostati più su, Harley.» Senza dire una parola, fece come le aveva chiesto, spingendosi indietro fino a quando non fu del tutto sdraiata sul letto.

Incombendo su di lei, Coach la ammirò distesa sulle sue lenzuola. Le prese i polsi con le mani, e li portò sopra la sua testa. Lei gli sorrise, per niente preoccupata che in quel momento lui la sovrastasse e potesse fare tutto ciò che voleva.

«Ho bisogno di te, Harley.»

«Sì. Ti prego.»

«Non voglio farti male.»

«Non succederà. Ti prometto di non darti una ginocchiata sulle palle.»

A Coach piaceva che mantenesse il suo senso dell'umorismo anche a letto. Sembrava un po' incerta, ma non spaventata. Sospirò di sollievo.

«Apri il cassetto sopra la tua testa, e prendi la scatola di preservativi per me.»

Fece come le aveva chiesto, allungandosi sotto di lui,

sfiorando il suo cazzo duro, spalmandosi i suoi umori sulla pancia.

Si sistemò di nuovo dov'era prima con una scatola nuova in mano. Coach si mise in ginocchio, e mentre lottava per aprirla le chiese: «L'hai mai visto fare?»

«Un uomo che si mette un preservativo? Solo nei video» gli disse, con un luccichio negli occhi.

«Non è la stessa cosa.»

«Posso farlo io?»

«No» rispose. «Perderei subito la testa, e la prima volta che mi fai venire, voglio che sia dentro di te.»

«Oh.»

«Sì, oh. Adesso guarda.»

Avere i suoi occhi su di lui era davvero eccitante. Coach non pensava che mettersi un preservativo potesse essere sexy, ma spiegando e mostrando ad Harley il modo corretto di tenerlo e farlo srotolare sul suo uccello, fu quasi troppo.

«Ti fa male?» chiese lei.

«No.»

«Posso toccarti?»

«Sì» rispose Coach, digrignando i denti, desiderando darle quell'opportunità. La sua naturale curiosità lo stava uccidendo, ma le avrebbe dato il mondo, se glielo avesse chiesto.

Lei fece scorrere un dito lungo il preservativo, poi chiese: «Dà la stessa sensazione, sai, dentro, se lo indossi o no?»

«Non lo so.»

«Che cosa?»

«Non lo so. Non ho mai fatto sesso senza.»

Aprì la bocca per rispondere, ma Coach la fermò. «E

stasera non è il momento di fare diversamente.» Davanti all'espressione un po' ferita sul viso di Harley, Coach si spostò fino a quando i loro fianchi non furono allineati. Posò il cazzo duro sopra la sua fica, la peluria lo accarezzava in tutta la lunghezza con ogni respiro che facevano.

«Credimi, non c'è niente al mondo che vorrei di più, se non stare dentro di te senza nessuna barriera, ma voglio solo proteggerti. Ne avremmo già dovuto parlare, ma ora non è il momento. Più avanti discuteremo della contraccezione e ti dirò del mio passato sessuale e che sono pulito. Possiamo prendere una decisione da adulti, su quando e se, non usare i preservativi, ma ora non è il momento di fare quella scelta.»

«Va bene. Hai ragione. Volevo solo...» Fece una pausa, prima di trovare il coraggio di esprimere ciò che pensava. «Volevo solo assicurarmi che fosse bello per te.»

«Oh, Harl. È già bello per me.» Si appoggiò sui gomiti e le incorniciò il viso con le mani. «Potrei smettere in questo stesso istante e sarebbe comunque perfetto. Averti nuda sotto di me, averti procurato quegli orgasmi prima, e sentirti sussultare tra le mie braccia... le tue mani su di me, che mi esploravano... non è mai stato così bello prima. Essere dentro di te sarà semplicemente il colpo di grazia finale. Il doppio senso è voluto.»

«Ma esisti davvero?»

Coach rise per l'incredulità e la tenerezza del suo tono.

«Sì. È così che dovresti essere sempre trattata, Harley.» Si tirò su tenendosi su una mano e portò l'altra tra i loro corpi. Si spostò finché non riuscì ad arrivare di nuovo sul suo sesso, e lo accarezzò con le dita, proprio come aveva fatto prima.

«Sei così bagnata.»

«Penso che sia una condizione permanente vicino a te» gemette Harley, inarcandosi contro il suo tocco.

«Ti fidi di me?» chiese, guardandola negli occhi mentre le sue dita continuavano a stuzzicarla ed eccitarla ulteriormente.

«Sì.»

Sentendo il petto gonfiarsi d'orgoglio per la sua risposta immediata, si chinò e le diede un rapido bacio. «Bene. Più tardi, giocherò con i tuoi seni. Adoro i tuoi capezzoli. Non vedo l'ora di passare ore con loro. Ma sono troppo vicino a esplodere adesso. Non ti farò del male. Promesso.»

«Scopami, Coach. Ti prego.»

«No, cazzo. Faremo l'amore.»

Si prese in mano il cazzo e si sollevò, allineandosi. «Allarga le gambe, ecco. Oh, sì, bellissimo.»

Si spinse un po' dentro e la sentì stringere i muscoli, cercando di tenerlo fuori. «Tranquilla, Harley. Rilassati.» Portò le mani sui suoi seni e li strinse, distogliendo l'attenzione di Harley da ciò che stava accadendo più sotto. «Così. Lasciami entrare. Non ti farò male.»

Coach si spinse lentamente dentro il suo sesso stretto e lei ansimò. Sentì le sue unghie affondare di nuovo negli avambracci mentre la penetrava per la prima volta.

Strinse i denti mentre i muscoli di Harley si chiudevano attorno alla sua lunghezza. Si sentì sul punto di scoppiare, e portò subito la mano sul suo cazzo per stringerlo forte alla base, fino a quando l'impulso di venire passò.

Ridacchiò. «Accidenti, per un pelo.»

«Cosa?» chiese Harley confusa.

«È così fantastico stare dentro di te che sono quasi venuto.»

«Non è quello l'obiettivo?» domandò.

«Sì, ma non nell'istante in cui entro in te. Voglio che duri il più a lungo possibile. Voglio ricordarlo per sempre. Inoltre, sarei un bastardo se la prima volta che lo fai non provassi almeno a farti raggiungere l'orgasmo.»

«Ho sentito che le donne di solito non vengono la prima volta» disse con voce sognante.

«È vero» confermò Coach, amando il fatto che Harley fosse così pratica, anche mentre parlava di perdere la verginità. «Ma dal momento che il tuo imene è stato rotto molto tempo fa, spero di non causarti dolore e che sarai un'eccezione alla regola.»

«Anch'io» gli disse, guardandolo negli occhi. «Non fa male, Coach. Mi sento piena e provo un leggero fastidio, ma anche per me è fantastico sentirti così. Ho bisogno di... vorrei... non lo so. È strano?»

«No. Non è strano. Sono grande e questa è la tua prima volta.» Si ritrasse di un centimetro, poi si spinse di nuovo dentro, avanzando di più. «Tutto ok?»

«Mmm-mm. Non sei ancora dentro?»

«Non del tutto.»

«Be', allora fallo.»

Coach rise e si spinse un po' di più in lei. «Sto cercando di non farti male.»

«Non mi fai male. E riesco a sentirti muovere dentro di me quando ridi.»

Sorrise. Fare l'amore con Harley era come niente avesse mai provato in passato. Non aveva mai avuto una conversazione così naturale su ciò che la donna stava provando. Nessuno gli aveva mai chiesto se non era ancora dentro. Ma sperimentare il sesso per la prima volta con lei, era qualcosa che non avrebbe mai dimenticato.

«Ok, Harley. Ora spingerò fino in fondo. Sei pronta?»

In risposta, spalancò di più le gambe e appoggiò i piedi sul materasso. Inclinò persino i fianchi verso di lui. «Sono pronta.»

Coach si tirò appena indietro, incapace di trattenersi, e si spinse in avanti finché non sentì le ossa dei fianchi contro le sue. Trattenne il respiro, costringendosi a non venire. Era fantastica. Calda. Bagnata. Perfetta.

Harley si contorse sotto di lui e Coach si sentì scivolare dentro di un altro millimetro. Rimase fermo per diversi secondi, cercando di memorizzare il momento.

«Tutto qui?» chiese con voce tesa.

«Tutto qui cosa?»

«Il sesso. Pensavo comportasse delle spinte.»

Coach scoppiò a ridere. «Sto aspettando che ti adatti a me.»

Si dimenò di nuovo sotto di lui. «Mi sono adattata. Per favore. Ho bisogno che tu ti muova o che faccia altro.»

Fece come aveva chiesto Harley. Si tirò fuori fino a tenere solo la punta del suo cazzo dentro di lei, aspettando che i suoi fianchi si alzassero di una frazione, quindi si spinse completamente dentro. Vedendola sussultare quando toccò il fondo, riconsiderò il suo approccio. Prima le aveva detto che avrebbe iniziato piano, per poi finire con spinte veloci, ma era troppo stretta, non era pronta a fare l'amore in modo così intenso, questa volta.

Si mise seduto e, rimanendo uniti, la tirò contro di sé, così Harley si ritrovò con la parte superiore della schiena sul materasso e la metà inferiore appoggiata sulle sue gambe piegate. La posizione non gli dava molto spazio per spingersi dentro lei, anzi, era quasi nullo, ma dava ad Harley un migliore accesso al proprio corpo.

«Dammi la mano.»

«Perché?»

«Fallo e basta.»

Fece come le aveva chiesto e posò con fiducia la mano nella sua. Coach la portò dove erano uniti. «Sentici.»

Lei non esitò. Non appena la lasciò andare, le dita di Harley vagarono sui loro corpi, andarono dove il suo cazzo era sprofondato dentro di lei e sfiorarono il clitoride mentre esplorava. Sospirò. «Non puoi muoverti in questa posizione» si lamentò, con poca convinzione.

«Lo so. Ma tu puoi toccarti meglio» replicò, incontrando i suoi occhi spalancati. «Non ti farò male, e per te è un'esperienza troppo nuova perché io ti prenda come entrambi abbiamo bisogno. Quindi, per questa volta, dovrai fare tutto il lavoro. Accarezzati. Fammi vedere cosa ti piace.»

«Ma...»

Vedendo la preoccupazione nei suoi occhi, Coach la rassicurò. «Fidati di me. Mi piace. Sei così stretta che mi stai strizzando. Ogni volta che ti fletti, è come se mille dita mi accarezzassero il cazzo. Voglio davvero che veniamo tutti e due con me dentro di te. Ma entrare e uscire con forza non va bene questa prima volta, ti causerebbe solo dolore. Ti garantisco, però, che se vieni così, lo farò anch'io. Dai, Harley. Non essere timida. Portati all'orgasmo.»

Non disse una parola, ma Coach vide le sue pupille dilatarsi e sentì le sue dita accarezzare esitante il piccolo fascio di nervi. Le appoggiò una delle sue grandi mani sulla pancia, sentendo il piccolo ombelico sporgente sul palmo. Portò l'altra sul materasso vicino ai loro fianchi per reggersi. Aveva la sensazione che avrebbe avuto uno degli orgasmi più intensi di sempre... anche senza muoversi di un centimetro dentro e fuori dal suo corpo.

La prima volta che l'interno del suo sesso si strinse intorno a lui, Coach sussultò, poi cercò di rimanere fermo con tutte le sue forze. «Cazzo, sì. Fallo di nuovo, Harley.»

Lo fece. Più si eccitava, più disinibita diventava. Passò dall'usare un dito con carezze esitanti sul clitoride, all'utilizzo di tre, strofinandolo in modo brusco mentre si dimenava e ondeggiava sopra le sue cosce.

Era la cosa più bella che Coach avesse mai visto. Harley era persa nel suo mondo, e poteva sentire ogni contrazione dei suoi muscoli e ogni volta che spingeva contro di lui, mentre cercava di prenderlo più in profondità. Era fantastico, e qualcosa che non aveva mai provato con nessun'altra donna. Aveva cercato di assicurarsi che Harley fosse soddisfatta e lei, in cambio, gli aveva dato l'esperienza più erotica che avesse mai avuto a letto.

Sentendo che era vicina all'orgasmo, Coach spostò la mano posata sulla pancia su uno dei seni. Le pizzicò il capezzolo, fino quasi a farle male, e ordinò: «Vieni, Harley. Lasciati andare.»

E lo fece.

Si contorse, inarcò la testa all'indietro, le dita scivolarono giù dal suo corpo. Coach spostò sul clitoride la mano con cui si stava reggendo e imitò i suoi movimenti, con carezze decise, prolungando il suo orgasmo.

Sentendo che i muscoli intorno al suo cazzo si erano rilassati, Coach finalmente si concesse la sua esplosione di piacere. Gemette, tenendo la mano sul clitoride di Harley, sentendo l'orgasmo salire dalle palle e fuoriuscire con violenza dalla punta del cazzo sepolto in profondità dentro di lei. Il calore del suo seme riempì il preservativo, e

mentre le piccole ondate di piacere continuavano a travol-
gergli il corpo, Coach si abbandonò ad esse, tremante.

Non si era reso conto di aver chiuso gli occhi e quando
li aprì, qualche istante dopo, abbassò lo sguardo su Harley.
Era sdraiata immobile sotto di lui, con un piccolo sorriso
sul volto. Non aveva cercato di allontanarsi o di evitare i
suoi occhi.

«Wow. Non avevo idea che fosse così intenso per gli
uomini.»

Coach le sorrise. «Con la persona giusta, lo è.»

«E adesso?»

«Adesso, cosa?»

«Be', tu sei venuto, io sono venuta, e adesso?»

Coach si spostò fino a sovrastare di nuovo Harley,
attento a tenere il bacino attaccato al suo in modo da non
scivolare fuori da lei. «Devo liberarmi del preservativo. Poi
dormiremo per un po'. Mi sveglierò duro e vorrò entrare di
nuovo in te.»

«Va bene.»

«Va bene?»

«Sì. Mi sembra una buona idea. Anche se questa volta,
voglio che tu ti muova dentro di me.»

Coach chiuse gli occhi e appoggiò la fronte contro
quella di Harley. «Ho creato un mostro.»

«Ehi, è tutto per motivi di conoscenza, giusto? Sto
pensando che dovrei aggiungere qualche scena di sesso nel
mio prossimo videogioco.»

«Non metterai la nostra vita sessuale in un videogioco.»
La sua voce uscì più dura di quanto intendesse, ma l'idea di
mettere ciò che avevano appena condiviso in un gioco e
farlo vedere a tutti, era terrificante.

«Stavo scherzando, Coach. Non vorrei assolutamente

condividere con nessuno nemmeno un secondo di ciò che abbiamo appena fatto, anche se mettono la classificazione nei giochi per adulti.»

«Bene. Non mi piace condividere.»

«Neanche a me.»

Si sorrisero per un momento.

«Va bene, vai, togliti il preservativo e poi dormiremo. Prima dormiamo e prima possiamo farlo di nuovo.»

Coach scivolò fuori piano, guadagnandosi un gemito da parte di Harley. «Fa male?»

«No. È stato bello. Sono molto sensibile laggiù.»

Coach la baciò di nuovo. «Torno subito. Non muoverti.»

«Non preoccuparti. Non vado da nessuna parte.»

Tornò pochi secondi dopo con una salvietta calda. «Tieni, ho pensato che ti potrebbe piacere.»

Harley la prese e lui la osservò mentre la posava su di sé per un momento. «Dio, è fantastico. Grazie.»

«Prego. Hai bisogno di aiuto?»

Lei gli sorrise, arrossendo. «No, ma grazie.» Dopo un secondo, gli fece notare: «Mi stai fissando.»

«Non posso farci niente» replicò Coach.

Harley si pulì con la salvietta che si stava già raffreddando e gliela porse. «Non so se mi abituerò mai a vederti fissarmi.»

«Ti farò fare molta pratica.» Coach appoggiò la salvietta sul comodino accanto al letto e si voltò di nuovo verso di lei. «Grazie, Harley. È stato fantastico. Mi sento onorato di essere stato il tuo primo.»

«Sono troppo vecchia per essere vergine» si lamentò.

«No. Sei perfetta.»

«Smettila di dirlo. Non sono perfetta.»

«Perfetta per me, allora.»

Lei alzò gli occhi al cielo. «Come vuoi.»

Coach la attirò tra le sue braccia, coprendo entrambi con la trapunta.

«È normale sentirsi così stanchi dopo il sesso?» chiese assonnata.

«Sì.»

«Ok. Coach?»

«Sì?»

«È stato fantastico. Non vedo l'ora di farlo di nuovo.»

«Anch'io. Buonanotte.»

«Notte.»

Harley si addormentò quasi all'istante, ma Coach non chiuse occhio. Era troppo su di giri. Troppo felice. Voleva Harley nella sua vita per sempre. C'erano cose di cui non avevano parlato, cose riguardo al suo passato, ma ci sarebbe stato tempo. Per ora, era sufficiente che dormisse serena e al sicuro tra le sue braccia.

CAPITOLO DICIOTTO

COACH ERA STESO sul letto accanto ad Harley e ascoltava il suo respiro, ringraziando Dio del fatto che lui e i suoi compagni di squadra fossero tornati da un'altra missione tutti interi.

Quest'ultima era stata particolarmente dura. Erano stati inviati in Medio Oriente per raccogliere informazioni e sperare di salvare un membro dell'esercito, che era stato catturato dai talebani. Il più delle volte incidenti come quello non facevano più nemmeno notizia, non quando l'ISIS faceva esplodere centri commerciali e locali notturni in tutto il mondo.

Nel mezzo della missione, si erano imbattuti nel massacro di un'altra squadra Delta. Cinque dei sei uomini dell'altro team erano stati spazzati via dalla faccia della terra in un batter d'occhio. Un attimo prima stavano viaggiando lungo la strada, e quello dopo, i loro mezzi blindati non erano altro che pezzi di metallo bruciati. Grazie a Dio, erano riusciti a salvare uno dei Delta; Dane "Fish" Munroe aveva perso una parte del braccio, ma Truck era stato in grado di bloccare l'arteria e l'avevano portato via di corsa dalla zona instabile.

Coach chiuse gli occhi e scosse la testa per lo sconforto. Gli uomini con cui Fish aveva lavorato erano delle brave persone. Fratelli, figli e, in due casi, mariti. Avrebbero benissimo potuti essere lui e i suoi amici quelli convolti nell'esplosione.

Fish non stava reagendo bene a ciò che era successo. Non solo aveva perso parte del suo braccio, ma anche i suoi compagni di squadra. Truck si stava tenendo informato per scoprire quando sarebbe uscito dall'ospedale e dove sarebbe finito. Sembrava che avrebbe dovuto affrontare diversi mesi di terapia fisica e che, molto probabilmente, sarebbe stato congedato dall'esercito.

Di certo non era il modo in cui uno qualsiasi dei Delta avrebbe scelto di uscire. Fish ancora non lo sapeva, ma dovunque fosse finito, avrebbe potuto contare su Coach, Truck e il resto del team. Ora era un membro non ufficiale del loro gruppo affiatato... che volesse farne parte o meno.

Coach fece scorrere la mano su e giù sulla schiena di Harley e sorrise quando si inarcò contro di lui e poi si rannicchiò più vicina. Chiuse gli occhi e sospirò, felice di essere a casa, felice di avere Harley al suo fianco e felice di essere tornato in Texas, e finalmente, si addormentò.

———

Harley scese dall'auto e sorrise mentre Coach la guardò accigliato. Si rifiutava sempre di aspettare che arrivasse dal suo lato per aprire la portiera. Gli aveva detto più volte che era una donna capace, che poteva aprirsela, ma lui non smetteva mai di provarci. Il fatto che volesse coccolarla, trattarla come una signora, la faceva sorridere. Ormai avrebbe dovuto sapere, soprattutto dopo la notte precedente, che non era una signora.

Coach ringhiò sottovoce mentre chiudeva la portiera alle sue spalle. «Sul serio, Harl, vorrei che tu mi lasciassi essere un gentiluomo, almeno una volta.»

Harley si appoggiò a lui e gli sussurrò all'orecchio: «Ti lascio tirare fuori la sedia per me e aprire le porte quando entriamo in qualche posto, ma quello che preferisco è il modo in cui mi lasci sempre venire per prima. Ogni volta. *Quello* è l'unico comportamento da gentiluomo di cui ho bisogno.»

«Gesù, Harl» borbottò Coach, guardandosi intorno nel parcheggio per vedere se c'era qualcuno nelle vicinanze. «È stato un colpo basso. Ora sto ripetendo la scorsa notte nella mia mente, sto ricordando quanto fossi calda e bagnata quando mi sono spinto nel tuo corpo stretto.»

«È colpa tua» scherzò Harley. «Mi hai fatto venire due volte questa mattina prima di entrare in me.»

«Cazzo, donna. Di chi è stata l'idea di incontrare la banda, oggi a pranzo?»

«Tua.»

«Be', la prossima volta, vedi di dissuadermi, ok?»

Gli ultimi due mesi erano stati come un sogno per lei. Coach era un uomo attento, ma non soffocante. Quando era stata di malumore perché il suo codice non funzionava, Coach non le aveva fatto pressioni, l'aveva lasciata sola e aveva aspettato che gli inviasse un messaggio per fargli sapere che era sicuro tornare da lei.

Non avevano parlato molto del suo lavoro, era sufficiente che Harley sapesse che ciò che faceva era top secret, e che aveva il resto dei suoi compagni di squadra a dargli supporto. Lei sapeva che le sue missioni erano pericolose, e quel punto era stato messo bene in chiaro quando, l'ultima volta che era tornato a casa da un'operazione, le aveva parlato del suo amico Fish, del fatto che fosse stato ferito, e di come Truck gli avesse salvato la vita. Ciò le aveva fatto apprezzare di più ogni minuto in cui poteva stare con Coach. Sapeva che la volta successiva, avrebbe potuto essere *lui* quello ferito.

E anche se non trascorrevano tutte le notti insieme, si stavano muovendo in quella direzione sempre di più. Coach andava da lei dopo il lavoro e passavano del tempo insieme, fino a quando non riuscivano più a togliersi le mani di dosso. Avevano fatto sesso in doccia, sesso in vasca da bagno, sesso in salotto, sesso contro il muro, sesso sul tavolo e persino sesso sul pavimento del corridoio. Non solo l'avevano fatto a pecorina, cowgirl e nella posizione del cucchiaio, ma l'aveva introdotta a posizioni più stravaganti, come la cascata, l'altalena, la cowgirl al contrario, quella del fiammifero, del pretzel e del ragno. Le aveva insegnato come fare un pompino, e aveva ricevuto un'istruzione approfondita sulla differenza tra fare sesso e fare l'amore... amandoli entrambi.

Tutto sommato, le cose stavano andando alla grande. Harley sapeva di essere profondamente innamorata di Coach, e sembrava che lui provasse lo stesso sentimento, anche se nessuno dei due lo aveva detto a parole. Non c'era fretta però; avevano un sacco di tempo per arrivarci.

Harley gli sorrise quando infilò una mano nella tasca posteriore dei suoi jeans, mentre camminavano. Lei gli circondò la vita con un braccio e agganciò il dito al passante della cintura dei pantaloni cargo, mentre andavano verso l'ingresso del fast food specializzato in burrito.

Era un posto molto frequentato, soprattutto in quel momento della giornata.

Il liceo, che si trovava a un isolato di distanza, permetteva ai ragazzi dell'ultimo anno di pranzare fuori dal campus e, quando entrarono, il posto era pieno di adolescenti. Coach salutò con un cenno della testa Rayne e Ghost che si trovavano in un angolo ad aspettare il loro arrivo. C'era anche Truck, così come Blade e Hollywood. Si era unita a loro anche l'amica di Rayne, Mary; formavano proprio un bel gruppo esuberante.

C'era ancora qualcosa che non andava tra Truck e Mary, ma Harley non conosceva nessuno dei due abbastanza bene da fare commenti. Vide Rayne lanciare alla sua amica un'occhiataccia che sembrava chiedere "che diavolo sta succedendo?", ma Mary voltò le spalle a tutti e studiò il menu come se la sua vita dipendesse da quello.

Truck non sembrava felice, ma si mise in fila dietro agli altri e davanti ad Harley e Coach. Incrociò le braccia al petto, lanciando occhiate furiose alla testa di Mary.

Harley guardò Coach sollevando le sopracciglia in una muta domanda, ma lui scosse solo la testa. Era una situazione strana ma, al momento, era troppo contenta della propria vita per intromettersi in quella di chiunque altro. Guardando ancora una volta Truck, era contenta di non essere *lei* la destinataria del cipiglio sul suo viso. Era un uomo grosso e intimidatorio, e se l'avesse guardata in quel modo, avrebbe rivelato il suo numero di pin del bancomat, le informazioni del conto bancario e qualsiasi altra cosa l'uomo avesse voluto sapere.

Si accoccolò al fianco di Coach, sospirando contenta quando sentì la sua mano spostarsi dalla tasca posteriore dei pantaloni alla parte bassa della schiena, sotto la maglia.

Le sue lunghe dita ne coprivano gran parte, ma aveva infilato il mignolo appena sotto l'elastico delle mutandine, stuzzicandola con un movimento avanti e indietro lungo il suo sedere nudo.

«Non riesco a credere che le nerd abbiano deciso di staccarsi dai loro computer abbastanza a lungo da mangiare.»

«Però sono state ingenue a venire *qui*, sanno che questo è il nostro ritrovo.»

«Quelle stupide stronze non hanno idea di cosa le aspetta quando se ne andranno.»

Harley sentì Coach irrigidirsi accanto a lei. Era come se ogni muscolo del suo corpo si fosse preparato all'attacco. Si chiese se fosse così in battaglia.

Girò la testa quel tanto che bastò per vedere un gruppo di tre adolescenti dietro di loro. Era ovvio che frequentassero il liceo, e le ricordavano molto se stessa quando aveva quell'età.

Due portavano gli occhiali simili ai suoi, e l'altra era in sovrappeso. Tutte e tre indossavano jeans e magliette larghe, una con il logo dell'Esercito, una con un'immagine dei Pokémon, e la terza era rossa con il logo di Star Trek nella parte superiore sinistra del petto. Avevano degli zaini che sembravano pieni di libri o altri oggetti per la scuola. Non guardavano nessuno negli occhi, i loro sguardi erano concentrati sulla lavagna del menu, come se ciò potesse far scomparire le altre ragazze dietro di loro.

Quelle che avevano fatto i commenti, erano in fila dietro l'imbarazzato trio. Erano in quattro, ed erano giovani e belle. Due avevano i capelli biondi, una era asiatica e aveva lunghi capelli neri e lisci, e la quarta era afroamericana con capelli molto corti e ricci. Indossavano minigonne e tacchi alti. Erano vestite come se stessero andando in discoteca il sabato sera, e non avevano che piccole borse. Tutte e quattro avevano sul viso un ghigno sprezzante, rivolto alle tre adolescenti che ora sembravano in preda al panico.

«Guardale che carine, pensano che se ci ignorano, non sapremo che sono qui. Vi pentirete di essere venute nel nostro posto di ritrovo per il pranzo» minacciò una delle bionde.

Se fosse stato possibile, quelle parole fecero irrigidire Coach ancora di più. Harley non era felice della situazione quanto lui, ma affrontare quelle ragazze meschine era un modo sicuro per peggiorare la situazione. Lei lo sapeva. Si era trovata proprio nei panni del trio. Le provocazioni e le minacce le riportarono alla mente troppi brutti ricordi del liceo.

«Che cosa vuoi mangiare, Harl?» chiese Coach, spingendola verso il bancone. Non si era nemmeno resa conto di essere avanzata, e ora si trovavano in prima fila. Si voltò e ordinò il suo burrito di pollo extra-large – aveva bruciato molte calorie la sera prima – e attese Coach alla cassa.

Lui pagò e indicò il grande tavolo di cui Ghost e gli altri si erano impossessati. «Mi prendi l'acqua per favore?» Quando annuì, la ringraziò. «Grazie. Non aspettarmi, vai a sederti, arrivo tra un secondo.»

Harley annuì e prese i bicchieri dalla cassiera e andò al dispenser delle bibite per prendere i loro drink. Si voltò quando sentì Coach parlare con qualcuno.

«Ehi, ragazze, non ci sono tanti posti liberi... ne abbiamo qualcuno al nostro tavolo, volete sedervi con noi?»

Harley vide Coach parlare con le tre ragazze che erano

state prese di mira mentre erano in fila. Si trovavano vicino alla cassa con la bocca aperta, ovviamente confuse sul motivo per cui Coach stesse chiedendo proprio a *loro* di sedersi con lui.

Vedendo la loro esitazione e rendendosi conto che aveva bisogno di aiuto, Harley si unì subito a lui.

«Ehi, tesoro. Oh, gliel'hai chiesto. Bene. Vi sedete con noi, vero? C'è un sacco di spazio. Il mio ragazzo ha visto la tua maglietta dell'esercito e ha deciso subito che avevi un ottimo gusto.» Rise e, cercando di metterle a loro agio, fece un gesto, indicando il lungo tavolo dove Hollywood, Blade e Truck sedevano sul lato opposto, mentre Ghost, Rayne e Mary davano la schiena alla gente in coda. C'erano altri due tavoli accanto ai loro che erano vuoti. Un sacco di spazio per altre cinque persone.

«Ah, certo, ok» balbettò una delle ragazze, decidendo per tutte.

Harley sorrise, cercando di apparire il più amichevole possibile. Socializzare non era davvero il suo forte, ma era ovvio ciò che Coach stesse cercando di fare, ed era d'accordo al cento per cento. Maledette ragazze perfide.

Si avvicinarono tutti al tavolo e Coach tirò fuori una sedia per una delle adolescenti, Truck si alzò e fece lo stesso per le altre due sul suo lato del tavolo. Si sedettero tutti e Coach prese la mano di Harley e la condusse a un'estremità, assicurandosi che non ci fossero altri posti attorno alle adolescenti, per proteggerle dalle altre ragazze.

Come Harley aveva immaginato, le ragazze popolari si sedettero lì accanto, abbastanza vicine da sentire ciò che veniva detto al loro tavolo.

Grazie a Dio, Rayne e Mary, pur senza sapere cosa stesse succedendo, si intromisero subito per far sentire le adolescenti a proprio agio. Iniziarono a chiacchierare sul fatto che gli uomini facevano tutti parte dell'esercito e che era una bellissima coincidenza che una di loro indossasse una maglietta con il logo e, da quel momento, la conversazione fluì tranquilla.

Fu un pranzo interessante, con Ghost e Coach che si scambiavano segnali non verbali con gli occhi, Rayne e Mary che tenevano viva la conversazione con le liceali, e Blade e Hollywood che sorridevano e flirtavano in modo innocuo. Harley arrossì quando Coach si vantò del fatto che lei fosse una programmatrice di videogiochi di successo, e le ragazze erano così elettrizzate che le posero ogni sorta di domande, su come fosse entrata nel business e su quali giochi avesse lavorato.

Dopo circa trenta minuti, le ragazze dissero che dovevano tornare in classe. Avevano già finito tutti di mangiare e iniziarono a raccogliere le loro cose. Gettarono la spazzatura e uscirono dal piccolo ristorante. Harley osservò le tre ragazze salutare con la mano e allontanarsi, tornando verso il liceo.

Fu sorpresa quando, all'improvviso, sentì Coach dire: «Solo un secondo, signorine.»

Girandosi per vedere con chi stesse parlando, vide vicino a lui il quartetto che era stato in fila dietro di loro. Con lo stomaco contorto, perché non aveva idea di cosa stesse facendo, Harley andò subito al suo fianco, notando che lo fecero anche gli altri uomini.

«So che voi ragazze pensate di avere il mondo che pende dalle vostre labbra, ma non è così.» Le parole di Coach erano calme... e letali. Harley sentì i brividi sulle braccia. Aveva visto Coach irritato, ma non in quel modo. Era incazzato. Molto incazzato, e non lo nascondeva

affatto. Era come se si stesse trattenendo dal dare una bella
lezione a quelle ragazze, e ciò la spaventava. Non era come
il tenero amante che aveva avuto la notte prima, nemmeno
lontanamente.

Coach continuò, senza distogliere lo sguardo da loro:
«Siete delle bulle. Pensate che nulla possa toccarvi e che ve
la caverete nella vita solo per il vostro aspetto. Ma sapete
una cosa? Siete marce dentro. Fino all'anima. Vorrei dire
che c'è ancora tempo per voi per cambiare, ma non sono
sicuro che sia così. Quelle ragazze che stavate minacciando
e prendendo in giro, valgono dieci volte più di voi. Lo
sapevate che Brittany avrà una borsa di studio totale per
frequentare l'Università A&M del Texas, l'anno prossimo?
È stata accettata nel loro corso di veterinaria. Chi pensate
che si prenderà cura del vostro fastidioso chihuahua
quando tra qualche anno si ammalerà? E Lexie entrerà
nell'esercito. È abbastanza intelligente da andare al college,
ma vuole risparmiare le spese alla sua famiglia. Diventerà
un dottore e ha pensato che l'esercito sarebbe stato un
ottimo posto per iniziare quella formazione. E ha ragione.
Non sarei sorpreso se un giorno diventasse un generale. E
Donna? Andrà a Yale. *Yale*.»

Harley mise una mano sulla schiena di Coach, ma si
comportò come se non si rendesse conto che era vicino a
lui. Era del tutto irrigidito e poteva quasi sentire l'energia
scorrere nel suo corpo. Ogni muscolo era teso e teneva i
pugni stretti lungo i fianchi.

Le parole di Coach avevano un tono tagliente. Non che
non si meritassero in parte la sua ira, ma erano ragazzine,
erano tutte immerse nel loro piccolo mondo, senza la
minima idea di come le loro azioni di oggi, avrebbero
potuto influenzare gli altri negli anni a venire.

Coach proseguì senza pietà: «Direi che *loro* sono sulla buona strada per essere produttive, membri importanti della società. Eppure voi state lì a giudicarle perché non indossano i tacchi alti o le minigonne indecenti. Scendete dal piedistallo.»

Le ultime parole furono dette con tale disprezzo, che tutte e quattro le adolescenti di fronte a loro sussultarono.

Ma Coach non aveva finito. Continuò la sua arringa: «Vivete pure la vostra vita limitata e patetica, preoccupandovi solo di chi vi porterà al ballo di fine anno e quale sarà il prossimo giocatore di football che scoperete, ma lasciatele in pace. Lasciate in pace *tutte* le ragazze, tra virgolette, impopolari. E sapete cosa? Un giorno avrete bisogno di quelle "nerd". I vostri figli potrebbero ammalarsi e avere bisogno di un medico specializzato. Il vostro computer potrebbe prendere un virus, o potreste scoprire che i ragazzi che prendevate in giro sono mille volte meglio a letto rispetto agli atleti, perché a loro *importa* delle donne con cui stanno.»

«Coach» lo avvertì Ghost a bassa voce. «Basta.»

Coach fece un gesto con la mano al suo compagno di squadra che Harley non capì, ma Ghost fece un passo indietro, ovviamente comprendendo il segnale non verbale e fidandosi dell'amico.

«Vedete questa donna accanto a me?» Harley sobbalzò quando Coach le mise una mano intorno alla vita e la attirò contro di sé.

«È la cosa migliore che mi sia mai capitata. La amo e darei la mia vita per proteggere la sua, senza alcun dubbio. Guardatela. È una nerd. Occhiali, jeans, scarpe da ginnastica, niente trucco, i capelli raccolti in uno chignon disordinato. Ma è la persona più bella che abbia mai incontrato in vita mia, per ciò che è dentro. Se fossi di nuovo un adolescente, sceglierei una di quelle ragazze che stavate prendendo in giro, piuttosto che una di voi, senza nemmeno pensarci un istante.»

Le adolescenti non dissero nulla, rimasero solo a fissare a bocca aperta il bell'uomo che le aveva fatte a pezzi con le sue parole dure.

Senza dire altro alle ragazzine che erano immobili a guardarli con gli occhi spalancati, Coach fece un cenno con il mento ai suoi amici e si diresse verso l'Highlander, con il braccio stretto forte attorno alle spalle di Harley.

Lei non si voltò indietro per vedere quale fosse stata la conseguenza dell'arringa di Coach. Per quanto fosse eccitata, era più preoccupata per lui, che stringeva la mascella e faceva respiri profondi dal naso. Non disse una parola nemmeno mentre apriva la portiera per lei. Senza fare le solite storie, salì e lo guardò mentre girava intorno al cofano del veicolo per andare al volante.

Harley continuò a non dire nulla mentre la portava a casa, e nemmeno lui. Avevano trascorso una notte infuocata, imparando tutto ciò che c'era da sapere l'uno sull'altra, esplorandosi dentro e fuori, e ora, era come se un muro di mattoni fosse stato eretto tra di loro. Harley non aveva idea di come superarlo per arrivare a Coach.

Si fermò fuori dalla sua villetta e si voltò verso di lei. «Ti chiamo più tardi.»

«Perché non vieni dentro? Io...»

«Non sarei una buona compagnia in questo momento, Harley. Ti chiamo più tardi.»

Harley strinse le labbra, non voleva lasciarlo così, non sembrava nemmeno lui, e la stava spaventando. L'uomo che *conosceva* non avrebbe mai detto quelle cose a delle adolescenti. Le stava sfuggendo qualcosa. Qualcosa di molto importante.

«Coach...»

Si sporse davanti a lei e, con il suo lungo braccio, le aprì la portiera. «Più tardi, Harley.»

Quello, di certo, era stato definitivo. Senza avere altra scelta, Harley slacciò la cintura di sicurezza, portò le gambe fuori dall'auto e scese con riluttanza. Si fermò, tenendosi con una mano sul telaio della portiera e provò ancora una volta a convincerlo. «Ti amo, Coach. Per favore, vieni dentro. Possiamo parlare di ciò che è appena successo.»

Le sue dita strinsero il volante, le nocche diventarono bianche, ma non disse una parola. La ignorò completamente.

Harley lo fissò per un altro attimo, perché avrebbe voluto pregarlo di parlarle, di fargli dire cosa non andava, farlo entrare finché non si fosse calmato. Aprì la bocca per farlo, ma la richiuse.

Coach era un adulto. Non era obbligato a parlarle, anche se le faceva male al cuore che stesse lottando con un'emozione profonda che non voleva condividere.

Senza dire altro, chiuse la portiera e fece un passo indietro. Per la prima volta in assoluto, Coach non aspettò che lei arrivasse alla porta; si allontanò, lasciandola lì, sul marciapiede fuori dalla sua villetta. Rimase ferma a osservare il SUV che usciva dal parcheggio e svoltava a destra, sulla strada fuori dal suo complesso, finché le luci dei fanali scomparvero dalla vista.

Una lacrima scivolò sul viso di Harley. Coach stava soffrendo e, di conseguenza, anche lei.

CAPITOLO DICIANNOVE

HARLEY ERA AGITATA e preoccupata per Coach. Dopo aver inviato almeno cinque messaggi, per assicurarsi che stesse bene, aveva risposto solo una volta dicendo appunto, *sto bene*.

Quelle due parole l'avevano spaventata ancora di più, perché era ovvio che *non stesse* bene. Aveva provato a chiamare Hollywood, lui e Coach sembravano legati, e aveva pensato che fosse un'ottima scelta per cercare di scoprire cosa diavolo stesse succedendo.

Purtroppo, non le aveva detto molto. Solo che Coach stava cercando di risolvere delle cose e che si sarebbe messo in contatto presto.

Harley aveva persino chiamato Montesa. Sua sorella le aveva solo detto che forse aveva bisogno di scaricare la tensione e che sarebbe tornato quando fosse stato pronto. Non soddisfatta di quella risposta, e per avere la prospettiva di un uomo rispetto all'intero incidente, aveva chiamato suo fratello.

«Era come se fosse una persona diversa, Davidson. Non capisco perché non mi voglia parlare.»

«Sorella, ti voglio bene, ma non credo che tu stia vedendo la situazione nel modo giusto.»

«Come dovrei vederla?»

«Ascolta, Coach è un uomo. È nell'esercito. È un soldato. È abituato a prendersi cura degli altri. Mi hai detto che di recente è tornato da una missione in cui uno dei suoi amici è stato ferito e altri sono morti, è ovvio che sta affrontando molte cose. Come se non bastasse, quelle ragazze devono aver fatto scattare qualcosa dentro di lui. Non so cosa sia successo nella sua vita per fargli odiare così i bulli, ma qualunque cosa sia, deve affrontarla da solo. Non vuole apparire debole di fronte a te.»

«Ma so che non è un debole.»

«Harley, non si tratta di *te*. Riguarda *lui*.»

Fu quella frase che, alla fine, fece comprendere tutto ad Harley. Coach era un uomo forte, non si era guadagnato il soprannome perché era uno che stava in disparte a guardare il mondo che gli passava accanto. Era un uomo che prendeva il controllo. Harley lo sapeva per esperienza, fin dal primo giorno in cui si erano incontrati, che era il tipo che non sarebbe stato a guardare quando qualcuno veniva trattato in modo ingiusto. Anche dal fatto che lasciava sempre il venti percento di mancia alla cameriera, da come difendeva il suo Paese e sosteneva sempre gli amici. Era il suo modo di essere.

Non la stava escludendo di proposito. Stava facendo i conti con qualcosa di serio, e non aveva assolutamente nulla a che fare con lei. Quindi, se ora lei avesse perso le staffe incazzandosi con Coach, sarebbe stata peggio di un adolescente. Troppe relazioni andavano male perché una

persona interiorizzava ciò che l'altra stava facendo e ipotiz-
zava che venisse esclusa di proposito.

Qualunque cosa fosse successa oggi, era importante.
Più di quanto credesse. Coach non sarebbe scattato in quel
modo con quelle ragazze... *ragazze*... se fosse stato solo un
semplice caso di bullismo. Era troppo un uomo d'onore.
Troppo protettivo. No, era qualcosa di significante. Qualcosa che non capiva.

Harley avrebbe solo dovuto aspettare che andasse da
lei. Di qualunque cosa Coach avesse bisogno, ogni volta
che ne avesse avuto bisogno, ci sarebbe stata per lui.

Quando qualche ora dopo si sdraiò per cercare di
dormire un po', non aveva ancora avuto notizie da lui, né
da nessuno dei suoi compagni di squadra. Quella sera,
aveva preso la decisione di aspettare che andasse da lei, ma
restare lì in attesa, era stata una delle cose più difficili che
avesse mai fatto.

Dopo essersi rigirata nel letto, un rumore la svegliò da
un sonno leggero. Harley guardò l'orologio. Le due e
quarantadue del mattino. Il suo telefono suonò. Un
messaggio.

Sei sveglia? Sono qui fuori.

Harley non si preoccupò di rispondere al messaggio,
saltò giù dal letto e infilò i piedi nelle infradito. Attraversò
di corsa la casa fino alla porta principale e la aprì, guardando impaziente nel parcheggio.

Coach era appoggiato al paraurti anteriore della sua
auto. Indossava gli stessi pantaloni cargo e la maglia del
mattino. Stava guardando il telefono con un cipiglio sul
viso, come se stesse aspettando il suo messaggio di risposta. Sembrava stanco. Esausto.

Harley non attese che lui la notasse o andasse da lei, si

affrettò ad attraversare il parcheggio. Coach la vide con la coda dell'occhio prima che fosse a metà strada, mise in tasca il telefono e si avviò verso di lei.

Senza dire una parola, nel buio del parcheggio, Coach la avvolse tra le braccia e la strinse forte. Harley non aveva bisogno delle parole; la disperazione del suo abbraccio le disse tutto ciò che doveva sapere. Stava soffrendo e il suo uomo aveva bisogno di lei. Davidson aveva avuto ragione. Non si trattava di lei. Riguardava Coach.

Lo strinse forte, e si lasciò travolgere dal sollievo per il fatto che stesse bene. Il più brutto ricordo della sua vita era quello di quando i poliziotti erano andati nella sua casa d'infanzia, per dire a lei e ai suoi fratelli che i loro genitori erano morti. Una parte di lei aveva temuto di svegliarsi al rumore di qualcuno che bussava alla porta e di sentirsi dire che Coach aveva avuto un incidente e che era stato ferito, o peggio, che era morto.

Alla fine, si tirò indietro quel tanto che le servì per girarsi e mettergli un braccio intorno alla schiena per condurlo verso la porta aperta. Entrarono, e Harley calciò via le infradito, chiuse a chiave e andarono in camera da letto. Lui non fece alcuna resistenza, dicendole senza parole che era ancora impantanato in qualsiasi cosa gli tormentasse la mente. Si sedette sul bordo del letto e Harley senza chiedere il permesso si inginocchiò e iniziò a sciogliere i lacci dei suoi scarponi.

«Posso farlo da solo» protestò, senza convinzione.

«Lo so, ma ci penso io» gli disse, togliendo il primo. Gli sfilò il calzino, poi passò all'altro, rimuovendoli anche da quel piede, poi li mise di lato. Lo tirò in piedi e cercò di spingerlo verso il bagno.

«Vai. Fai le tue cose. C'è un nuovo spazzolino da denti nel cassetto a destra del lavandino. Ti aspetto qui.»

Coach non si mosse, si limitò a stare accanto al letto, poi prese la testa di Harley tra le sue grandi mani e la fissò a lungo. Alla fine, senza dire una parola, la baciò sulla fronte e si trascinò nel piccolo bagno.

Harley tornò sotto le lenzuola, che ancora trattenevano il suo calore corporeo, e attese che Coach ricomparisse. Uscì dopo pochi minuti.

Mentre andava verso il letto, si tolse la maglia e la lasciò cadere nel mezzo del pavimento, sembrava che non gli importasse dove sarebbe atterrata. Andò con le mani alla cintura e si tolse in fretta i pantaloni.

Tenne addosso i boxer, cosa insolita per lui, e si infilò nel letto accanto ad Harley. Non fece o disse niente, perché non era sicura di quale sarebbe stato il suo prossimo passo ma, come al solito, Coach fece la prima mossa. Si voltò verso Harley, che era sdraiata sulla schiena, e si rannicchiò contro di lei.

Avrebbe dovuto essere strano, di solito era *lei* che si raggomitolava contro di *lui*, ma stavolta sembrò giusto così. Coach le circondo la vita con il braccio e seppellì il naso nello spazio tra il collo e la spalla. Si sistemò meglio, stringendola ancora più. Aveva ancora l'altro braccio piegato sotto di sé e sentì le sue dita sfiorarle la spalla mentre cercava di fondere il suo corpo in quello di lei.

Harley liberò il braccio da sotto di lui e lo piego intorno alla sua spalla, per tenergli la testa con la mano. Con l'altra, coprì il suo enorme avambraccio e rimase immobile.

Non lo avrebbe pregato di parlare. Si era resa conto, dopo la chiacchierata con Davidson e alcune riflessioni interiori mentre era lì a preoccuparsi di dove fosse Coach, che le avrebbe detto ciò che stava succedendo, con i suoi tempi. Era un adulto, con dei pensieri ed emozioni. Non era compito suo forzarlo a esprimere i suoi sentimenti, aveva bisogno che si sentisse a suo agio con lei e si fidasse abbastanza da parlare di ciò che lo stava tormentando, quando sarebbe stato pronto. Per il momento, era sufficiente che fosse lì con lei, sano e salvo. Sapeva che sarebbe rimasta lì in silenzio con lui per sempre, se fosse stato ciò di cui aveva bisogno.

Coach non spostò la testa, ma Harley sentì le sue labbra muoversi contro la pelle quando dopo venti lunghi minuti, parlò. Non fece una premessa alle sue parole, partì con la storia come se gli avesse chiesto che tempo avrebbe fatto domani.

«Mia sorella si chiamava Jenny. Era la bambina più dolce che avessi mai conosciuto. Aveva le guance paffute ed era allegra. Non c'era una persona al mondo che non le piacesse.»

Harley trattenne il respiro. Aveva appena iniziato ma già non le piaceva ciò che stava sentendo. Non le piaceva che Coach si riferisse alla sorella al passato. Era la prima volta che lo faceva. Per qualche ragione, aveva pensato che sua sorella fosse da qualche parte viva e vegeta, anche se non parlava molto di lei. Harley rimase in silenzio, senza fare domande, e lasciò che Coach tirasse fuori la storia a modo suo, con i suoi tempi.

«Mi seguiva di continuo quando era alle elementari. I miei amici pensavano che fosse fastidioso, io invece che fosse una cosa carina. Sapevo che mi idolatrava, e mi stava bene. Era la mia sorellina, avrei fatto qualsiasi cosa per proteggerla.»

Coach fece un sospiro e poi una pausa, come se si stesse facendo un discorso di incoraggiamento per continuare. Alla fine, proseguì, con una voce ancora più sommessa di prima, ora stava quasi sussurrando. «Uno dei miei ricordi preferiti è di quando ero in seconda media e lei in quarta elementare. Avevo un vecchio registratore e ci scambiavamo dei messaggi, poi lo lasciavamo fuori dalla porta della nostra camera per ascoltarli la mattina, quando ci svegliavamo. Non parlavamo di nulla di particolare, solo di ciò che stavamo facendo e ci raccontavamo storie sciocche. Stronzate che da ragazzini trovavamo divertenti e interessanti. Non so cosa sia successo a quei nastri, ma darei *qualsiasi cosa* per averne uno. Assolutamente qualsiasi cosa.»

Coach fece un'altra pausa. Questa volta più lunga, tanto che Harley non era sicura che avrebbe continuato. Per quel che ne sapeva, poteva essersi addormentato. Poi, all'improvviso, Coach chiese: «Sai com'è nato Pinocchio?»

La sua voce era triste, la domanda era del tutto incongruente con l'argomento delle registrazioni di cui ricordava. Harley era confusa, ma lo assecondò, non volendo interrompere il flusso di qualunque cosa gli stesse passando per la testa. «Non lo so, da un pezzo di legno, direi» rispose con dolcezza.

«È quello che ha detto anche Jenny» ricordò Coach in tono triste. «Era una battuta. Sapevo che non l'avrebbe capita, non era abbastanza grande, ma io, che avevo dodici anni e gli ormoni in subbuglio, pensavo fosse la cosa più divertente del mondo. Le avevo fatto quella domanda in una delle nostre conversazioni registrate. La ascoltò una mattina, ed era ovvio che si fosse appena svegliata perché la sua risposta era piena di sbadigli, e sembrava stordita.

L'avevo avvertita che probabilmente non avrebbe saputo rispondere e che andava bene lo stesso, ma lei ha provato con tutta se stessa a cercare una risposta... per me.»

Gli occhi di Harley si inumidirono quando si sentì bagnare la spalla. Erano le lacrime di Coach. Ogni goccia contro la sua pelle le faceva a pezzi il cuore. L'uomo steso tra le sue braccia stava soffrendo. Tantissimo. Trattenne le proprie lacrime senza pietà, respirando profondamente attraverso il naso. Si trattava di Coach, non di lei. Aveva bisogno che fosse forte.

Coach si comportò come se non si fosse nemmeno accorto di piangere, non provò ad asciugarsi le lacrime, continuò a raccontare la sua storia in un tono affranto, che straziava.

«Jenny ci pensò e ripensò su, e alla fine disse come te, "Non lo so, Johnny. Da un pezzo di legno e poi la fata lo ha trasformato in bambino." Ricordo di aver sorriso della sua risposta.»

Harley non mosse un muscolo. *Johnny*. Le aveva detto una volta che non usava il suo primo nome, che per quanto riguardava l'Esercito e tutti gli altri, si chiamava Beckett.

Johnny.

Era così che lo chiamava la sua amata sorellina.

E parlava di lei al passato.

Il suo cuore si spezzò per l'uomo che aveva tra le braccia.

Le lacrime le sfuggirono comunque dagli occhi, anche se cercò disperatamente di trattenerle. Tutto quello riguardava lui e Jenny, e l'ultima cosa che voleva fare era distrarre Coach e fargli pensare che avesse bisogno di consolarla. Le lacrime le scesero lungo i lati del viso impregnando il cuscino sotto la sua testa

«La risposta in realtà è: "Con una sega".» Coach fece una pausa, aspettando la reazione di Harley.

Lei fece una smorfia e una risatina per la battuta orribile.

«Sì» concordò Coach, con la stessa voce sconsolata, «umorismo da ragazzo preadolescente. Era ovvio che in quel periodo fossi nella fase "segaiola", ed è l'unica scusa che ho per aver fatto quella terribile battuta alla mia sorellina. Ma Jenny non l'ha capita. Anche dopo che le ho dato la risposta nella registrazione successiva, mi ha solo detto che sicuramente erano serviti anche chiodi e altri attrezzi oltre alla sega, e ha continuato a raccontarmi ciò che aveva fatto nel parco giochi, a scuola, quel giorno.»

«Cos'è successo a Jenny, Coach?» Harley lo spronò con voce gentile quando fece un'altra pausa. Lo avrebbe ascoltato ricordare tutta la notte, ma si rese conto che aveva bisogno di togliersi dal petto ciò che era successo a sua sorella.

«Ragazze meschine. Ecco cosa le è successo» borbottò con voce stanca e triste. Le sue lacrime erano cessate, ma Harley sentiva ancora la spalla umida. «Quando ha iniziato le scuole medie, le ragazze con cui era sempre stata amica le si sono rivoltate contro e hanno cominciato a prenderla di mira. Le dicevano che era grassa e brutta. La prendevano in giro, la facevano inciampare nel corridoio e ridevano quando i suoi libri cadevano dappertutto. Sparlavano di lei con i ragazzi della scuola. Tutto ciò che era possibile fare per distruggere psicologicamente una ragazza timida e troppo ingenua, lo hanno fatto.

Poi si sono spinte oltre. Un giorno, trovò un biglietto nel suo armadietto. Sembrava fosse da parte di un ragazzo. C'era scritto che lei gli piaceva e voleva conoscerla meglio, che era timido e che per il momento voleva mantenere segreta la sua identità. Jenny se l'è bevuta. Adorava avere un ammiratore segreto.

Nel biglietto, il ragazzo le disse che se voleva rispondergli, di lasciarne uno anche lei in biblioteca, all'interno di un libro specifico nella sezione storia. Le disse che nessuno prendeva quel libro da mesi, quindi sarebbe stato un posto sicuro.»

Coach fece una breve pausa poi continuò: «Credo che si sia lasciata coinvolgere dal romanticismo di tutta la situazione e non si sia fermata a pensare a ciò che invece avrebbe potuto essere. Si è aperta a questo ragazzo a cui pensava di piacere, gli ha detto di quanto fosse triste che le altre ragazze della scuola la odiassero e l'avessero presa di mira.

Quando mi ha raccontato di lui e di quanto le piacesse, l'ho messa in guardia, le ho detto di stare attenta. Mi ha spezzato il cuore quando mi ha detto che era l'unico amico che aveva.»

Harley non riuscì a fare a meno di trattenere il respiro, percependo ciò che avrebbe detto. Voleva saltare fuori dal letto e pregare Coach di non continuare, ma non lo fece. Non avrebbe cambiato nulla. Rimase in silenzio e gli permise di finire la storia incredibilmente triste.

«Già» concordò Coach. «Jenny ha scoperto che era tutto un grosso scherzo quando ha sentito le ragazze ridere a pranzo, di qualcosa che gli aveva detto la sera prima. Si era resa conto, per la prima volta, che tutto ciò che gli aveva confidato, in realtà, lui lo aveva raccontato alle bulle che la tormentavano. Quella cosa l'ha distrutta. Ho cercato di fare del mio meglio per rassicurarla sul fatto che non importava, che le cose sarebbero andate meglio e che avrebbe dovuto fregarsene, ma non ci è riuscita. Aveva il cuore spezzato, si sentiva umiliata e devastata.»

Harley gli accarezzò il braccio per consolarlo. Non avrebbe davvero voluto ascoltare il resto della storia, ma sapeva che Coach aveva bisogno di raccontarla.

«Una sera, le ho detto che sarei andato in biblioteca, era un giorno infrasettimanale e so che non mi ha creduto, ma le ho fatto l'occhiolino e lei lo ha fatto a me. Sapevo che Jenny non avrebbe fatto la spia con i nostri genitori e sono andato a una festa a casa di un amico. Non mi sono ubriacato troppo, perché sarei dovuto tornare a casa ed entrare di soppiatto, ma era stata una serata divertente. Uno dei miei ricordi migliori e peggiori del liceo. La mattina dopo, mi sono alzato per andare a scuola e io e Jenny abbiamo fatto colazione insieme. Sembrava di umore migliore, ha riso con me e le ho raccontato un po' di quello che avevo fatto la sera prima. Sembrava più leggera, più felice di quanto non l'avessi vista da molto tempo. Ero così sollevato.

Siamo usciti per andare a scuola. Io avevo la mia macchina mentre Jenny prendeva ancora l'autobus, solo che quel giorno non ci è salita. Dopo avermi salutato mentre passavo davanti alla fermata, è tornata indietro e ha aspettato che i miei genitori andassero al lavoro, poi è entrata in casa. Ha passato tutti gli armadietti e ha raccolto tutte le pillole che è riuscita a trovare. Le ha prese tutte, Harley. Ogni cazzo di pillola. Aspirina, Tylenol, Benadryl, antibiotici, anti-nausea, persino alcuni sonniferi che usava mia madre quando aveva terribili mal di testa, e ne aveva bisogno per riuscire a dormire.»

Ora le lacrime scorrevano a fiumi sulle guance di Harley. Non riuscì a fermarle e si rifiutò di staccare le mani da Coach per asciugarle. Il suo tono era distaccato, come se stesse parlando del tempo e non della morte della sorellina.

«Come al solito, sono stato il primo a tornare a casa, e l'ho trovata; era sdraiata sul mio letto, raggomitolata, stringeva il mio cuscino. È andata nel *mio* letto per morire, Harley. Quella cosa mi ossessiona ancora adesso. Forse lì si sentiva al sicuro, forse voleva scusarsi con me per averlo fatto, non ne ho idea. Non ha lasciato un biglietto o altro, ma sapevamo tutti perché l'aveva fatto. Non poteva sopportare l'umiliazione di sapere di essere stata ingannata. Era morta da un paio d'ore quando sono tornato a casa, il suo corpo era freddo e rigido. Ma lo giuro, sembrava così in pace. Non l'avevo mai vista così rilassata. Almeno non da molto tempo.»

«Mi dispiace, Coach. Mi dispiace tantissimo» gli disse Harley con tutto l'amore che aveva nel cuore.

«Sì. Anche a me» affermò triste. Coach non si era mosso dalla sua posizione, semmai, aveva stretto la presa su Harley mentre parlava della morte di Jenny, come se fosse l'unica cosa a tenerlo insieme.

«Abbiamo organizzato una cerimonia di commemorazione per lei al liceo» continuò. «La sala era gremita, molte persone si sono alzate per testimoniare che persona fantastica fosse Jenny, che grande potenziale avesse, che avrebbe fatto grandi cose... e tutte quelle stronzate. Ma aveva solo tredici anni, Harley. *Tredici.* Aveva davanti a sé tutta la vita, e nessuno poteva sapere cosa avrebbe fatto, nessuno poteva sapere se sarebbe stata una persona di grande successo. Sono solo cose che la gente dice quando muore un bambino. Magari sarebbe diventata presidente, ma avrebbe anche potuto benissimo finire per essere una senza tetto e dipendente da droghe, lavorare in un fast food per il resto della sua vita o con un lavoro senza prospettive, in una fabbrica da qualche parte. Ma qualunque cosa avesse finito per fare, non me ne sarebbe importato. Lei era Jenny. La mia sorellina. Pensavo che sarebbe sempre stata lì con me.»

Le parole successive di Coach spiegarono finalmente perché era scomparso dopo pranzo, quel giorno.

«La parte peggiore di quel memoriale è stata quando stavo andando via, e ho visto le ragazze che l'avevano tormentata. Loro erano il *motivo* per cui quel giorno l'avevo trovata morta, nella mia stanza, raggomitolata sul mio letto, e avevano partecipato alla sua maledetta commemorazione, come se a loro fosse importato qualcosa, quando invece Jenny si è suicidata per quello che *le avevano* fatto. Ed è stato troppo da sopportare. Ho perso la testa. Ho iniziato a urlare che l'avevano uccisa, che era tutta colpa loro. Sono stato trascinato subito fuori dall'auditorium, ma non prima di aver visto la confusione sui loro volti. Non avevano la più pallida idea di aver fatto qualcosa di sbagliato. Nessuna. Avevano ucciso la mia sorellina e non se ne erano nemmeno rese conto.»

Coach fece un respiro profondo e tornò a quello che era successo al ristorante con le ragazze del liceo. «Non giustificherò mai il bullismo. *Mai.* Quando ho sentito quelle ragazze oggi, mi è tornato tutto in mente. Mi sono reso conto che sarebbe bastato che solo *una* persona le fosse stata amica. Solo *una* persona che la difendesse. *Una* persona che si fosse messa tra lei e quelle stronze. È ciò che ho fatto oggi, e non sono dispiaciuto per quello che ho detto.» Disse l'ultima frase in modo aggressivo.

«E non devi» lo rassicurò, tirando su con il naso. «Si

sono meritate ogni parola. Sono orgogliosa di te, Coach. E ti amo. So di avertelo già detto, ma lo dirò di nuovo. Ti amo. Sei esattamente il tipo d'uomo con cui voglio stare. Sei duro e determinato, ma anche premuroso. Non credo di aver mai conosciuto un uomo con la tua stessa profondità.»

Harley si fermò per un momento, considerando le parole successive, e addirittura se avrebbe dovuto dirle ora, ma alla fine, volendo che capisse, prese coraggio e continuò: «Non sono come tua sorella. Anche se sono stata presa di mira da adolescente, e ci sono state volte in cui ho cercato disperatamente un amico che volesse pranzare con me, e ridere con me, quando le ragazze cattive della mia scuola hanno iniziato a prendermi in giro, non ho mai pensato di uccidermi.»

«So che non lo sei» concordò subito Coach, dimostrandole che la conosceva abbastanza bene da capire cosa intendesse. «Sei più forte di quanto non sia mai stata Jenny. Ignori le persone che vogliono insultarti. Vivi la vita come vuoi tu e non hai idea di cosa signifìchi per me.» Coach finalmente sollevò la testa e guardò Harley negli occhi.

Erano arrossati e nelle sue guance c'era ancora l'evidenza del suo dolore, ma non esitò quando le parlò con il cuore: «Ti proteggerò sempre, Harley. Dalle ragazze cattive, dagli uccelli che volano nel cielo o da qualsiasi cosa possa recarti danno. Ma mi fa sentire bene sapere che non hai *bisogno* di me per proteggerti. Non credo che ce la farei se ti affidassi a me per tutto. Per quanto ti rompa le scatole al riguardo, mi rende orgoglioso che tu non voglia che apra la portiera della macchina per te. Che tu sappia prenderti cura di te stessa. Preferirei morire piuttosto che farti del male a causa di qualche mia mancanza nei tuoi confronti, Harley.»

«Oh, Coach. Non c'è quel rischio. Sono forte e troppo vecchia per preoccuparmi di ciò che gli altri dicono di me. Fanculo a loro. Sono una donna realizzata, amo ciò che faccio per vivere, ho dei fratelli fantastici, e anche se sono triste per il fatto che i miei genitori non siano riusciti a vedere tutte le cose interessanti che ho fatto, sono in pace con tutto ciò che è successo nella mia vita.»

Fece un respiro e continuò. «Mi ci è voluto molto tempo per capirlo, ma tutto accade per una ragione. Tutto. In definitiva, credo con tutta me stessa che non ti avrei mai incontrato se i miei genitori non fossero morti in quell'incidente. In apparenza, sembra non esserci una connessione, ma ogni decisione che ho preso dopo quel momento mi ha portato qui. La scuola, il lavoro, persino la decisione di essere in quel club di paracadutismo nello stesso momento in cui stavi sostituendo qualcuno per il tuo amico, l'ho presa a causa della morte dei miei genitori. So che alcune persone pensano che sia un modo strano di guardare la vita, ma nel mio cuore, so che loro mi hanno portato da te. Coach, l'unica persona a cui mi interessa di piacere, sei tu. Se domani i tuoi amici decidessero di odiarmi, non mi importerebbe, fintanto che avrò te.»

Alle sue parole, spuntò un sorriso sul viso di Coach. «Non credo che tu abbia nulla di cui preoccuparti riguardo a quello. Annie ti sta già chiamando zia Harley. Rayne e Mary hanno minacciato di tagliarmi le palle se non ti do un attimo di respiro, per lasciare che ti portino in giro in città. E l'altro giorno, ho tirato un pugno a Hollywood perché ha guardato un po' troppo a lungo le tue tette, quando ti sei piegata per abbracciare Annie e lo scollo a V della maglia si è abbassato. Non devi preoccuparti sul fatto di piacere ai miei amici.»

Muovendosi per la prima volta da quando si era infilato nel letto, Coach all'improvviso si girò sulla schiena, portandola con sé finché non fu sdraiata sopra di lui. Allargò le gambe e quelle di Harley caddero in mezzo, portando i loro corpi più vicini di prima.

Harley sentì le sue mani sulla parte bassa della schiena, spingerla contro di lui, e il suo cazzo diventare duro, ma le sue parole successive la bloccarono.

«Non hai perso la stima in me?»

Harley sapeva esattamente di cosa stesse parlando, e portò le punte delle dita sul suo viso per asciugargli le ultime tracce di lacrime. «Assolutamente no. Sarei più turbata se *non* avessi pianto.»

Lui non commentò, ma Harley vide i segni della tensione intorno alle sue labbra rilassarsi. L'aveva davvero preoccupato che lei avrebbe potuto vederlo sotto una luce diversa perché aveva pianto mentre parlava di sua sorella. Si chinò e lo baciò con dolcezza su entrambe le guance, cercando di rassicurarlo che i suoi sentimenti per lui non erano per niente cambiati.

«Ti amo, Harley. Sono stato uno stupido per averlo detto ad alcune stronzette adolescenti prima di dirlo a te. Mi dispiace. Ma stanne certa, da ora in poi non passerà giorno in cui non sentirai quelle parole da parte mia. Le uniche volte in cui potresti non sentirle è quando sono in missione all'estero, ma prometto di rimediare quando sarò a casa.

E amo anche il fatto che tu possa essere così assorbita dal tuo lavoro da non sentire quando arrivo dietro di te, ma allo stesso tempo mi spaventa, perché se posso prenderti alla sprovvista io, può farlo anche qualcun altro. Amo il fatto che non ti trucchi, che non devo preoccuparmi di rubarti un bacio e sporcarmi di rossetto, e che posso portarti dentro casa e fare l'amore con te, senza il rischio che tu scappi dal letto per toglierti quella roba dalla faccia così non ti riempi di brufoli. Amo il tuo abbigliamento. Ti vesti per stare comoda e, dato che per la maggior parte del tempo ciò significa pantaloni con l'elastico in vita e niente reggiseno, è un più facile accesso per me.»

«Pervertito.» Harley gli sorrise, felice che sembrasse tornato il solito Coach.

«Sì» ammise tranquillo, per niente offeso. «Ma soprattutto, ti amo per quello che c'è *qui*.» Coach le toccò la tempia con un dito, poi le tracciò le sopracciglia. «Sei intelligente, divertente, compassionevole e per qualche motivo ti ho trovata sul mio cammino. Ma ho imparato da Ghost, lui è stato un idiota e ha lasciato andare Rayne, ed è stato solo per grazia di Dio che hanno avuto una seconda possibilità. Io non ho mai avuto intenzione di lasciarti andare, dopo averti trovata.»

«Ti amo anch'io, Coach.»

Si guardarono per un momento, poi le chiese con voce sommessa: «Ti dispiacerebbe chiamarmi Johnny qualche volta? È solo che... ora che ho parlato di Jenny e che conosci la sua storia, mi sembra giusto che usi il mio vero nome, come faceva lei.»

Harley si sentì tremare il mento, e le maledette lacrime che era riuscita a trattenere pochi minuti prima ritornarono. Amava così tanto quell'uomo, che non c'era niente che non avrebbe fatto per lui. «Ti amo, Johnny. Sei l'uomo che non sapevo di volere e di cui non sapevo di avere bisogno. Ti ho giudicato dalle apparenze e non mi sono preoccupata di vedere oltre, di vedere l'uomo che eri realmente. Ho pensato che fossi superficiale, e che non vedessi altro che una nerd davanti a te. Ma credimi, ora faresti meglio a dire qualcosa che mi faccia ridere, perché sono stanca di piangere.»

Coach ridacchiò e la baciò sulla fronte prima di attirarla tra le sue braccia. Anche se Harley sentiva che era duro, sapeva che non avrebbe fatto l'amore con lei. In quel momento erano troppo rilassati, e lui era troppo... emotivo... per farlo.

«Finché sono lacrime di felicità, le accetto. È l'altro tipo che non sopporto.»

«Lo so.» Harley tirò su con il naso ancora un paio di volte, poi fece un respiro profondo per riprendere il controllo. «Posso raccontare quella battuta a Rayne ed Emily?»

Sentì il sorriso di Coach contro i capelli. «Fintanto che mi chiami Johnny solo quando siamo soli, puoi fare qualunque cosa vuoi. Se i ragazzi scoprono il mio nome, dovrò picchiarti.»

«Affare fatto.» Harley sapeva che stava scherzando. Figuriamoci se le avrebbe messo le mani addosso. Era impossibile.

«Ma non raccontarla vicino ad Annie» la avvertì Coach.

«Ovvio che no. Ma comunque non la capirebbe» gli disse Harley con voce assonnata.

«Non sottovalutare quella ragazzina. È più intelligente di qualsiasi bambino della sua età che abbia mai conosciuto.»

«Forse dovrei iniziare a insegnarle come programmare.»

«Forse dovresti» concordò Coach.

Dieci minuti dopo, Harley si spostò di fianco a Coach

mettendosi in una posizione più comoda per entrambi. Mantenne la mano sul suo cuore e la testa sulla sua spalla, nella stessa posizione in cui erano stati prima. «Grazie per essere tornato. Ero preoccupata per te.»

«Lo so, Sono tornato per quello. Preferirei strapparmi il cuore dal petto che farti preoccupare inutilmente per me.»

«Puoi prenderti lo spazio e il tempo di cui hai bisogno, ma per favore, torna sempre da me.»

«Lo farò. Te lo prometto.»

«Ti amo, Johnny.»

«Ti amo anch'io, Harley.»

CAPITOLO VENTI

HARLEY GEMETTE quando un suono stridente la svegliò. Sollevò la testa e guardò l'orologio con gli occhi annebbiati. «Che diavolo è?»

«Scusa, Harl, è la mia sveglia» le disse Coach dopo aver spento la fastidiosa suoneria del suo telefono.

«Buon Dio, sono solo le cinque e mezzo. Ci siamo addormentati alle tre passate. Cosa devi fare?»

«Lavoro. Devo andare all'allenamento.»

«Sei pazzo. Sul serio. Vai. Corri. Io mi alzerò tra circa sei ore» borbottò Harley assonnata.

Coach rise e la baciò sulla fronte, e mise le gambe fuori dal letto. «Non sei per niente una persona mattiniera» osservò ironico.

«Mmm.»

«Ti chiamo più tardi. Magari possiamo pranzare insieme, che dici?»

«Se per allora sarò sveglia» biascicò Harley, chiaramente sulla via del ritorno nel mondo dei sogni.

«Va bene. Ti amo, Harley.»

«Ti amo anch'io, Johnny.»

Coach si alzò dall'altro lato del letto con addosso solo i boxer, e non si era mai sentito così felice. Non si sarebbe mai aspettato che fare un favore a Tommy lo avrebbe portato a trovare la donna che lo avrebbe completato.

Un tempo Coach credeva che non sarebbe mai più stato felice, perdere sua sorella gli aveva spezzato il cuore ma, in qualche modo, negli ultimi due mesi Harley l'aveva rimesso insieme. Si era comportata in modo perfetto la scorsa notte. Lo aveva lasciato parlare di Jenny, senza voler sapere dov'era stato e cosa avesse fatto. Non era andata fuori di testa per quello che aveva detto alle liceali. Era stata in silenzio e gli aveva permesso di affrontare il passato a modo suo. Si sentiva come se gli fosse stato tolto un peso di dosso.

Mentre le raccontava quello che era successo a Jenny, si era reso conto di aver finalmente perdonato sua sorella per quel gesto. La sua morte lo perseguitava da molto tempo, ma Harley lo aveva aiutato a uscire da quel buco nero in cui gli sembrava di essere stato per gran parte della sua vita.

E non solo, aveva anche assolutamente ragione; non avrebbe mai desiderato che Jenny morisse, ma come diretta conseguenza della sua morte, si era arruolato nell'esercito. Era al punto in cui si trovava oggi, a causa delle azioni di sua sorella. Chi poteva sapere dove sarebbe finito se non fosse successo. Indirettamente, aveva incontrato *Harley,* grazie a Jenny.

Era un modo bellissimo di guardare alla vita, e non c'era da stupirsi che Harley lo avesse realizzato. Se quando era al liceo qualcuno gli avesse detto che, alla fine, avrebbe incontrato la donna destinata a essere sua, grazie alla morte di Jenny, lo avrebbe pestato a morte. Ma il passare del tempo, e piangere tra le braccia di Harley, lo avevano fatto sembrare logico.

Coach andò col pensiero al suo amico Fish, si chiese che direzione avrebbe preso la vita dell'uomo, in seguito a ciò che era successo in Medio Oriente e alla perdita di una parte del braccio. Sperava davvero tanto che andasse verso qualcosa di bello, come incontrare la sua anima gemella, e che non finisse per essere un ubriacone senzatetto, da qualche parte nei bassifondi.

Sentire il suo vero nome uscire dalle labbra di Harley con quella naturalezza, quando era praticamente addormentata, aveva significato davvero tanto... e l'ultimo passo di cui aveva bisogno per sentirsi legato a lei e lasciare andare l'amarezza per la morte di Jenny. Rivolse una breve preghiera alla sorellina.

Grazie per avermi mandato Harley, Jenny. Mi manchi così tanto, ma ora sono in pace. Ti voglio bene.

Non gli era piaciuto nasconderle il suo passato e si sentì come se gli fosse stato tolto un peso dal cuore. Coach la amava come non aveva mai amato nessuno prima.

Era qualcosa... di più.

Assoluto.

Terapeutico.

Perfetto.

Coach si chinò di nuovo e posò un lieve bacio sulle labbra di Harley, poi si allontanò e raccolse i vestiti. Doveva tornare al suo appartamento e prendere gli indumenti da allenamento prima di andare alla base, e aveva a malapena il tempo necessario.

Dato che non si erano ancora scambiati le chiavi, Coach poté solo girare il pomello interno della porta e chiuderla dietro di sé, verificando, per assicurarsi che fosse bloccata. Lo era.

Coach tornò a casa sua con un sorriso sul volto, sentendosi più leggero di quanto non fosse stato da anni.

Anche più tardi, mentre lui e i suoi compagni di squadra si stavano massacrando durante l'allenamento, non riuscì a togliersi il sorriso dalla faccia. La vita era bella.

———

Coach si acciglò, mentre teneva il telefono all'orecchio per la quarta volta, quel giorno.

«Non riesci ancora a contattarla?» chiese Hollywood, preoccupato.

Coach toccò il tasto per terminare la chiamata, senza lasciare un altro messaggio. «No. Ora va dritta nella casella vocale.»

«Probabilmente è solo immersa nel lavoro. Ci hai detto che fa così, che quando inizia a lavorare su un progetto, a malapena un'esplosione nucleare riuscirebbe a farla staccare.»

Coach annuì distratto. «Sì, ma questa volta sembra diverso. Noi... cazzo, amico, abbiamo condiviso un momento profondo la scorsa notte. So che suona un po' sdolcinato, ma è stato così. Io... mi sono aperto con lei riguardo al mio passato, ed è stato intenso. Quindi, non ha dormito molto, ma sono le due, ormai dovrebbe essersi alzata. Inoltre, le ho detto che l'avrei chiamata per pranzare insieme.»

«Vai» ordinò subito Hollywood. «Parlerò con Ghost e gli dirò dove sei andato. Non riuscirai a concentrarti finché non vedrai di persona che sta bene.»

«Sei sicuro?»

«Certo. Vai. E chiamami più tardi.»

«Grazie, Hollywood, lo farò.»

Coach non esitò. Aveva combattuto contro l'impulso di andare a casa di Harley per almeno due ore, per assicurarsi che stesse bene. Mentre andava verso il SUV, controllò i messaggi ancora una volta. Niente.

Quelli che le aveva mandato erano lì, ma lei non aveva risposto.

Ehi, Harl. Non sei ancora sveglia? Siamo ancora d'accordo per pranzo?

Alzati dormigliona! Pranzo alle 12:30?

Mi stai facendo preoccupare. Per favore, scrivimi.

Dopo il terzo messaggio aveva iniziato a chiamarla, ma rispondeva direttamente la segreteria, come se il telefono fosse spento o fosse morta la batteria. Coach non pensava che fosse quello il caso; Harley era abbastanza precisa sul fatto di tenerlo carico, ma non riusciva nemmeno a immaginare il motivo per cui l'avrebbe dovuto spegnere, a meno che non stesse davvero cercando di lavorare senza distrazioni.

Non appena gli passò quel pensiero per la mente, lo respinse. Conosceva Harley, sapeva che non avrebbe spento il telefono, soprattutto dopo ciò che avevano condiviso quella notte. Lo teneva sempre acceso e vicino a lei, nel caso in cui il fratello, la sorella – o lui – avessero avuto bisogno di parlarle. Non solo, ma era stata devastata per lui dopo aver sentito quello che era successo a Jenny. No, non lo avrebbe fatto, non quando avevano anche dei piani per il pranzo.

Coach rimase agitato per tutto il viaggio fino a casa sua, e si accigliò quando non vide il suo catorcio di Focus nel parcheggio. Aveva chiesto a Fletch di dare un'occhiata alla macchina, ma tra le missioni, e in generale la vita che si metteva in mezzo, non aveva ancora avuto l'occasione di farlo.

Coach andò comunque alla porta di Harley, e bussò forte. Non rispose. Desiderando con tutto se stesso di avere una chiave di casa sua − scambiarsi le chiavi sarebbe stata la prima cosa da fare quando l'avrebbe rivista, se non altro per assicurarsi di poter entrare in caso di emergenza − bussò di nuovo; ancora nessuna risposta.

Gretel, la signora anziana che viveva nella casa accanto, aprì la sua porta e disse: «Non c'è.»

«Sa quando se ne è andata?» Coach non perse tempo in chiacchiere inutili.

«No. Mi sono svegliata questa mattina e la sua macchina era sparita. Non ho sentito, o visto, niente.» Si toccò l'orecchio. «L'udito non è più quello di una volta.»

«Pensa che Henry possa averla sentita andarsene?» chiese Coach, guardando verso la casa sull'altro lato di quella di Harley, poi di nuovo Gretel.

Fu sorpreso quando vide la testa dell'uomo spuntare dietro a quella della donna. «Mi dispiace, ragazzo, eravamo un po' occupati e non abbiamo sentito nulla.»

Gretel arrossì e colpì Henry sulla spalla. «Henry!»

Coach sorrise, anche se era teso. Buon per loro. Era ora che si frequentassero. Da quello che gli aveva detto Harley, si desideravano da molto tempo. Harley sarebbe stata entusiasta di sentire che stavano finalmente insieme.

«Grazie. Per favore, se per caso la vedete potete dirle di chiamare Coach? Sto cercando di contattarla, ma non risponde al telefono.»

Henry agitò la mano. «Eh, sai come sono questi

giovani, non si preoccupano di richiamare. Sono sicuro che ti contatterà presto.»

Coach annuì, ma non era d'accordo. Harley, in passato, lo aveva sempre richiamato se perdeva una chiamata. Ogni singola volta. Il brutto presentimento che aveva, non fece altro che intensificarsi.

Coach si sedette dentro al SUV, fuori dalla villetta, e tamburellò con le dita sul volante. Non sapeva cosa fare. Sì, si stavano frequentando, ma era anche una donna indipendente. Ne avevano persino parlato la notte precedente. Aveva la sua vita e non si dicevano ogni secondo cosa stessero facendo.

Ma Coach era preoccupato per lei.

Non pensava fosse una cosa normale.

Proprio la notte prima, e anche quella mattina, le aveva promesso di proteggerla, e aveva la strana sensazione che avesse bisogno di lui, in quel momento.

Coach prese il telefono e compose il numero di Rayne.

«Ehi, Coach, come va?»

«Hai parlato con Harley questa mattina?»

«Be', buongiorno anche a te, scontroso» scherzò lei.

«L'hai fatto?»

Fu chiaro che capì il tono preoccupato nella sua voce, e si affrettò a rispondere: «No. L'ultima volta che le ho parlato è stato ieri, al ristorante, prima che andaste via.»

«Va bene, grazie.»

«Aspetta! Coach, va tutto bene?»

«Non lo so, ma non credo.»

«Mi farai sapere quando avrai notizie di lei? Ora sono preoccupata.»

«Certo. Devo andare.»

«Ok, a dopo, Coach.»

Chiuse la chiamata senza salutare e compose il numero di Emily.

«Pronto, sono Emily.»

«Ehi, Em. Sono Coach. Hai parlato con Harley, oggi?»

«Oggi? No. L'ho chiamata l'altro giorno per chiacchierare, e abbiamo programmato di trovarci una sera con Rayne e Mary. Abbiamo anche parlato di andare a fare shopping per comprare i vestiti per il ballo che ci sarà tra poco, ma non abbiamo ancora deciso nulla. Perché?»

«Non riesco a trovarla.»

«Oh, be', sono sicura che sta bene.»

«Già. Puoi farmi sapere se dovessi avere sue notizie?»

«Certo. Vuoi che chiami Fletch?»

«No, tra un po' lo vedo.»

«Va bene, ci sentiamo più tardi, Coach.»

«A dopo.»

Coach terminò la chiamata e telefonò subito a Montesa. Forse stava oltrepassando un limite chiamando sua sorella, quando l'aveva incontrata solo una volta, ma il suo addestramento militare aveva preso il sopravvento; gli si erano rizzati i peli dietro la nuca e aveva lo stesso presentimento di quando erano stati in Afghanistan ed erano caduti in un'imboscata. Per fortuna, quella volta, Ghost aveva reagito subito dopo aver ascoltato le sensazioni di Coach ed erano riusciti a uscire sani e salvi da quel casino.

«Pronto?»

«Parla Montesa?»

«Sì, chi parla?»

«Sono Coach, il ragazzo di Harley.»

«Oh, ciao, Coach. Va tutto bene?»

«Non lo so. Hai sentito Harley oggi?»

«No. Ha chiamato ieri, era turbata perché non riusciva a contattare *te*. Cosa sta succedendo? Ti ha trovato?»

«Sì, ieri ho avuto qualche problema, ma sono tornato a casa sua ieri notte e ne abbiamo parlato. È tutto a posto tra noi. Ma ora non riesco a contattarla, dovevamo incontrarci per pranzo.»

«Probabilmente è solo assorbita nella programmazione del codice.»

Coach strinse i denti. Se glielo avesse detto ancora un'altra persona, avrebbe dato di matto. «Sono a casa sua e la macchina non è qui e non risponde alla porta.»

«Oh.»

«L'ho chiamata, le ho mandato dei messaggi, ma non risponde.»

«Vedo se riesco a trovarla.»

«Lo apprezzerei. Mi fai sapere se la trovi?»

«Ovvio.»

«Grazie. La amo, Montesa.» Coach non sapeva perché stesse spiattellando i suoi sentimenti per Harley alla sorella, ma sembrava la cosa giusta da fare. «È un sentimento che provo da un po', ma dato che sei sua sorella maggiore, volevo che lo sapessi, e assicurarti che farò il possibile per proteggerla.»

Ci fu un momento di silenzio dall'altra parte della linea, poi Montesa disse: «Bene. Lei è molto importante per me, e ha bisogno di qualcuno come te che la difenda e la costringa a uscire di casa di tanto in tanto.»

«Mi richiamerai se la senti?»

«Sì.»

«Grazie. A dopo.»

Ancora una volta, Coach chiuse la chiamata senza aspettare che lei salutasse. Compose subito il numero di

Davidson. Stava decisamente sfidando la sorte ora, ma non si sarebbe fermato fino a quando non avesse trovato Harley.

«Yo.»

«Sono Coach, il ragazzo di Harley. L'hai sentita per caso? Non riesco a trovarla e mi sto preoccupando.»

«No. Non parliamo tutti i giorni, oggi non l'ho sentita.»

«Dannazione. Ok, se dovessi vederla o parlarle, me lo fai sapere, per favore?»

«Che cosa succede? Avete litigato?»

«No. Solo che... è scomparsa.» Coach disse per la prima volta le parole che stava pensando fin dall'inizio, e avevano un sapore acido in bocca. «Non so dove sia.»

«Cazzo. Ok, proverò il suo cellulare e vedo se riesco a trovarla.»

«Con me parte la segreteria» gli disse.

«Allora passerò per casa sua.»

«*Sono* a casa sua. Non è qui. Senti, non voglio metterla in imbarazzo se magari è solo uscita a fare delle commissioni, ma ho una brutta sensazione al riguardo. Ho intenzione di guidare un po' in giro per vedere se riesco a trovare la sua macchina.»

«Ottima idea. Lo farò anch'io. Hai chiamato Montesa?»

«Sì, proprio prima di chiamare te. Non le ho detto che era scomparsa, ma sono sicuro di averla fatta preoccupare.»

«Hai fatto bene a non darle tutti i dettagli. *Sarà* preoccupata, ma terrà duro fino a quando non avremo maggiori informazioni. Ci sentiamo più tardi così potremo ragguagliarci.»

«Grazie, Davidson.»

«È mia sorella, ovvio che ti aiuterò.»

Coach sapeva *esattamente* come si sentiva l'altro uomo. «A dopo.»

«Ciao.»

Coach rimase seduto per un momento nel suo veicolo, senza sapere chi avrebbe potuto chiamare. Alla fine, compose un altro numero.

«L'hai trovata?»

«No. Ghost, ho bisogno del tuo aiuto. E del team. E magari di quel genio del computer che tu sai. Harley non è da nessuna parte, l'auto è sparita, e lei non è a casa. I vicini non l'hanno vista andarsene e non ha chiamato suo fratello, sua sorella, Emily o Rayne. Sento che c'è qualcosa che non quadra.»

«Tipo in Afghanistan?» Era proprio da Ghost fare la domanda esatta.

«Sì.»

«Me ne occupo subito» disse al suo amico e compagno di squadra, senza chiedere ulteriori informazioni. «Ci vediamo a casa tua. Ci organizzeremo lì e vedremo se riusciamo a fare una sorta di ricerca a tappeto. Chiamo Rock e vedo se può aiutarci anche lui.»

«Rock? Il cecchino che adesso lavora a San Antonio?»

«Sì. Ci ha aiutato nella situazione con quel coglione di Jacks, Emily e Annie. Dal momento che è un poliziotto, può darci una mano diramando una segnalazione di ricerca per la sua macchina.»

Coach inghiottì la bile che gli si insinuò in gola. «Pensi che sia necessaria una segnalazione?»

«Sì. E penso che tu lo sappia. Coach, se le hanno rubato la macchina, o è stata rapita o addirittura ha avuto un incidente, l'auto è la chiave.»

«Devo chiamare gli ospedali e la polizia locale» disse

Coach, rendendosi conto di non averlo ancora fatto. Il pensiero di Harley nelle grinfie di un pazzo era più di quanto potesse elaborare in quel momento.

«Ok, fallo, io chiamo Rock, e sento cosa ne pensa. Vengo a casa tua appena possibile, Coach. Non preoccuparti, la ritroveremo.»

«Grazie, Ghost.»

«Non serve ringraziare, amico. Lei è una dei nostri, facciamo fronte comune.»

Coach chiuse la chiamata e posò la testa sul volante, disperandosi per un momento, poi si ricompose e cercò il numero dell'ospedale locale.

Harley era lì fuori, da qualche parte, e l'avrebbe trovata. Forse stava solo facendo delle commissioni e tutta la sua preoccupazione era ridicola.

Ma non pensava fosse così.

No, *sapeva* che non era così.

«Tieni duro, Harley. Sto venendo a prenderti» sussurrò Coach, mentre aspettava che qualcuno dell'ospedale rispondesse al telefono.

CAPITOLO VENTUNO

Sedici ore dalla scomparsa

«Abbiamo setacciato tutta la città, la sua macchina non c'è» disse Beatle, frustrato, passandosi una mano tra i capelli e camminando su e giù, davanti al divano nell'appartamento di Coach.

«Ho sondato un po' il terreno nei bar malfamati intorno alla base» aggiunse Truck. «Ho detto che stavamo cercando una donna scomparsa e se qualcuno avesse qualche informazione sarebbe stato pagato sottobanco, senza fare domande.» Annuirono tutti. Se qualcuno poteva avere successo in una cosa del genere, quello era Truck. Si fondeva perfettamente nell'ambiente con lo sguardo da duro, la corporatura massiccia e la cicatrice. Nessuno osava scherzare con lui, anche la peggior feccia lo avrebbe rispettato.

«Davidson ha chiamato poco fa e ha detto che non ha avuto fortuna e che stasera sarebbe uscito di nuovo per vedere se riusciva a trovare la macchina» disse Hollywood al gruppo.

«Che mi dici di Tex?» chiese Coach a Ghost. «Cos'ha trovato?»

«Niente. Non sono riuscito a contattarlo. A quanto pare sua moglie sta per avere un bambino e non è disponibile.»

«Dannazione!» sbottò Blade, con un tono chiaramente frustrato. «E l'amica di Tiger? Il genio del computer lì a San Antonio?»

«Non le ho ancora chiesto nulla» disse Ghost calmo, abituato alle esplosioni e alle frustrazioni della sua squadra. Era ovvio che anche lui fosse altrettanto frustrato, ma in quanto leader del team, era in grado di controllarlo meglio. Chiamare Penelope Turner era sulla lista delle cose da fare, ma dato che era stato impegnato a organizzare la ricerca materiale di Harley, non ne aveva ancora avuto l'occasione.

Coach si sentiva come se avesse bevuto un sacco di bevande energetiche, non aveva mangiato nulla da quando si era reso conto che Harley era scomparsa, ma l'adrenalina nel suo corpo non era diminuita nelle ultime due ore. «Cos'ha detto Rock?»

«Ha diramato una segnalazione di ricerca per la sua macchina. Non ci sono ancora riscontri» li informò Fletch.

«Qual è il nostro prossimo passo?» chiese Hollywood.

«Chiamerò Tiger e le chiederò di mettere sotto Beth» rispose Ghost deciso, spostando quel compito in cima alla lista. «Dobbiamo localizzare il segnale del telefono di Harley, vedere su che cella si è agganciato l'ultima volta. Ciò contribuirà a restringere l'area di ricerca. Beth sarà anche in grado di rintracciare i suoi movimenti digitali; carte di credito, transazioni bancomat, cose del genere.»

Coach si sedette sul divano e si prese la testa tra le mani. «Il suo telefono è spento, quindi andrà direttamente sulla segreteria. Guida un vecchio rottame, quindi non ha un localizzatore GPS. E sapete bene tutti che se qualcuno l'avesse rapita, ormai potrebbe aver oltrepassato un paio di stati.»

«Forse, o forse no. Dobbiamo provarci» disse Ghost al suo amico, in tono fermo. «Noi non ci arrendiamo, e non dovresti neanche tu.»

Quelle erano le parole che Coach aveva bisogno di sentire, ma era frustrato. «Non mi sto arrendendo, Ghost. Sono terrorizzato a morte per lei. Sarà spaventata? Starà soffrendo? Se qualcuno l'avesse rapita, cosa vogliono? La staranno violentando? È ancora viva? Troppe persone nel mondo scompaiono senza lasciare traccia. Non posso perderla, amico. Non posso!»

Parlava in modo febbrile, il dolore traspariva da ogni sillaba.

«Non ci arrenderemo finché non la troveremo, Coach. Sai che è così» assicurò Ghost al suo amico, appoggiandogli una mano sulla spalla.

«Lo so.» Coach parlò con più calma, ma tutti percepirono il terrore nelle sue parole.

Trentadue ore dalla scomparsa

Coach era seduto di fronte al detective nel dipartimento di polizia di Temple. Era andato alla centrale con Davidson per presentare ufficialmente la denuncia di scomparsa. Sperava solo che gli ufficiali avrebbero fatto qualcosa

nell'immediato, piuttosto che giocare la carta del "è un'a-
dulta e ha il diritto di non parlare con nessuno per qualche
giorno". Dato che Davidson era imparentato con Harley,
fu lui a compilare i documenti.

Il detective li aveva portati in due stanze degli interrogatori separate, per raccogliere le loro testimonianze.
Erano passate due ore e Coach era ancora sotto torchio.
Poteva capire che il fidanzato o il marito erano di solito i
primi sospettati nei casi di persone scomparse, ma stavano
mettendo a dura prova la sua pazienza. L'unica ragione per
cui non aveva ancora perso la testa era perché sapeva che il
suo team era là fuori a cercare Harley, mentre lui era bloccato a rispondere mille volte alle stesse domande.

«Mi dica di nuovo cos'è successo la notte prima della
scomparsa di Harley» ordinò il detective, tenendo la penna
sospesa su un blocco di carta.

Coach sospirò. Aveva già raccontato al tizio due volte
ciò che era successo, e sapeva che l'uomo stava cercando
delle incongruenze nella sua storia, ma comunque la cosa
lo faceva incazzare. Sapeva di non aver fatto del male ad
Harley, ma aveva bisogno di convincere *quello* stronzo, così
avrebbe smesso di guardarlo come se fosse il colpevole e
avrebbe iniziato le indagini.

«Ero alterato per qualcosa che era accaduto quel giorno
e non sono tornato a casa sua fino a notte fonda. Ne
abbiamo parlato, siamo andati a dormire, mi sono alzato
verso le cinque e mezzo perché dovevo andare all'allenamento alla base. Non ho una chiave di casa sua, quindi ho
chiuso il pomello della porta interno, ma non la serratura,
e me ne sono andato. Questo è tutto.»

«E Harley dormiva quando se n'è andato?»

«Sì.»

«Cos'è successo che l'ha fatta alterare?»

Coach strinse i denti e cercò di controllare la rabbia. «Niente che abbia a che fare con la scomparsa di Harley.»

«Non può saperlo. Magari, qualunque cosa fosse, è stata una diretta conseguenza. Ha litigato con qualcuno ieri? Forse quella persona è tornata per rifarsi su Harley. Forse ha litigato con *lei*. È stato così? L'ha picchiata? Forse se n'è andata per allontanarsi da lei?»

«No, dannazione!» imprecò Coach, alzandosi e chinandosi sul tavolo. «*Non* abbiamo litigato. Amo Harley. Ieri sera abbiamo ammesso di amarci per la prima volta.»

«Allora, cos'è successo che l'ha fatta alterare?»

Fanculo. Quell'uomo non aveva intenzione di lasciar perdere. Coach non desiderava rivivere l'incidente del giorno prima o la sua infanzia, ma se non lo avesse fatto, non sarebbe mai uscito da quella maledetta stanza. «Stavamo pranzando e alcune liceali si stavano prendendo gioco di altre ragazze. Mi ha dato fastidio. Ho rimproverato le adolescenti. È tutto. Nessun litigio. Solo qualche consiglio per le nostre giovani generazioni, tra persone civili.»

«Mmmmm» mormorò l'ufficiale, scarabocchiando qualcosa sul blocco note. «Ci sono stati dei testimoni che hanno sentito questi "consigli"?»

«Sì» rispose Coach a denti stretti. «Harley era lì. E anche i miei amici, Ghost, Blade, Hollywood, Truck, Rayne e Mary. Per non parlare delle liceali. E di sicuro ci sono stati uno o due civili che sono usciti nello stesso momento dal ristorante. La prego, Harley è scomparsa, e ogni minuto che trascorre qui con me è un altro minuto in cui non sta indagando su dove cazzo sia.»

Il detective si appoggiò allo schienale della sedia, come

se avesse tutto il tempo del mondo. «Vede, lei dice che è scomparsa, ma forse non è così. È un'adulta, può decidere di andarsene da sola. Non sta infrangendo la legge.»

«Bene. Se n'è andata di sua iniziativa, ma avete ancora la responsabilità di vedere se riuscite a scoprire dove si trova. Tracciare le sue carte di credito, controllare il suo telefono, guardare i movimenti bancari. Se se n'è andata da sola, può capirlo e io non mi preoccuperò più per lei.» *Era* una bugia, ma aveva bisogno che quel tizio smettesse di perdere tempo e facesse *qualcosa*.

Alla fine il detective si alzò e mise il blocco note in tasca. «La trovo in giro se dovessimo avere altre domande? Dovrò anche contattare il suo comandante e la CID.»

A Coach non fregava niente che questo tizio contattasse la Divisione Investigativa Criminale della base, purché facesse qualcosa. «Nessun problema. Vi darò i dati del mio comandante.» Dato che Coach era ancora in piedi, e ora era faccia a faccia con il detective, doveva provare a farsi ascoltare dall'uomo.

«Per favore. So di essere un sospettato, ci posso convivere, ma non guardi solo me. Sono innocente. Non torcerei mai un capello ad Harley. Amo quella donna, così tanto, che sono come creta nelle sue mani. Faccia ciò che deve fare, ma per l'amor di Dio, continui a cercarla mentre indaga su di me.»

«Ci faremo sentire.»

Il detective non sembrò minimamente commosso dal suo appello appassionato. Coach chiuse gli occhi per un momento. Va bene, aveva fatto la cosa giusta, quella legale, e segnalato la scomparsa di Harley attraverso i canali appropriati. Solo che sperava davvero tanto che Beth, l'amica di Penelope, avesse più informazioni.

Penelope Turner era un ex soldato, e il team era stato inviato in Turchia per salvarla dalle mani dell'ISIS. Era tosta e tutti loro erano rimasti impressionati da lei. Viveva a San Antonio e ora, era un pompiere a tempo pieno. Per una strana coincidenza, era amica di Rock, il loro contatto, che ora si faceva chiamare TJ ed era un ex cecchino della Delta.

Era tutto molto contorto, ma a Coach non importava. Un aiuto era un aiuto, e gliene serviva il più possibile in quel momento. Il fratello di Penelope frequentava una donna di nome Beth, ed era una hacker, proprio come Tex. Coach avrebbe potuto essere insospettito del fatto che, guarda caso, conoscessero le persone giuste al momento giusto, ma era un soldato della Delta Force da abbastanza tempo, da sapere che a caval donato non si guarda in bocca. Avrebbe accettato qualsiasi collegamento fortuito e avrebbe dato tutte le indicazioni necessarie, pur di riuscire a trovare Harley.

Cinquantatré ore dalla scomparsa

«Avevate ragione, il suo telefono dà assenza di segnale.» Beth informò attraverso il vivavoce, il gruppo di uomini che ascoltavano attenti ogni sua parola. «Ho controllato, e l'ultima cella agganciata è dell'antenna più vicina a casa sua. Ma non so dire se sia stato mentre era ancora all'interno o quando se ne stava andando. Non ci sono state attività sulle sue carte di credito, e lo schifo di telecamere nel suo complesso non sono in funzione da almeno un anno, anche di più.»

«Quindi non hai niente» brontolò Coach, frustrato.

«Non direi» ribatté Beth subito. «Ho esaminato le telecamere per il controllo del traffico intorno a casa sua, e sono abbastanza sicura di aver identificato la sua auto un paio di volte. Sono immagini di merda, quindi non riesco a leggere la targa o a vedere chi c'era in macchina, ma sembra una Ford Focus blu, con all'interno solo una persona visibile, al volante. Ciò non significa che non ci sia qualcun altro accovacciato, con una pistola, che la obbliga a guidare, o che non sia affatto lei a guidare.»

«Dov'erano le telecamere?» chiese Ghost.

«Una è all'incrocio tra la Main e la quarta, l'altra è più avanti, tra la Main e la ottava.»

«In quale direzione?» chiese Hollywood.

«Ovest.»

Fletch si voltò verso gli altri, che erano seduti attorno al tavolo alla base. Avevano spostato l'operazione lì, con la benedizione del comandante, dato che avevano accesso a più dispositivi rispetto all'appartamento di Coach. «Ok, quindi è uscita da casa sua e...»

«Non sappiamo se sia uscita di sua spontanea volontà o se qualcuno abbia fatto irruzione e l'abbia costretta» interruppe Truck. «Coach non aveva la chiave per chiudere la porta, quindi sarebbe stato facile aprirla.»

«La polizia ha dichiarato che non c'erano segni di manomissione» continuò Fletch, per niente infastidito di essere stato interrotto. «E la porta era chiusa a chiave quando sono andati lì a verificare. Per farli entrare è dovuto intervenire il suo padrone di casa. Dato che Coach aveva detto di aver bloccato solo il pomolo interno, dobbiamo supporre che quella mattina sia uscita come al solito, e abbia chiuso a chiave prima di andarsene.»

«Non sappiamo dove stesse andando» osservò Blade.

«No, ma stava attraversando la città verso ovest. Coach, puoi parlare con il fratello e la sorella e vedere se hanno qualche idea su dove potesse essere diretta?»

«Sì.» Coach non aveva dormito molto, solo una ventina di minuti qua e là. Ogni volta che si addormentava, vedeva il viso di Harley e sentiva le sue richieste di aiuto. Quando le chiedeva dove fosse, spariva in una nuvoletta di fumo, e lui si svegliava sudato e tremante.

Il sogno che aveva avuto prima della riunione era stato altrettanto terribile. Erano seduti su un muretto vicino all'oceano, quando dal nulla era arrivato uno tsunami e aveva portato via Harley. Gli stava tenendo la mano mentre l'onda cercava di risucchiarla, ma non era più riuscito a tenere la presa e, mentre veniva trascinata via dall'acqua, gli aveva urlato di aiutarla.

«Sto ancora lavorando sulle altre telecamere» disse Beth attraverso l'altoparlante del telefono.

«E che mi dici dei registri telefonici?» chiese Coach, cercando di scrollarsi di dosso il ricordo del suo incubo. «Ha ricevuto chiamate quella mattina o ha inviato messaggi a qualcuno?»

«No, e non chiedermi come lo so. Ho infranto circa quarantatré norme della FCC, la commissione federale delle comunicazioni, ma lo farei di nuovo in un batter d'occhio. E ho hackerato anche il suo computer di casa, nulla di rilevante neanche lì. Harley ha eseguito l'accesso alle otto e quarantadue e ha cancellato alcune email, ha controllato i suoi profili social, ma non ha commentato né interagito con nessuno. Non è nemmeno andata su alcun sito web.»

Rimasero tutti in silenzio per un attimo.

«Com'è potuta sparire senza lasciare traccia?» Coach domandò con voce angosciata, a nessuno in particolare. «Un minuto prima era qui e il successivo, scomparsa.»

«È da qualche parte» disse Beth in tono rassicurante. «La troveremo. Penso che la sua macchina sia la chiave. Deve esserlo. Amplierò l'area di ricerca. Entrerò nelle telecamere degli aeroporti di Austin e Dallas/Forth Worth e vedrò se l'auto è finita in uno dei due. Controllerò anche le strade a pedaggio intorno alle aree. Non importa quello che ci vorrà, Coach, io non mi arrenderò.»

«Grazie, Beth. Sono in debito con te» le disse con voce sommessa. Per quanto sperasse di trovare l'auto di Harley, sapeva che non era necessariamente la chiave per trovare lei. Se qualcuno l'avesse rapita, avrebbero potuto aver abbandonato la sua auto ed essere a centinaia di chilometri di distanza, ormai. Migliaia, se dovessero aver preso l'aereo. Ma non aveva idea di chi avrebbe voluto rapirla... o perché. Aveva così tante domande senza risposta, che gli girava la testa. Ma era grato di avere un gruppo di amici fantastici che mollavano tutto e lavoravano tutto il giorno, per fare il possibile per trovare Harley.

«No, non lo sei.» la voce di Beth era un po' roca. «Non mi devi niente. Hai salvato la vita a Pen, è una delle mie amiche più care. Non avrei potuto farcela qui a San Antonio senza di lei. Quindi siamo pari. Ora d-devo andare. Mi farò sentire.»

La chiamata si chiuse e nessuno commentò il turbamento nella voce di Beth. Era scossa dalla situazione quanto tutti loro, anche se non conosceva Harley personalmente.

«Dobbiamo fare una ricerca sulle strade. Cercare segni

di slittamento o guardrail rotti. Forse ha avuto un incidente» commentò Ghost.

«Ho chiamato gli ospedali, non è stata ammessa nessuna donna non identificata, coinvolta in un incidente d'auto» Coach informò Ghost.

«Va bene, comunque, se le telecamere hanno mostrato che la sua auto viaggiava verso ovest su Main Street, dobbiamo muoverci in quel senso.»

«Possiamo andare io e Beatle» propose Blade. «Guiderò io, in modo che lui possa concentrarsi sugli indizi fuori dall'ordinario.»

«Bene» acconsentì Ghost. «Presta molta attenzione anche alla ghiaia sulle banchine. Fuori città, alcune di quelle strade sono rialzate con bordi scoscesi e fiancheggiate da corsi d'acqua e canali d'irrigazione.»

«Lo farò.» Beatle rassicurò Ghost e allo stesso tempo Coach. «Se ci sono segni di un incidente, controlleremo.»

«Vado a vedere se riesco ad entrare nel suo appartamento» annunciò Coach, alzandosi in piedi. «Voglio darci un'occhiata io, forse vedrò qualcosa che i poliziotti non hanno visto. Ero lì quella mattina, potrei notare se qualcosa è fuori posto.»

«Vengo con te» disse Truck, facendo strisciare la sedia sul pavimento mentre si alzava.

«Coach, assicurati di essere qui per mezzogiorno. Quelli della divisione investigativa vogliono interrogarti» gli ricordò Ghost, con un monito nel suo tono. «Non puoi mancare, ti farebbe sembrare colpevole.»

«Ci sarò.» Coach sapeva di apparire *già* colpevole, ma non lo disse. Non aveva importanza. Non aveva voglia di sottoporsi a un altro interrogatorio, ma avrebbe affrontato tutti quelli necessari, pur di dimostrare la sua innocenza e

togliersi i poliziotti di dosso. Non aveva fatto del male ad
Harley e prima lo avessero capito meglio sarebbe stato,
così magari avrebbero speso più risorse a cercarla invece di
stargli alle costole e osservare ogni sua mossa.

————

L'appartamento di Harley era uguale a quando Coach se
n'era andato l'altra mattina. C'erano solo dei nuovi piatti
nel lavello, quindi Harley si era alzata e aveva fatto colazione. Coach guardò nella pattumiera e non vide nulla di
insolito, anche se doveva essere svuotata, ma non l'avrebbe
assolutamente toccata, perché sarebbe stata un'altra cosa
che i poliziotti avrebbero usato per incriminarlo della sua
scomparsa... lo avrebbero accusato di aver manomesso le
prove, se avesse portato la spazzatura nel cassonetto.

«Guardo un po' in giro» disse Coach a Truck. Il suo
amico annuì e continuò a guardare tra le cose di Harley,
come se stesse memorizzando la collocazione di ogni libro
e soprammobile.

Coach controllò la sua camera, e la vista del letto gli
tolse quasi il respiro. Le coperte erano state gettate indietro
come se fosse appena uscita da lì. Poteva vederla appena
sveglia, mentre metteva i piedi sul pavimento e si alzava.
Aveva pensato a lui? Era preoccupata per quello che le aveva
detto? Era triste per lui? Il letto non conteneva risposte.

Guardò il comodino. I suoi occhiali non c'erano, quindi
probabilmente li aveva indossati come al solito, quando si
era alzata. Una parte di Coach avrebbe voluto che fossero
lì. Sarebbe stato *un* indizio su ciò che poteva essere
successo.

Andò in bagno, e non vide nulla di strano. Il suo asciu-gamano era appeso sul portasalviette vicino alla doccia, il dentifricio e lo spazzolino erano posati accanto al lavan-dino. L'asciugacapelli era al solito posto. Aprì il mobiletto sotto il lavandino. Anche lì, il cestino dei rifiuti non conte-neva nulla di insolito. Alcuni dischetti di cotone, un cotton fioc e un fazzoletto usato.

Il sole filtrava dalla piccola finestra sopra la doccia, illu-minando la stanza. Era come se avesse schioccato le dita e puf... fosse scomparsa. Era frustrante e maledettamente deprimente.

Per un momento, Coach si concesse di provare dispera-zione. Era davvero terrorizzato di non rivedere mai più Harley, di aver finalmente avuto la fortuna di trovare la donna che voleva fosse sua, per perderla nell'istante succes-sivo. Non era giusto. Per qualche minuto la desolazione che lo aveva accompagnato per anni, dopo la morte di sua sorella, minacciò di travolgerlo ancora una volta. Per molti mesi aveva vissuto come annebbiato, incapace di superare il senso di colpa, la disperazione e il dolore.

Coach fece un respiro profondo, per riprendere il controllo. Essere depresso non avrebbe aiutato Harley, e di certo non aiutava lui.

Strinse i denti con ritrovata determinazione. Nessuno gli avrebbe portato via la sua ragazza da sotto il naso, non esisteva proprio. Lui e i suoi amici erano della Delta Force, i soldati più tosti che aveva l'esercito. L'avrebbero ritrovata o sarebbero morti provandoci. Era ciò che facevano, quello per cui erano stati addestrati.

Uscì dalla camera da letto e tornò nella zona giorno.

«Niente» disse Coach a Truck.

«Sì, sembra che sia uscita per fare delle commissioni o qualcosa del genere.»

Coach annuì, d'accordo. «Manca la sua borsa, gli occhiali, le chiavi e il cellulare non sono qui, e anche se non sono un esperto riguardo a ciò che indossa, non vedo le sue solite scarpe da ginnastica.»

«Dirò a Beth di dare un'occhiata a Jacks. So che è in prigione per quello che ha fatto a Emily e ad Annie, ma non mi fido di quell'uomo. Ci odia all'inverosimile, potrebbe aver fatto rapire Harley da un amico, solo per farci incazzare» affermò Truck in tono piatto.

«Buona idea.» Coach annuì. «Avrei dovuto pensarci. Se quel bastardo ha torto anche un solo capello ad Harley, lo ucciderò.»

Invece di reagire alla dura dichiarazione di Coach, Truck guardò l'orologio. «Devi tornare alla base. La polizia militare e la divisione investigativa stanno aspettando.»

«Già.» Coach guardò l'amico per un momento e alla fine disse: «Non sono stato io, Truck.»

«Ma che cazzo?» sbottò l'altro Delta. «Certo che no. Perché dovresti dire una cosa del genere?»

«So che i poliziotti penseranno che sono stato io e volevo solo dirti, da uomo a uomo, da Delta a Delta, che non l'ho fatto.»

Truck gli mise una mano sulla spalla e disse con voce bassa e imperiosa: «Coach, ho passato più giorni nel mezzo dell'inferno con te, di quanti ne riesca a dire. Abbiamo combattuto l'uno accanto all'altro; ci siamo salvati la vita a vicenda più volte. Ti conosco, amico. Ti *conosco*. Non faresti mai del male a qualcuno a cui tieni. Mai. Sono dalla tua parte, così come lo sono Ghost, Blade, Hollywood, Beatle e Fletch.»

«Grazie.» Fu tutto ciò che riuscì a dire. Amava tutti i suoi compagni di squadra come fratelli.

«Dai, torniamo alla base.»

I due uomini rimasero in silenzio mentre tornavano a Fort Hood. Coach perso nei suoi pensieri su cosa potesse essere successo ad Harley e Truck preoccupato sulla sorte del suo amico.

Settantadue ore dalla scomparsa

«Ci è stato riferito che lei è stato coinvolto in un alterco all'esterno del locale dei burrito in Sanders Street» lo informò l'investigatore dell'esercito. Era seduto al tavolo in acciaio con un altro uomo. Avevano tirato entrambi fuori un blocchetto per gli appunti e gli avevano chiesto di ripetere gli eventi successi fino al momento in cui Harley era scomparsa.

«Non è stato un alterco» ribatté Coach. «Ho avuto una conversazione con un gruppo di ragazze adolescenti. Poi me ne sono andato.»

«Siamo andati al liceo e, con l'assistenza degli impiegati della scuola, abbiamo rintracciato le giovani con cui ha parlato, e la loro storia è piuttosto diversa dalla sua.» L'altro agente guardò gli appunti, dimostrando che aveva fatto le sue ricerche e lesse ciò che c'era scritto: «Era spaventoso. Ci ha urlato in faccia dicendoci che eravamo marce e prepotenti. Ma non lo siamo. Mi ha detto che sperava che il mio cane morisse e che i miei futuri figli avessero il cancro.» L'agente sollevò lo sguardo. «Mi sembra un alterco.»

«Non è ciò che ho detto e può chiederlo a chiunque fosse lì, ma come le ho detto prima, le *ho* rimproverate di essere delle bulle. Ho sbagliato, è stata una reazione emotiva e non ho pensato in modo lucido.»

«Ha avuto una reazione emotiva e non ha pensato in modo lucido quando più tardi è tornato da Miss Kelso?»

Odiando l'insinuazione, ma nemmeno sorpreso, Coach cercò di mantenere la calma. «Ero emotivo, ma non nel modo in cui pensa. Sono andato da Harley perché sapevo che mi avrebbe fatto sentire meglio, e sapevo che dovevo spiegare perché avevo detto quelle cose.»

«E lei, *ha capito*? Forse era scioccata dal suo comportamento nei confronti di quelle ragazze. Forse ha detto che non voleva più vederla e ha perso la testa, l'ha colpita un po' troppo forte. Con il suo addestramento, è una cosa facile da fare. So che lei e i suoi amici sapete come uccidere senza lasciare traccia. Non sarei sorpreso se avesse delle connessioni che potrebbero aiutarla a sbarazzarsi di un corpo.»

Pur sapendo che l'uomo lo stava provocando, cercando di proposito di esasperarlo, le sue parole infuriarono Coach. «Non. Ho. Fatto. Del. Male. Ad. Harley» enunciò. «Non l'ho picchiata. Non le ho urlato contro. Non le ho fatto *niente*. Mi sono infilato nel letto con lei e siamo rimasti abbracciati. Tutta la notte. Le ho detto che l'amavo, e lei l'ha detto a me. Siamo rimasti accoccolati e ci siamo addormentati. Al mattino, era esausta. Quando me ne sono andato da casa sua, dormiva.»

«Ha fatto sesso con lei?»

Coach digrignò i denti e incontrò gli occhi dell'investigatore. Voleva davvero tanto dire all'uomo che non erano affari suoi e non aveva nulla a che fare con ciò che era successo alla sua ragazza, ma sapeva di non potersi permettere il lusso di rimproverarlo. Per essere d'aiuto ad Harley in qualche modo, avrebbe dovuto stare calmo. «No. Non quella notte. La sera prima, invece, sì. Ma quella notte eravamo entrambi troppo stanchi ed emotivamente svuotati per fare qualcosa di più che stare abbracciati. Esiste una legge contro il dormire, adesso?»

Le parole sarcastiche di Coach non turbarono minimamente l'agente, che continuò a porre le domande. «No. Ma potrebbe essersi incazzato che non l'abbia lasciata scoparla. Forse l'ha fatto comunque, e lei si è spaventata ed è scappata.»

«Non ho violentato la mia ragazza!» urlò Coach, perdendo infine la calma. «La *amo*. Preferirei pugnalarmi agli occhi piuttosto che farle del male. Le sto dicendo esattamente cos'è successo, ma lei non mi *ascolta*. Quella mattina l'ho lasciata che era addormentata, sola e al sicuro. Dovevamo incontrarci per pranzo ma non sono riuscito a trovarla. Tutto qua. Non c'è altro da dire. Ora è scomparsa e nessuno sta facendo *altro* che cercare di farmi ammettere che le ho fatto qualcosa. Non ho fatto niente. Non lo *farei* mai.» Abbassò la voce e provò a implorare i due sconosciuti seduti in modo così stoico di fronte a lui. «Vi prego, dovete credermi. Non ho fatto altro che passare la notte accanto alla donna che amo e l'ho lasciata a dormire al caldo nel suo letto. È là fuori da qualche parte, ha bisogno di aiuto, me lo sento fin dentro l'anima. Ma accusarmi di averle fatto del male non aiuterà Harley, il tempo scorre e se non la trovate, morirà.»

«Allora... l'ha ferita dopo la vostra discussione? Poi è andato nel panico perché sapeva cosa sarebbe successo alla sua carriera se qualcuno l'avesse scoperto? L'ha nascosta in un motel da qualche parte? L'ha immobilizzata? Ha bisogno di un dottore? È per questo che pensa che stia per morire? Se ci dice dove l'ha portata, possiamo mandare l'assistenza medica, così non morirà e lei non sarà accusato di omicidio.»

Coach posò la testa sul tavolo duro e freddo davanti a lui, sconfitto. Se c'era Jacks dietro la scomparsa di Harley, aveva avuto successo nella sua missione di rendergli la vita un inferno in terra. Aveva vinto.

In ogni caso, era ovvio che Harley sarebbe morta, perché nessuno avrebbe tirato fuori la testa dal culo abbastanza a lungo, da vedere che non era *lui* il cattivo della situazione. Coach non si era mai sentito così sconfitto e spaventato in tutta la sua vita.

Non contava che fosse stato in innumerevoli missioni pericolose.

Non contava che il suo nome fosse elencato nei dossier negli archivi di guerra segreti degli Stati Uniti.

Che avesse più medaglie di quante potesse mai indossarne.

Tutto ciò non aveva importanza.

Niente ce l'aveva.

Harley sarebbe morta, e in un certo senso, si sentiva come se fosse colpa sua, perché non riusciva a trovarla.

CAPITOLO VENTIDUE

N_OVANTA ORE_ *dalla scomparsa*

Grazie per esservi sintonizzati sulle news della sera del canale KWTX. La notizia di punta di oggi è la scomparsa di una donna del posto, Harley Kelso. Ci è stata segnalata la sua sparizione e che un sergente dell'esercito è stato interrogato riguardo agli spostamenti della donna. Oggi pomeriggio abbiamo ricevuto questo messaggio telefonico da una delle vicine di Miss Kelso:

"Chiamo per la scomparsa di quella donna. Vive di fronte a me e io non dormo più molto. E devo dire che qui è successo qualcosa di molto strano. Ho visto un grande SUV arrivare davanti a casa sua molto presto la mattina, per poi andarsene solo un paio d'ore dopo. L'uomo era enorme, e so di certo che non vorrei incontrarlo in un vicolo buio. Deve avere qualcosa a che fare con la scomparsa. So che è stato lui. Perché se ne sarebbe andato via così presto, se era arrivato da poco? Non ha senso. È davvero sospetto e sono disposta ad aiutare la polizia in qualsiasi modo per farlo mettere dietro alle sbarre."

La polizia di Temple e gli investigatori dell'esercito hanno interrogato il soldato, ma finora non ci sono stati arresti. Se avete informazioni su Harley o sul suo veicolo, contattate il dipartimento di polizia di Temple il prima possibile.

Coach non guardò nemmeno lo schermo della televisione. Sentiva a malapena il telegiornale e non gliene fregava nulla di essere crocifisso dalla stampa, e che persone che non conosceva gli stessero dando la colpa. Non aveva mai incontrato la misteriosa vicina che aveva chiamato la stazione per accusarlo.

Lui non aveva fatto nulla ad Harley. Lo sapeva. I suoi amici lo sapevano. Accidenti, anche i fratelli di lei lo sapevano. Tutti gli altri potevano andare all'inferno.

Coach era rimasto a stretto contatto con Montesa e Davidson da quando Harley era scomparsa. Davidson l'aveva cercata con il resto dei Delta e Ghost lo aveva tenuto aggiornato su ciò che avevano scoperto, che era maledettamente poco. Montesa aveva tempestato i social, pubblicando foto sorridenti di Harley dappertutto, esortando la gente a segnalare qualsiasi cosa strana vedessero, a prescindere da quanto ritenessero fosse insignificante.

Le mani di Coach tremarono mentre ricordava il sogno che aveva avuto l'ultima volta che si era addormentato. Lui e Harley si stavano di nuovo lanciando con il paracadute. Era legata con la schiena contro di lui come era successo quando l'aveva conosciuta. Stava ridacchiando e sorridendo mentre si spingevano dall'aereo. Poi, all'improvviso, era faccia a faccia con lui e stavano precipitando verso il suolo. Era andato per tirare il cavo, ma non c'era. Non c'era proprio il paracadute. Harley nel sogno lo aveva guardato e gli aveva detto con voce triste: «Morirò, vero?»

Aveva aperto la bocca per dirle che non era così, che stava facendo tutto il possibile per salvarla, quando cominciarono a sanguinarle gli occhi. Il sangue le usciva dalle orbite e gocciolavano su di lui, sul suo viso, mentre la gravità li trascinava verso il suolo. Aveva sbattuto le palpebre, ma non era più riuscito a vedere Harley, solo una foschia rossa.

«Sono così spaventata, Johnny. Ho bisogno di te» erano state le ultime parole che gli aveva detto, sembrando all'improvviso sua sorella Jenny, poi si era svegliato di colpo.

Era corso in bagno e aveva vomitato, ma non era bastato a cancellare dalla sua mente il ricordo dell'orribile sogno.

Gli ultimi due giorni erano stati un inferno. Aveva dormito solo per brevi momenti e non avevano trovato nessuna nuova informazione su dove fosse Harley. Blade e Beatle non avevano trovato alcun segno di un incidente d'auto recente, quando avevano controllato e setacciato tutta Main Street fino a Temple, e la campagna circostante. Non c'erano ancora corpi non identificati all'obitorio o negli ospedali, e neanche il team aveva ricevuto nuove informazioni da Beth.

Lei aveva anche indagato su Jacks e riferito che da ciò che era riuscita a trovare, l'uomo non aveva avuto alcun contatto con nessuno degli uomini della sua ex unità. Era impegnato con gli incontri con il suo avvocato per discutere l'imminente processo.

Le carte di credito di Harley non erano state utilizzate e il suo telefono era ancora spento.

A quel punto, Coach sapeva che Harley poteva essere lontana quanto la California. Oppure qualcuno avrebbe potuto averla rapita, cambiato la targa della sua auto e attraversato il confine fino in Messico. Sapeva ciò che succedeva alla maggior parte delle donne scomparse in Messico, ed era davvero difficile anche solo pensarci. Ma ancora più orribile del pensiero che fosse stata rapita e usata come schiava sessuale, era il fatto che potesse essere morta.

Coach non era stupido, sapeva che più tempo passava prima del ritrovamento di una persona, maggiori erano le possibilità che fosse deceduta.

Quattro giorni. Era sparita da quattro giorni. Un'eternità. Pochissime persone venivano trovate vive dopo così tanto tempo. I pochi casi pubblicizzati erano l'eccezione, non la norma.

I ragazzi stavano a casa con lui a turno, e oggi, era la volta di Truck.

«Cosa pensi che le sia successo?» gli chiese con voce bassa e angosciata. Truck poteva essere grande e spaventoso, ma Coach sapeva dentro di sé che aveva un cuore tenero. Era stato il primo a fare volontariato per stare con i cuccioli appena nati, quando il rifugio per animali si era ritrovato a corto di personale. Era il primo del team a precipitarsi in situazioni in cui erano coinvolti donne e bambini, e si era fatto carico di aiutare Mary, e le altre donne, ogni volta che ne avessero bisogno. Sembrava che trovasse l'atteggiamento caustico di Mary accattivante, piuttosto che offensivo. Sapeva essere accomodante la maggior parte delle volte, ma allo stesso tempo, era probabilmente anche il primo a puntare il coltello alla gola di un terrorista che minacciava uno dei suoi compagni di squadra.

«Non fare così, non colpevolizzarti» lo avvertì Truck. «Non ti porterà altro che angoscia.»

«Sono già angosciato» gli disse con tono stanco. «Pensi che sia stata rapita?»

«Coach...»

Ignorò il tono di avvertimento del suo amico e continuò a parlare. «Penso che debba essere così. Voglio dire, altrimenti perché non abbiamo trovato nemmeno *una* traccia finora? Persino Tex si è preso la briga di cercare dopo essere tornato a casa dall'ospedale, e non ha trovato niente di niente.»

Dato che Coach aveva preso la via della commiserazione, che fosse utile o no, Truck lo assecondò. «Potrebbero aver abbandonato la macchina in un lago o in uno stagno o qualcosa del genere. Potrebbero passare anni prima che qualcuno trovi l'auto.»

«Ma Harley si sarebbe difesa, lo so. È impossibile che sia stata ferma e si sia lasciata rapire senza problemi. Non riesco proprio a immaginarlo.»

«Sì, sono d'accordo. Probabilmente avrebbe cercato di lasciare indizi, proprio come ha fatto Tiger in Turchia.»

«Anche il suo telefono. Sa tutto su come possono essere rintracciati i cellulari tramite le antenne. Lo avrebbe tenuto acceso il più a lungo possibile o, addirittura, mi avrebbe inviato un messaggio. Non ha senso.»

«I rapitori potrebbero averglielo preso e tolto la batteria» ribatté Truck.

Coach annuì. «Immagino che ci sia sempre la possibilità che lei abbia preso e se ne sia andata davvero. Non avrei pensato che fosse il tipo da fare una cosa del genere, soprattutto perché è legata ai suoi fratelli, ma potrebbe avere programmato di mettersi in contatto con loro tra qualche mese, dopo che le ricerche per trovarla fossero cessate. Forse non riusciva a gestire ciò che le ho detto. Forse l'ho disgustata quando me la sono presa con quelle ragazze adolescenti nel locale. Ho provato anch'io un po' di disgusto per me stesso. Non la biasimerei se...»

«Non ti ha lasciato, Coach» lo interruppe Truck. «Non lo avrebbe fatto per nulla al mondo. Magari eravate ancora cauti l'uno con l'altro, stavate cercando di trovare il vostro posto in una nuova relazione e tutto il resto, ma posso dirti con certezza, al cento per cento, che Harley non si è semplicemente alzata e allontanata dalla sua vita. Negli ultimi due mesi, abbiamo visto tutti come ti guardava. Lei ti ama.»

Coach alzò la testa per fissare il suo amico, senza preoccuparsi che i suoi occhi fossero pieni di lacrime, per la seconda volta in una settimana. «Allora dov'è, Truck? Dove cazzo è?»

Truck gli mise una mano sulla spalla. «Non lo so, Coach. Purtroppo non lo so.»

Novantasei ore dalla scomparsa

«Johnny Beckett Ralston, deve venire con noi. Abbiamo altre domande riguardo alla scomparsa di Harley Kelso.»

«Che cosa? Vi ho già detto tutto ciò che so!» Non fu del tutto inaspettato, ma gli agenti lo avevano comunque sorpreso.

«Si volti, signore. Metta le mani dietro la schiena.»

«Truck!» urlò Coach mentre uno degli ufficiali lo afferrava per il bicipite e lo girava. Non lottò contro di lui, ma
urlò di nuovo al suo amico. «Maledizione, Truck!»

Il suo compagno di squadra uscì correndo dal corridoio
della casa di Coach in tempo per vedere il suo amico trattenuto per le braccia dai due ufficiali del dipartimento di
polizia di Temple.

«Chiama Montesa» gli ordinò Coach in tono brusco.
«Ieri mi ha detto che lei e il suo collega John, sarebbero
venuti in mio soccorso se ne avessi avuto bisogno.»

«Consideralo fatto. Non ti preoccupare, mi assicurerò
che tu...»

«Non mi importa di me» disse Coach da sopra la spalla
mentre gli agenti lo portavano lungo la passerella pedonale
verso il parcheggio. «Sappiamo entrambi che non ho fatto
niente. Non mi importa quante domande mi faranno. Non
smettere di cercarla! Non mi importa se mi tengono lì a
tempo indefinito. Promettimi. *Promettimi* che non smette-
rete di cercare Harley finché non la troverete!»

«Te lo giuro, Coach!»

Truck rimase fermo sulla soglia dell'appartamento,
con i pugni stretti. Non aveva idea di cosa credessero di
avere in mano i poliziotti, o di quali fossero le nuove
domande che pensavano di fargli, perché di certo la
squadra non aveva in mano un cazzo. Sarebbe stato scioc-
cato, se gli investigatori avessero recuperato più informazioni di quante Beth o Tex erano stati in grado di
scovare.

Harley era letteralmente scomparsa nel nulla. Se i loro
amici hacker non erano riusciti a trovare nemmeno una
minima traccia di lei, era impossibile che i poliziotti avessero trovato qualcosa che indicasse che Coach fosse il

colpevole. Magari speculazioni e prove circostanziali, sì, ma niente di concreto.

Truck non conosceva Montesa o il suo socio, ma se era come sua sorella, si sarebbero assicurati che Coach fosse trattato bene e non trattenuto in una stanza per gli interrogatori a tempo indeterminato.

Nel frattempo, doveva comunicare alla squadra che Coach era stato arrestato per ulteriori domande. Essere *sospettato* di omicidio avrebbe potuto danneggiare la sua carriera militare e Truck non voleva che accadesse. Coach era un soldato dannatamente bravo e un operatore delle forze speciali Delta anche migliore. La squadra aveva bisogno di lui. Maledizione, il *Paese* aveva bisogno di lui.

Truck si girò di scatto, e scuotendo la testa, accigliato per la preoccupazione, tornò nell'appartamento di Coach per prendere il cellulare e il portafoglio. Dove diavolo era Harley? A quel punto, temeva che l'unica cosa che avrebbe potuto salvare il culo a Coach, sarebbe stata trovarla.

Novantasette ore dalla scomparsa

Roberta Harris era in ritardo, come al solito. Aveva lasciato il figlio più grande a scuola, e poi si era fermata al supermercato per prendere un litro di latte e qualche altra cosa essenziale. I suoi figli mangiavano come lupi e sembrava avessero sempre fame. Con la sua solita sfortuna, c'erano solo due casse aperte e quelle self service non funzionavano. Dovette aspettare dietro una donna con due cestini pieni di cibo e un sacco di buoni sconto.

Avrebbe portato Ricky all'asilo in ritardo... di nuovo.

Ci sarebbe voluto un miracolo per riuscire ad arrivare lì in tempo. Per fortuna, le signore lì alla scuola erano comprensive. Erano le nove e cinquantacinque e lei aveva cinque minuti per farlo entrare in orario. Era impossibile. Pensò di abbandonare la spesa e precipitarsi lì, ma decise di non farlo. Ricky e Rob avrebbero avuto fame dopo la scuola, e quello era l'unico momento della giornata in cui poteva fermarsi a comprare del cibo.

Pensando alla sua tabella di marcia pazzesca, mentre guidava verso la scuola materna di Ricky, e a quanto desiderasse che suo marito non fosse stato inviato in missione per la terza volta, Roberta non vide il coyote attraversare di corsa la strada, fino a quando non fu troppo tardi.

Frenò di colpo, ma non servì, perché udì un guaito e un colpo sulla macchina mentre il povero animale sbatteva contro il paraurti anteriore.

Tremante, Roberta portò l'auto sul ciglio della strada. C'era un guardrail lungo il bordo, quindi non poté metterla molto all'interno del margine come le sarebbe piaciuto, ma aveva superato solo un'altra macchina negli ultimi cinque minuti, quindi, pensava che fosse abbastanza sicuro fermarsi e dare un'occhiata alla sua auto. Guardò dietro di lei per assicurarsi che Ricky stesse bene, e lo vide sorridere e ridere, così Roberta scese dall'abitacolo per vedere l'entità del danno.

Al momento, non c'erano altri veicoli in giro perché era una strada poco trafficata, fuori città. La scuola materna era un po' fuori mano, ma aveva ottime recensioni e Ricky adorava i suoi insegnanti. Valeva la pena fare una piccola deviazione tutti i giorni, per dargli un'istruzione migliore possibile. «È proprio l'ultima cosa di cui avevo bisogno oggi» brontolò «un aumento della rata dell'assicurazione.» Andò davanti alla macchina, e fu sollevata nel vedere che non c'era nessuna ammaccatura, ma solo un piccolo striscio sul paraurti.

Guardandosi intorno, non vide il coyote che aveva investito, non era in mezzo alla carreggiata e non giaceva sulla banchina.

Roberta cominciò a preoccuparsi e sperò che non fosse finito oltre il bordo per morire con dolori atroci. Andò dal lato opposto della strada per guardare oltre il guardrail. Se l'animale ferito fosse stato lì, avrebbe chiamato la polizia. Magari sarebbero potuti venire a sparargli e porre fine alla sua sofferenza. Odiava veder soffrire un qualsiasi essere vivente.

Guardando giù per il dirupo, verso il piccolo torrente che scorreva parallelo alla strada, Roberta sussultò. Guardò con più attenzione, per essere sicura di aver visto davvero ciò che pensava fosse, e si affrettò a prendere il telefono. Sì, avrebbe decisamente chiamato la polizia.

CAPITOLO VENTITRÉ

Coach camminava avanti e indietro nella piccola stanza degli interrogatori. Gli agenti di polizia lo avevano spinto dentro in modo scortese e gli avevano detto di sedersi. Non appena aveva invocato il suo diritto che fosse presente un avvocato mentre veniva interrogato, e aveva informato gli agenti che ne era in arrivo uno, avevano annuito e detto che sarebbero tornati non appena fosse arrivata Montesa.

Conosceva quello stratagemma. Aveva le telecamere puntate addosso e i poliziotti stavano studiando ogni suo movimento. Aveva visto abbastanza film polizieschi da sapere che le sue azioni in quel momento potevano venire esaminate tanto quanto le parole che gli sarebbero uscite di bocca. Qualsiasi cosa avesse fatto, avrebbe potuto essere un motivo per alimentare i sospetti su di lui.

Coach digrignò i denti e continuò a camminare. Ogni

minuto che passava, era un altro che non poteva usare per uscire a cercare Harley, o almeno per pianificare ciò che avrebbe dovuto fare. Non incolpava i poliziotti per aver fatto il loro lavoro, era il sospettato più probabile, soprattutto visto il suo passato e dato che non c'era assolutamente traccia di Harley, ma era davvero frustrante. E lei risultava ancora introvabile.

Così continuò a camminare.

Quattro passi a destra, gira, due passi, gira di nuovo, altri quattro passi e poi altri due per tornare da dov'era partito. Aveva perso il conto di quante volte aveva fatto il giro della piccola stanza, ma non era servito minimamente a calmarlo. Coach voleva sapere cosa pensavano di avere in mano contro di lui gli investigatori, ma non avrebbe parlato con nessuno fino a quando John o Montesa non fossero arrivati.

Sentì un brontolio allo stomaco, ma lo ignorò. Non aveva mangiato molto negli ultimi giorni, il fatto era che non riusciva a tenere giù niente. Le poche volte in cui i suoi compagni di squadra lo avevano convinto che aveva bisogno di mantenersi in forza per Harley, aveva avuto un incubo su di lei e aveva vomitato qualunque cosa avesse mangiato. Era solo più semplice non avere nulla nello stomaco da vomitare.

Proprio mentre Coach pensava che avrebbe perso la testa, dimenticandosi del suo addestramento riguardo a come mantenere la calma durante un interrogatorio da parte del nemico, la porta della stanza si aprì, prendendolo alla sprovvista e facendolo sussultare.

Un uomo di mezza età, che poteva essere solo il collega di Montesa, stava sulla soglia con uno sguardo in faccia che Coach non riuscì a interpretare.

«John Black?»

«Sì. Ascolti, è successo qualcosa.»

«Sì, i poliziotti vogliono accusarmi di qualcosa che non ho fatto» disse Coach al suo avvocato, con evidente irritazione.

«No, intendo riguardo al suo caso. È successo qualcosa. La polizia corre qua e là come se avessero il fuoco sotto i piedi, e nessuno vuole dirmi cosa stia succedendo. Alla fine ho chiesto alla segretaria dove potevo trovarla, e mi ha dato le indicazioni per venire qui.»

«Harley?» chiese Coach in tono urgente.

«Può essere. Ho intenzione di appostarmi là fuori e vedere se riesco a ottenere qualche informazione.»

«Maledizione! Devo uscire da qui.»

«Purtroppo, per ora non succederà» disse l'altro uomo con un tono comprensivo.

«Cazzo.» Coach prese una sedia e si lasciò cadere sopra, appoggiò i gomiti sulle ginocchia e si prese la testa tra le mani. Rimase così per un attimo, poi la sollevò e incontrò gli occhi di John. «Vada pure. Ma se ha qualcosa a che fare con Harley, non mi interessa chi deve malmenare per tornare qui a dirmelo, *devo* sapere.»

«Lo farò. Se fosse la persona che amo, lo vorrei sapere anch'io.» John si voltò e lasciò la stanza, il rumore della porta che si chiudeva, rimbombò all'interno del piccolo spazio.

Coach non poté fare altro che aspettare. Se fosse stato fortunato, qualunque cosa stesse accadendo lì fuori, significava che Harley era stata ritrovata. Se fosse stato *estremamente* fortunato, era stata ritrovata viva.

Pregò con più intensità di quanto non avesse mai fatto in vita sua. Per quanto volesse stare con Harley, si sarebbe accontentato che fosse viva sotto le cure di qualcun altro. I suoi compagni di squadra ci sarebbero stati. Si sarebbero presi cura di lei fino a quando non fosse riuscito a uscire da lì.

Per ogni evenienza, incrociò le dita di entrambe le mani e pronunciò un'altra breve preghiera. «Ti prego, fa che sia viva. Riusciremo ad affrontare qualsiasi cosa le sia successa, l'importante è che respiri.»

Coach rimase seduto da solo nella stanza degli interrogatori per altri novantatré minuti, ognuno dei quali passava più lento del precedente, finché, finalmente, uno degli agenti che lo avevano prelevato dal suo appartamento aprì la porta, e le sue parole gli fermarono il cuore.

«Abbiamo trovato la sua ragazza.»

CAPITOLO VENTIQUATTRO

COACH ERA SEDUTO sulla sedia accanto al letto di Harley in terapia intensiva, e guardava il suo petto sollevarsi e abbassarsi. Era la cosa più bella che avesse visto in tutta la sua vita.

Era stato rilasciato dalla stazione di polizia senza nemmeno una scusa, dopo essere stato informato che Harley era stata trovata a malapena viva.

Per fortuna, John era ancora lì e l'aveva accompagnata direttamente in ospedale. Dopo che Coach era stato portato alla stazione di polizia, era arrivata una telefonata al 911 di una donna che sosteneva di essere sul ciglio della strada in Main Street, a circa otto chilometri fuori dai confini della città di Temple. Aveva visto un'auto ribaltata sul fianco, in mezzo all'acqua in fondo al dirupo, e aveva affermato che sembrava essere un'incidente abbastanza recente.

I poliziotti erano andati a controllare e avevano trovato la Ford Focus... e Harley. Era incosciente, ma viva. Era disidratata, aveva una clavicola e un braccio rotti e una grave commozione cerebrale. I medici arrivati sul posto, avevano detto a Montesa e Davidson che probabilmente era rimasta cosciente per i primi giorni, ed era riuscita in qualche modo a bere l'acqua del torrente, dato che non era in corso un'insufficienza organica acuta causata dalla mancanza di idratazione. Ciò le aveva salvato la vita. Il suo cellulare era stato trovato nell'acqua accanto a lei, fuori uso.

Harley non era stata in grado di liberarsi, perché era rimasta intrappolata dalla cintura inceppata e dal fatto che fosse schiacciata contro il volante. Con il braccio e la clavicola rotti, la sua mobilità era stata limitata, e non aveva potuto fare altro che stare lì, di traverso nella sua macchina distrutta, e sperare che qualcuno la trovasse.

Il problema più urgente al momento, era che Harley era estremamente disidratata ed erano preoccupati della sua funzionalità renale. Era troppo debole per l'intervento chirurgico necessario a sistemare il braccio, quindi, i medici stavano aspettando che fosse più stabile, prima di decidere quando operare.

I macchinari intorno a Coach emettevano segnali acustici e ronzii, ma tutto ciò che riusciva a vedere era il petto di Harley che si muoveva. Respirava, anche se con l'aiuto delle apparecchiature al momento, ma era viva. Non aveva ancora riacquistato conoscenza, ma Coach voleva essere lì quando lo avesse fatto. Voleva essere la prima cosa che avrebbe visto.

«Non si è ancora svegliata?»

La domanda era stata posta in tono sommesso, ma Coach sapeva che era Ghost.

«No, ma lo farà.»

«Certo che lo farà. È un tipo tosto, Coach. Non

sarebbe mai riuscita a sopravvivere là fuori per quattro giorni, se non lo fosse.»

«Già.»

«Hai bisogno di qualcosa?»

Coach apprezzò il fatto che Ghost non stesse cercando di convincerlo ad andarsene, né che parlasse di altre banalità. «No, ma grazie.»

«Montesa e Davidson hanno detto che sarebbero passati in mattinata.»

Coach annuì.

«Avevamo controllato quella strada, non c'era traccia dell'incidente» gli disse Ghost, sapendo esattamente cosa stava pensando il suo amico. «Blade e Hollywood sono andati lì dopo che l'ambulanza è partita, e hanno ricontrollato. Nessun segno di sbandamento. Il guardrail era danneggiato, ma nulla che si potesse notare dalla strada. L'unica cosa che sono riusciti a trovare è stato un pezzo dello pneumatico anteriore sul ciglio della carreggiata. Quello che pensano sia successo è che abbia urtato qualcosa sulla strada, c'erano dei detriti nella zona, caduti probabilmente dal retro di un camion. Potrebbero essere stati quelli che hanno fatto scoppiare la gomma, lei potrebbe aver perso il controllo dell'auto, e aver tentato di correggere la traiettoria bruscamente, facendo capovolgere la macchina. È una possibilità remota riuscire a capovolgersi sul bordo della strada senza lasciare tracce, ma dai riscontri sembra che sia andata così.

Sul dirupo c'era un grosso solco nel punto in cui la macchina si è piantata prima di ribaltarsi e fermarsi sulla fiancata, restando invisibile dalla strada sovrastante, da entrambe le direzioni. È stato letteralmente un miracolo che la donna abbia investito il coyote proprio in quel punto e si sia fermata per controllare i danni. Cinquecento metri più avanti in una direzione o nell'altra, e non avrebbe proprio visto l'auto di Harley.»

Coach annuì di nuovo a malapena. Era un sollievo che i suoi amici non si fossero persi nulla, ma gli faceva ancora male pensare che Harley fosse spaventata, sofferente e sola, sotto il margine di quella strada. Più tardi, avrebbe scoperto il nome della donna che aveva trovato la macchina e l'avrebbe ricompensata, ma in quel momento, riusciva a pensare solo ad Harley.

«Dirò all'infermiera che rimani» lo rassicurò Ghost.

«Grazie.»

«Il team sarà qui domani mattina, così, quando verranno a trovarla il fratello e la sorella, potrai parlare con loro e avere le risposte a tutte le tue domande.»

A Coach non piaceva l'idea di passare nemmeno un minuto lontano da Harley, ma sapeva che anche i suoi fratelli dovevano vederla. Non li avrebbe biasimati per quello. Se le cose fossero state diverse, e ci fosse stata Jenny sdraiata in un letto d'ospedale, non avrebbe voluto che nessuno gli impedisse di vederla. Coach si voltò verso il suo amico per la prima volta. «Grazie tante, Ghost. So che è stata una lunga settimana, e anche se non l'ho detto, sono contento che tu ci sia stato per me.»

«Lo avresti fatto anche tu per me e Rayne. O per Fletch ed Emily. Lo sappiamo tutti. L'ho già detto prima e lo ripeterò, lei è una dei nostri. Ora prova a dormire un po'.»

Coach non rispose e Ghost di certo non si aspettava una replica. Si voltò e lasciò la stanza, la porta si chiuse alle sue spalle facendo a malapena rumore.

Riportò lo sguardo su Harley. Non si era mossa. I suoi

polmoni continuavano a venire spinti verso l'alto dalla pressione dei macchinari che la aiutavano a respirare. Odiava vederla così inerme, ma accidenti, se era felice che fosse qui. Aveva davvero iniziato a pensare che non l'avrebbe mai più vista. Che qualcuno l'avesse rapita per chissà quale motivo. Era stato sicuro che fosse in qualche modo legato a Jacks, ma Tex e Beth avevano ripetuto in continuazione, che pensavano che l'uomo non avesse nulla a che fare con la sua scomparsa.

Coach era sollevato, ma allo stesso tempo inorridito dal fatto che Harley fosse stata a meno di otto chilometri da casa sua, per tutto il tempo in cui era sparita. Avrebbero dovuto fare una ricerca con l'elicottero, o usare dei cani... o qualcosa del genere. Scosse la testa, sapendo che non serviva a nulla ripensare alla settimana precedente. Certo, erano abituati a rivedere le loro missioni, per cercare di capire ciò che avrebbero potuto fare meglio, ma questa non era stata esattamente una missione.

Si sistemò sulla sedia scomoda, tenendo gli occhi sul petto di Harley e la mano sul suo braccio. Aveva bisogno di quel contatto. Aveva bisogno di sentire la sua pelle calda. Coach si lasciò cullare dal movimento ritmico della macchina per la respirazione, e si abbandonò a un sonno agitato.

Quattro ore dopo, nel buio della notte, fu svegliato di soprassalto da qualcosa.

Harley.

Si stava dimenando sotto la sua mano e faceva dei versi soffocati e convulsi con la gola, intorno al tubo per la respirazione.

Coach si alzò in piedi, la sedia stridette prima di rovesciarsi. Andò subito al pulsante per chiamare l'infermiera e lo premette, poi si chinò su Harley fino a quando il suo viso non fu che a pochi centimetri da quello di lei.

«Rilassati, Harl. Sono qui. Stai bene. Sei in ospedale. Hai un tubo in gola per respirare, non opporre resistenza. Ho chiamato l'infermiera.»

I suoi occhi castani si spostarono su di lui, e Coach vi vide il panico. Erano spalancati e, nella sua agitazione, stava soffocando attorno al tubo. Le mise una mano sulla fronte e l'altra sulla guancia e si chinò ancora di più. Ora i loro nasi quasi si toccavano. Invece di essere tenero con lei, usò un tono più duro, desiderando di farla uscire dalla crisi di panico, perché si concentrasse su ciò che le stava dicendo. «Stai bene, Harley. Ti abbiamo trovata. Sei al sicuro. Mi senti? Ci sono io. Sono qui.»

Stranamente, le sue parole sembrarono funzionare. I suoi occhi rimasero spalancati e spaventati, ma non stava più lottando contro il tubo.

«Ecco, così. Brava ragazza. Smetti di lottare. Lascia che la macchina respiri per te. Resisti, l'infermiera sarà qui tra un secondo e vedrà di cos'hai bisogno. Sono così felice di vedere i tuoi occhi castani, Harl. Non ne hai idea.»

La sua bocca si aprì come se volesse rispondere, ma Coach scosse la testa. «No, non provare a parlare. Tieni gli occhi su di me, va bene? Rimango qui. Sei bellissima. Grazie per aver combattuto là fuori per rimanere viva. Grazie per essere tornata da me.»

L'infermiera entrò in quel momento. «Che problema c'è?»

Coach non girò la testa, mantenne gli occhi su quelli di Harley. «È sveglia. Si è fatta prendere dal panico.»

«Ah, ok, mi faccia dare un'occhiata.»

Coach indietreggiò, ma disse ad Harley: «Occhi su di me. Ecco. Stai bene.»

Non distolse lo sguardo da lei mentre l'infermiera controllava le varie macchine.

«Chiamo il dottore. Posso sedarla finché non arriva o posso vedere se riesco ad avere l'autorizzazione a estubarla.»

Lo sguardo di Harley trafisse quello di Coach. Anche senza una parola, capì cosa volesse dire. «Faccia la chiamata e chieda al medico l'autorizzazione.»

«Penso che dovremmo...»

«No. È abbastanza lucida in questo momento. Harley?»

Lei annuì con forza.

Coach distolse gli occhi dai suoi per la prima volta per guardare l'infermiera. «Lo rimuova.»

Sapendo che l'infermiera avrebbe avuto l'ultima parola, Coach la fissò, desiderando mettere Harley più a suo agio. Alla fine lei annuì. «Va bene, torno il prima possibile.»

Coach non la guardò andarsene, ma si rivolse ad Harley: «Non preoccuparti, Harl, Questa roba è niente rispetto a quello che hai sopportato. Aspetta ancora un po', va bene?»

Lei annuì e Coach sentì una stretta al petto nel vedere la fiducia nei suoi occhi. Per la prima volta in quasi una settimana, sentì dissolversi la tensione nelle spalle. Sarebbe stata bene. Se ne sarebbe assicurato.

CAPITOLO VENTICINQUE

HARLEY ERA SEDUTA sul divano di Coach e sorrise a tutti quelli che la circondavano. Era così felice di essere fuori dall'ospedale che non riusciva nemmeno a esprimerlo. Sapeva di essere stata molto vicina a morire. *Troppo* vicina. Ne aveva avuto il sentore mentre era incastrata nell'auto. L'incidente era successo così in fretta che non aveva nemmeno avuto il tempo di frenare. Un minuto prima stava guidando, persa nei suoi pensieri e godendosi il clima caldo, e quello dopo era bloccata in macchina dentro a un paio di centimetri d'acqua.

Aveva un bel cammino davanti a sé per ritornare quella di sempre, incluso recuperare i circa cinque chili che aveva perso, e ritrovare le forze per star seduta al computer per ore, ma nel complesso, sapeva di essere stata fortunata.

«Non so come tu ci sia riuscita» le disse Emily. «Ricordo di essere stata spaventata a morte quando quegli uomini hanno rapito me e Annie, ma sapevo che era solo questione di tempo prima che Fletch mi trovasse.»

«È così che ce l'ho fatta» confermò Harley all'altra

donna. «Sapevo che Coach non avrebbe smesso di cercarmi.» Lo sentì stringerle la nuca e sorrise, continuando: «La prima notte è stata la peggiore. Avevo pensato che qualcuno avrebbe visto la mia auto, ma con il passare delle ore, sentivo le macchine sfrecciare sopra di me e mai nessuno che si fermasse, quindi ho capito di essere nei guai.»

«È quasi inquietante il modo in cui si è rovesciata la tua auto, così da essere invisibile a chiunque passasse di lì» si rammaricò Rayne.

«Sì. Il cellulare è caduto nel torrente quando la macchina ha smesso di rotolare, e non sono riuscita a raggiungerlo, anche se non credo che avrebbe avuto importanza, si era riempito d'acqua. Non sono riuscita a uscire dall'auto a causa dell'angolazione in cui mi trovavo, e del braccio. Tutto ciò che potevo fare, era aspettare. Però, dopo la prima notte, è stato stranamente più facile» cercò di spiegare Harley. «Penso di aver progettato almeno tre nuovi giochi nella mia testa, e ho ripercorso ogni singolo minuto passato con Coach. Mi ha dato quasi un senso... di calma.»

«Harley, devi sapere» la informò Truck con voce commossa «che abbiamo mosso cielo e terra per cercare di trovarti. Abbiamo chiesto aiuto a un ex SEAL in Pennsylvania, a un'amica di una vigile del fuoco di San Antonio, e anche un agente della polizia stradale, sempre di San Antonio, che conosciamo perché faceva parte dell'esercito, ha fatto la sua parte. Per non parlare di tutti noi.»

«Vi sono riconoscente per ogni secondo del tempo che avete usato per me» disse Harley, con voce incrinata.

«Sei una di noi» ribatté Ghost, ripetendo ciò che aveva detto più di una volta a Coach, da quando era scomparsa.

«Quel coglione di agente non ti ha ancora chiesto

scusa, Coach?» gli chiese Harley con voce dura, con l'intenzione di rallegrare l'atmosfera triste che si era creata nel gruppo di amici.

«Eh, no. Ma non me ne frega un cazzo. Sapevo di non averti fatto del male e lo sapevano anche i miei amici. Non mi fregava niente di ciò che pensavano gli altri.»

«Non posso credere che volessero darti la colpa. Stronzi» dichiarò Harley a nessuno in particolare. Poi mise il broncio. «Mi fa incazzare. Non mi avresti mai fatto del male, e odio il pensiero che saresti potuto finire in prigione.»

«C'era una grossa possibilità» sbuffò Montesa. «Non avevano alcuna prova reale ma il capo della polizia, dopo tutta la pressione mediatica, si è sentito obbligato a fare qualcosa e dato che non avevano alcuna pista da seguire, hanno deciso di concentrarsi su Coach.»

Harley sorrise nel vedere sua sorella difenderlo in modo così deciso. Amava il fatto che Montesa e suo fratello lo approvassero. Era importante per lei. «Grazie, sorella.»

«Figurati.»

«Ho ricevuto una telefonata da Fish questa mattina» disse Truck all'improvviso.

«Davvero?» chiese Ghost.

«Dici sul serio?» domandò Hollywood allo stesso tempo.

«Sì. A quanto pare Tex lo ha chiamato e gli ha detto cosa stava succedendo. Era incazzato. Ma la cosa strana è che penso che sia stata la cosa migliore che potesse accadere» disse Truck ridacchiando.

«Come cazzo puoi dire che la scomparsa di Harley sia stata una bella cosa?» ribatté Coach in tono basso e letale, la presa attorno alla nuca di Harley si strinse per l'irritazione.

Senza sembrare preoccupato per la rabbia di Coach, Truck spiegò: «Si trascinava depresso per l'ospedale, fregandosene di fare la terapia fisica per migliorare. Ma non poter fare nulla per aiutarci a cercare Harley o per aiutare nelle indagini, lo ha fatto incazzare, e ora sta facendo tutto il possibile per migliorare ed essere dimesso.»

Coach si calmò. «Sarà buttato fuori dall'esercito, allora?»

Truck annuì. «Sì. Ha detto che si trasferirà in Idaho, per allontanarsi dalla gente per un po'.»

Ghost scrollò le spalle. «Non posso biasimarlo, le persone fanno schifo per la maggior parte del tempo.»

«Non è vero» protestò Rayne. «Penso che tutti voi siate piuttosto in gamba.»

«Presenti esclusi, ovvio» confermò Ghost con un sorriso, baciando Rayne sulla testa.

«Ha detto che se mai avremo bisogno di lui, sarà qui in un batter d'occhio. E parlava sul serio. Era devastato quando ha perso il suo team, ha bisogno di noi, e io per primo non esiterò a chiamarlo se dovessimo aver bisogno di rinforzi. Proprio come per Rock, non può guastare avere un fratello all'esterno che ci copra le spalle» disse Truck in tono quasi assente.

«E noi le copriremo a lui» affermò Coach con foga.

Ci fu un coro di "assolutamente" e "ovvio" dagli operatori della Delta Force.

«Allora, quando usciamo tutte insieme?» chiese Harley al gruppo di donne riunite intorno a lei, cercando di cambiare argomento e alleggerire l'umore. «Avevamo detto di organizzare una serata tra ragazze, ma non ci siamo riuscite. E ho ancora bisogno di comprare un vestito per il ballo dell'esercito.»

Emily, Rayne, Mary e Montesa iniziarono a parlare tutte insieme, discutendo su quando, e dove, sarebbero dovute andare.

Coach si portò una mano alla bocca e fischiò, fermando le chiacchiere e attirando l'attenzione di tutti. «Che ne dite di lasciare che Harley si riprenda completamente, prima di iniziare a programmare di uscire e ubriacarvi? Non sono sicuro che sia la cosa migliore, al momento.»

«Coach, sto bene...»

«Sei stata dimessa dall'ospedale solo questa mattina.»

«Quindi?»

«Facciamo così, quando riuscirai a stare seduta senza addormentarti, a mangiare un'intera ordinazione di pollo piccante Hunan, e a fare una maratona a *This is War* con me, come abbiamo fatto al nostro primo appuntamento, puoi pianificare la serata tra ragazze con la mia benedizione, e andare a fare shopping.»

Harley portò lo sguardo sugli occhi di Coach. Era seduto accanto a lei sul divano. In realtà, "accanto a lei" probabilmente non era la descrizione giusta, gli era praticamente sulle ginocchia. Aveva il braccio attorno alle sue spalle, e le massaggiava la nuca, e le teneva la mano con l'altra, appoggiata sulle sue gambe.

Avrebbe protestato, ma vide la preoccupazione nei suoi occhi. Sembrava che fosse invecchiato di dieci anni dalla mattina in cui era sparita. Sì, lei era stata quella ferita e scomparsa, ma era chiaro che fosse stato *lui* a soffrire di più.

Una notte, in ospedale, quando lei non riusciva a

dormire a causa del dolore al braccio, le aveva detto che aveva sognato che lo supplicava di trovarla. Harley non sapeva bene come funzionasse tutta la faccenda spirituale, ma era ovvio, almeno per lei, che il coyote che misteriosamente non era mai stato localizzato, era stato determinante per ritrovarla. Harley si era chiesta più di una volta se Jenny, o i suoi genitori, fossero in qualche modo intervenuti e avessero dato una mano nella ricerca. In ogni caso, Coach aveva sicuramente fatto tutto il possibile per trovarla... compreso essere quasi arrestato.

«Va bene, Coach, quando riuscirò a ricreare in modo perfetto il nostro primo appuntamento, allora organizzeremo la serata.»

«Grazie, Harl.»

«Okay, l'orario di visita è finito» dichiarò Emily. «È probabile che Annie stia facendo impazzire la sua insegnante di ginnastica. È stata gentile a farle da babysitter abbastanza a lungo da consentirci di sistemare Harley, ma se conosco mia figlia, l'avrà di certo indotta a ricreare nel cortile il percorso ad ostacoli che ama tanto.»

Tutti risero, e nessuno obiettò. Era molto probabile che Emily avesse ragione, Annie era un diavoletto, ma l'adoravano.

«Dato che siamo tutti qui, ho qualcosa da dire» intervenne di punto in bianco Fletch.

L'intero gruppo puntò gli occhi su di lui, che all'improvviso sembrò nervoso.

Si voltò verso Emily e le prese le mani tra le sue. «Ciò che è successo ad Harley mi ha fatto capire quanto sia breve la vita, e potrò anche aver adottato Annie, ma non ho ancora reso *te* ufficialmente mia. Miracle Emily Grant, mi vuoi sposare?»

Harley si portò una mano alla bocca e i suoi occhi si riempirono di lacrime. Non riusciva a credere che Fletch stesse chiedendo a Emily di sposarlo proprio ora, di fronte a tutti loro.

Emily non gli fece attendere la sua risposta. «Certo che lo voglio!»

«Presto» affermò Fletch.

Tutti risero, compresa Emily.

Si abbracciarono e lei lo guardò. «Quando vuoi. In qualsiasi momento. Decidi, e io e Annie saremo lì.»

«Presto. Non voglio aspettare.»

«Mi metto subito al lavoro» Emily fece una pausa e poi chiese: «Possiamo invitare quell'uomo, Fish? E Tex? E magari i tuoi amici SEAL?»

«Non vedo perché no» le rispose Fletch. «Non posso garantire che saranno in grado di venire, dipende da quando sarà, ma di sicuro possiamo chiedere.»

«Bene» disse soddisfatta. «Mi piacerebbe incontrare alcuni degli uomini con cui lavori. Per ringraziarli di coprirti le spalle.»

La coppia si fissò per un momento, poi si baciarono. Fu un bacio lungo e appassionato. Harley lanciò un'occhiata a Coach.

Stava guardando lei, non il suo amico.

«Stai bene?» gli chiese con dolcezza.

«Sei al sicuro e di nuovo tra le mie braccia. Sto perfettamente» rispose Coach.

Gli sorrise, poi chiuse gli occhi felice. Li riaprì quando sentì tutti congratularsi con Fletch ed Emily e poi raccogliere le loro cose. Harley odiava vederli andare via, ma era esausta. Coach aveva ragione, ci sarebbe voluto un po' per riprendere le forze.

«Grazie a tutti per essere venuti» disse Harley mentre si preparavano ad andarsene.

Ognuno degli uomini si avvicinò e la baciò sulla guancia, con grande dispiacere di Coach, e le donne si limitarono a salutare con la mano.

«Truck, puoi dare un passaggio a Mary?» gli chiese Rayne, in modo non troppo innocente. «Ghost e io abbiamo alcune commissioni da sbrigare tornando a casa.»

«Non c'è bisogno che lui...»

«Certo. Nessun problema» la interruppe Truck con un sorriso.

«Dannazione, Rayne» cominciò Mary, ma lei la ignorò.

«Grazie, Truck. Ci vediamo. Ciao!» Rayne salutò con la mano e tirò Ghost per portarlo fuori dalla stanza prima che la sua migliore amica facesse ulteriori proteste.

Harley rise mentre Mary sbuffava incrociando le braccia al petto. Era divertente osservare la... relazione... se si voleva chiamarla così, tra Mary e Truck. Lui era un colosso e torreggiava su di lei, e Mary non sopportava niente di ciò che faceva, anche se sembrava quasi che protestasse un po' troppo, per essere convincente. Sarebbe stato divertente vederli in futuro. Se Harley fosse stata il tipo che scommetteva, avrebbe puntato su Truck. Aveva sempre un certo luccichio negli occhi quando guardava l'altra donna.

Fletch ed Emily si avvicinarono per salutare.

«Congratulazioni, ragazzi» disse Harley seria.

«Grazie» rispose Emily, il suo sorriso andava da un orecchio all'altro.

«Quando ti sentirai meglio, potrai aiutare Emily a organizzare il matrimonio, ti va?» le chiese Fletch.

«Va bene, ma non credo di essere la persona migliore a

cui chiedere consigli. Possiedo solo un vestito e con le decorazioni faccio schifo. Ma farò del mio meglio» replicò con sincerità.

«Sarà una cosa tranquilla. Una cerimonia veloce, poi una grande festa. Niente di elegante o noioso. Quindi, tutto ciò di cui ho davvero bisogno è qualcuno che si assicuri che io non esageri.» Le diede un rapido e cauto abbraccio, poi Emily continuò: «Sono contenta che tu stia bene.»

«Anch'io» ribatté Harley, sentendo Coach stringerle la mano.

«Ci vediamo domani» disse Coach a Fletch.

La coppia se ne andò e gli altri li seguirono, finché non rimasero solo loro due.

«Come stai, Harl?» le chiese in tono sommesso.

«Sto bene.»

«Nessun dolore?»

«Non ho detto questo, ma non è poi così forte.»

«Quindi non proprio bene» affermò Coach alzandosi all'improvviso, tenendola in braccio.

Invece di protestare, cosa che probabilmente avrebbe fatto in passato, posò la testa sulla sua spalla mentre la trasportava con facilità nella sua camera da letto.

«Ti amo, Harley.»

«Ti amo anch'io, Johnny.» Le sue parole erano dolci e colme d'amore.

«Vieni a vivere con me?»

«Che cosa?»

«Trasferisciti qui. Non riesco a immaginare di non stare con te ogni mattina o di non tornare a casa da te ogni sera.»

«Non chiedermelo perché ti senti in colpa o perché hai

paura che se mi perdi di vista, sparirò di nuovo. È stata una cosa imprevedibile, Coach, non succederà più.»

«Non te lo sto chiedendo per quello. Non posso negare che mi preoccuperò in continuazione di te. Ti stancherai dei miei frequenti messaggi e telefonate per vedere se è tutto a posto, ma te lo chiedo perché mi sei mancata. Il pensiero di non vederti mai più mi ha divorato l'anima. La vita è breve e non voglio passarla senza di te.»

«Merda, Coach. Come posso dire di no?»

Le rivolse un sorriso quasi diabolico. «Non puoi.»

Harley gli diede una pacca sulla spalla mentre si sistemavano sul letto. «Sei un manipolatore.»

Il suo sorriso scomparve e si chinò su di lei fino costringerla a sdraiarsi sul letto. Con il viso che incombeva sul suo le disse: «Ti amo. Voglio passare la mia vita con te, non sto cercando di manipolarti in alcun modo. Se non sei pronta, non importa, va bene lo stesso, ma voglio sposarti, e non perché Fletch lo ha chiesto a Emily stasera. Io...»

«Sì. Verrò a vivere con te. Oppure puoi trasferirti tu da me. Mi piace un po' di più casa mia.»

«Ci sto.»

«Grazie per non esserti arreso con me. So che non sei stato tu a trovarmi, ma so anche che non è stato perché non ci hai provato.»

«Ci puoi giurare. Oh, e ti devo dire una cosa.»

«Sì?»

«Hollywood domani andrà a prendere la tua nuova auto.»

«Coach!»

«Non dirmi Coach con quel tono. Sarà una Highlander, proprio come la mia. Ha il GPS, e se fai un incidente, il servizio chiama in automatico la polizia. Possono trovarti con il semplice tocco di un pulsante. Accettalo per me, per favore.»

«Ok.» Harley annuì. «A dire la verità, fa stare più tranquilla anche me. Ma non ti lascerò pagare.»

«Troppo tardi.»

«No. Non esiste.»

«Che ne dici se facciamo una scommessa?»

«Una scommessa? Di che tipo?»

«Giochiamo a un videogioco di mia scelta. Se ti batto, non dirai nient'altro sulla macchina. Se vinci, ti permetterò di darmi indietro la metà.»

«Non è un bell'accordo. Se vinco, pago tutto.»

«No, prendere o lasciare.»

«Bene.» Harley sbadigliò e arrossì. Maledizione, era stanca tutto il tempo. «Che gioco?»

Coach si spostò e incominciò a toglierle le scarpe, poi la aiutò con delicatezza a togliersi i pantaloni e la maglietta. La infilò sotto le lenzuola, facendo attenzione a non urtarle il braccio. Lei si sistemò sul fianco buono, e appoggiò il braccio ingessato su un cuscino davanti a lei. Sentì Coach spogliarsi e si accoccolò contro di lui quando si sdraiò dietro di lei.

«*Bejeweled*.»

Harley cercò di girare la testa, ma lui le baciò la nuca, tenendola ferma. «*Bejeweled*? Non è un vero videogioco.»

«Peccato.»

«Fa schifo» borbottò Harley. «Odio quello stupido gioco.»

«Lo so. E mi sono esercitato.»

«Immaginavo.»

Rimasero in silenzio per un po', poi Coach le sussurrò

all'orecchio: «Sei tutto per me, Harley Kelso. Mi hai fatto spaventare, e io non mi spavento facilmente. Ti amo.»

«Ti amo anch'io, Johnny. Sai cosa farò quando toglierò il gesso?»

«Cosa?»

«Voglio ricreare la nostra prima volta.»

Sentì Coach sorridere tra i capelli.

«Ci sto. Ma ho la sensazione che non sarai in grado di aspettare così a lungo. A partire da domani diventeremo creativi.»

«Mi piace il tuo modo di ragionare.» Harley non riusciva a smettere di sorridere. Aveva tutto; un bel lavoro, un uomo che l'amava, fratelli amorevoli e ora un nuovo gruppo di amici. La vita era bella.

«Buona notte, Harl.»

«Buona notte, Johnny. Faremo bei sogni stanotte, vero?»

«Oh, sì. Da adesso in poi solo bei sogni.»

«Sono d'accordo.» Harley si addormentò in pochi istanti, al sicuro, tra le braccia del suo uomo.

EPILOGO

HARLEY GEMETTE mentre era sopra il letto, in ginocchio, con le mani appoggiate sulla testiera, con Coach che incombeva dietro di lei. La maggior parte del peso era sostenuto dalle sue gambe e dalle mani di Coach sui fianchi. Anche se proprio quel giorno, il dottore aveva detto che la clavicola e il braccio erano completamente guariti, lui non voleva che ci mettesse peso.

«Coach, ti prego, mi stai uccidendo, così»

«Mi vuoi?»

«Sì!»

La parola le era a malapena uscita dalla bocca quando Coach si spinse dentro di lei, con forza. Harley si chinò e inarcò la schiena, facendolo andare ancora più in profondità. Adorava quando Coach la prendeva da dietro. In quella posizione le dava l'impressione che fosse molto più dentro, rispetto a quando lo facevano in qualsiasi altro modo. Gemette forte, sapendo che Coach amava sentirla.

«Oh, mio Dio, è fantastico.»

Coach cominciò a spingersi dentro e fuori lentamente, prendendosi il suo tempo. Harley cercò di premersi contro di lui, ma le tenne fermi i fianchi, quindi non poté fare altro che adeguarsi al suo ritmo. Sentì una delle sue mani spostarsi verso il punto in cui erano uniti e strofinarle con delicatezza il clitoride.

«Coach, sul serio, smetti di perdere tempo. Ti prego. Ho bisogno di te.»

Si tirò indietro e Harley protestò con un gemito. Prima che potesse dire qualcosa, la girò e si piegò su di lei.

«Stai prendendo la pillola da un mese e mezzo, giusto?»

«Mm-mm.»

«Voglio farlo senza preservativo.»

Harley si irrigidì. Non avevano ancora fatto l'amore senza, Coach non aveva voluto correre il rischio di metterla incinta, soprattutto mentre si stava riprendendo dall'incidente. Aveva iniziato a prendere la pillola prima che succedesse, ma dato che durante la sua scomparsa e mentre era in ospedale le aveva saltate, si era rifiutato di non mettere il preservativo.

«Davvero?»

«Sì.»

Il respiro di Harley accelerò. «Sì, ti prego. Non vedo l'ora di sentirti.»

Coach si tolse il preservativo che gli copriva l'erezione, e lo lasciò cadere oltre il bordo del letto, senza preoccuparsi di dove sarebbe finito.

Harley allungò una mano e lo accarezzò, amando la sensazione di duro e allo stesso tempo morbido. Senza rompere il contatto visivo, portò la mano tra le gambe e inserì due dita dentro di sé, assicurandosi di ricoprirle bene dei suoi umori. Poi riportò la mano sul suo cazzo e lo accarezzò.

«Harley» gemette Coach, lasciando cadere la testa indietro per un momento.

«Devo essere sicura che tu sia abbastanza lubrificato, dato che non hai il preservativo.»

Le sue parole lo fecero sorridere, ma non disse nulla, si limitò a toglierle la mano dall'erezione e si piegò di nuovo su di lei.

Prese un cuscino e glielo sistemò sotto i fianchi, sollevandoli per farla inclinare meglio verso di lui. Strofinando il cazzo contro le sue pieghe bagnate, si spinse tra loro senza entrare, ma assicurandosi di farsi ricoprire dai suoi umori.

«So di averlo già detto, ma muoverei mari e monti per tenerti al sicuro. Se dovessi sparire di nuovo, nulla mi impedirà di trovarti. Non voglio vivere la mia vita senza di te, Harley. Ti amo. Mi vuoi sposare? Vuoi diventare la signora Ralston?»

«Sì.» Non ci fu alcuna esitazione nella sua risposta.

Coach si spinse dentro la sua fidanzata fino a quando non riuscì ad andare oltre.

Entrambi sospirarono, presi dall'estasi.

«Ti sembra diverso?» gli chiese Harley.

«Sì. Cazzo, sì.» E Coach si mosse. «È fantastico.»

Era ovvio che essere dentro di lei senza preservativo fosse eccitante per lui, perché la penetrò sempre di più, sempre più forte, a ogni spinta le faceva rimbalzare i seni.

«Ah, non durerò. Aiutati a venire» le ordinò Coach, perso nel piacere del contatto pelle a pelle.

Senza esitazione, ormai abituata a masturbarsi di

fronte a lui, Harley si strofinò con frenesia il clitoride mentre lui si prendeva il suo piacere.

«Harl, Dio. Ti prego, dimmi che ci sei vicina.»

«Sono vicina, un secondo... ancora...»

Harley si sentì travolgere dall'orgasmo, ma fece del suo meglio per tenere gli occhi su Coach. Aveva le labbra tirate che mettevano in mostra i denti e le vene nel collo spiccavano, in netto contrasto con la sua pelle di solito liscia. Grugnì e fece dei versi che non gli aveva mai sentito fare, prima di affondare dentro di lei il più possibile per poi bloccarsi lì.

Quando alla fine la guardò di nuovo, Harley gli stava sorridendo, facendo scorrere le mani sul suo petto in modo quasi calmante.

«Credo che ti piaccia prendermi senza preservativo.»

«Non ne userò mai più uno» disse, completamente serio.

Il sorriso di Harley si fece più ampio. «Per me va bene.»

Coach rotolò mettendosi sulla schiena, portandola con sé senza uscire da lei. «Mi sposerai davvero?»

«Sì.»

«Quando?»

Harley scrollò le spalle. «Quando vuoi.»

«Grandioso. Decidiamo.»

«Devo avvisarti però, Montesa vorrà farlo in grande.»

«Maledizione» borbottò Coach, ma sorrise mentre lo diceva, facendole capire che stava solo scherzando. «Il fatto è che voglio che tu sia protetta, che tu abbia tutti i benefici che derivano dall'essere sposata con un soldato. Cosa ne pensi di un rito civile in modo che io possa inoltrare tutti i documenti all'esercito... e poi potremo prenderci il nostro tempo a organizzare un ricevimento enorme?»

Harley sorrise. «Possiamo tenerlo segreto?»

Coach inarcò un sopracciglio in una muta domanda.

«Non mi vergogno di essere sposata con te, ma non credo che Montesa o Davidson capirebbero e...»

«Certo che possiamo» disse subito, comprendendo cosa intendesse. «Lo saprà il mio comandante, e probabilmente anche i ragazzi, ma farò giurare loro di tenerlo segreto. Non darò il permesso nemmeno a Ghost e Fletch di dirlo a Rayne ed Emily. Ti va bene?»

«Sì. Ti sentiresti offeso se non volessi cambiare il mio cognome?» Senza dargli la possibilità di commentare, Harley proseguì, cercando di spiegare. «È solo che significa molto per me col fatto che ho perso i miei genitori. I bambini che avremo porteranno il nome Ralston, ma io sono stata Harley Kelso per così tanto tempo, che mi sembrerebbe strano cambiarlo adesso.»

Coach si chinò e le diede un tenero bacio, poi disse: «Non mi dispiace, fintanto che sei legalmente mia, puoi chiamarti come preferisci.»

Lei sorrise. «Mi regalerai un anello che tutti penseranno essere di fidanzamento, quando in realtà sarà quello nuziale?»

«Cazzo, sì. Il più grande che riuscirò a trovare, così tutti sapranno che sei impegnata.»

Harley alzò gli occhi al cielo. «Non è che ho la fila di uomini che vengono a buttare giù la porta di casa, Coach. Penso che tu possa stare tranquillo. Ti amo. Tantissimo.»

Sospirò contento, e Harley gemette quando il suo uccello scivolò fuori da lei. Coach portò subito la mano tra le sue gambe, e giocherellò con i loro umori mescolati insieme.

«Mmmmm, non avevo pensato a *questa* parte del farlo senza preservativo» osservò in tono secco.

«La adoro. Ora non vorrei spaventarti, ma voglio vedere.»

«Vedere cosa?»

«Il mio sperma fuoriuscire da te.»

«Ok, sì, è disgustoso.»

Coach si limitò a sorriderle.

«Be', non pensi che lo sia?»

«Tesoro, non hai idea di cosa sia davvero disgustoso. Nel mio lavoro vedo in continuazione cose che nessuno vorrebbe vedere. Fidati, Truck che stringeva tra le dita l'arteria di Fish mentre portava il suo culo fuori dal deserto e sanguinava tutto su di lui... quello è disgustoso. Questo? È il risultato del piacere di entrambi. Quindi, no, non mi disgusta affatto.»

Harley dissentì, ma finì per cedere. «Devo alzarmi. Non dormirò in un letto umido.»

Coach tenne la mano sulle sue pieghe. «Rimani qui. Solo un po'.»

«Ti piace proprio.»

«Sì.»

«Va bene, allora. Coach?»

«Sì, Harl?»

«Ti amo. Grazie per non aver rinunciato a trovarmi.»

«Mai. Ti amo.»

———

Hollywood fissò l'invito annuale al ballo dell'esercito. Lo

odiava. *Lo detestava*. Aveva partecipato a tutti da quando si era arruolato, ma ogni volta era una tortura. Quest'anno si sarebbe tenuto ad Austin, in Texas. Avevano affittato l'ultimo piano di un grattacielo.

Sapeva di avere un bell'aspetto, ma quando indossava l'uniforme blu sembrava che le donne perdessero la testa. I suoi compagni di team avrebbero alzato gli occhi al cielo se avessero saputo quanto odiava che tutte ci provassero con lui in continuazione.

Quella era una delle ragioni per cui si era iscritto a uno stupido sito di incontri online. Rayne lo prendeva in giro al riguardo, ma era uno dei pochi modi in cui credeva di poter conoscere una donna, e avere un'idea che fosse attratta da lui per ciò che era come persona, non per il suo aspetto.

L'immagine che aveva usato sul sito era vecchia. Stava pescando con uno dei ragazzi e indossava dei jeans e una camicia a maniche lunghe, e portava un berretto da baseball abbassato sul viso. Sembrava un ragazzo qualunque... più o meno

Nelle ultime settimane aveva parlato con una donna, online. Gli piaceva, e sembrava che anche lui piacesse a lei. Ma le ultime volte in cui si erano scritti, aveva avuto la sensazione che stesse nascondendo qualcosa. Era stupido, certo che lo era, si erano conosciuti online, non era obbligata ad aprirsi e confessargli tutti i suoi segreti... proprio come lui non le stava raccontando tutto di se stesso. Ma aveva il presentimento che fosse più di una semplice reticenza a dire tutto di sé a uno sconosciuto incontrato su Internet.

Hollywood avrebbe voluto chiederle di partecipare al ballo, ma non era sicuro che avrebbe accettato.

Si chiamava Kassie.

Viveva ad Austin.

Era più giovane di lui.

Ed era spaventata e gli nascondeva qualcosa.

Era solo un sospetto, ma dentro di lui, sapeva di aver ragione.

Hollywood fece un respiro profondo e prese una decisione; non sarebbe mai riuscito a conoscerla meglio se non si fosse sforzato di chiederle di incontrarla di persona. Il ballo era un piano perfetto. Ci sarebbero state molte persone intorno, quindi si sarebbe sentita a suo agio, avrebbe visto che era un soldato che aveva molti amici, e che si poteva fidare di lui. Sembrava un primo appuntamento perfetto, quindi, perché si sentiva così nervoso?

———

Kassie Anderson abbassò con trepidazione lo sguardo sul telefono quando vibrò nella sua mano. Sperava fosse Hollywood, ma aveva anche paura di ciò che avrebbe detto. Era sopraffatta, si sentiva una debole, ma non sapeva come uscire dalla situazione in cui si era cacciata.

Vedendo che l'e-mail non proveniva da Hollywood, avrebbe voluto spegnere il telefono e ignorarla, ma non ci riuscì. Non poteva. La aprì, senza sorprendersi di ciò che vi lesse.

Jacks è soddisfatto dei tuoi progressi. È ora di alzare il tiro. Riferisci il prima possibile.

. . .

Kassie avrebbe voluto vomitare.

Il suo ex ragazzo non l'avrebbe mai lasciata in pace. Mai. Aveva pensato, che dopo essere stato arrestato per rapimento e aggressione, avrebbe potuto finalmente rilassarsi, che non avrebbe più dovuto preoccuparsi di lui. Ma era stata un'illusa. Non aveva importanza che fosse dietro le sbarre, aveva un sacco di amici che la tenevano d'occhio. Se non avesse fatto ciò che voleva, avrebbe pagato.

Il suo telefono vibrò di nuovo. Un'altra e-mail.

Era quella che stava aspettando, da Hollywood.

Ciao Kassie. Non ho molto tempo, quindi sarò breve. Abbiamo parlato abbastanza a lungo e posso dirti che mi piaci davvero. Sei divertente e dolce e mi piacerebbe incontrarti di persona, ma non voglio che tu ti senta costretta. C'è un ballo dell'esercito tra poche settimane. È un evento elegante e si tiene ad Austin. Ho pensato che forse potresti volere incontrarmi lì. Potremmo capire se l'intesa che abbiamo online, esiste anche di persona. Se fosse così, possiamo partire da lì. In caso contrario, amici come prima. Cosa ne pensi?

- Hollywood

Kassie lesse due volte l'e-mail, con gli occhi pieni di lacrime.

Hollywood non meritava ciò che gli stava facendo. La cosa brutta era che lui le piaceva davvero tanto. Sentiva che c'era una bella intesa tra loro. Ciò che era iniziato come una vendetta su richiesta del suo ex, si era trasformato in qualcos'altro.

Avrebbe voluto dire di no a Hollywood, che non voleva

vederlo, che non voleva parlare mai più con lui, ma era impossibile. Jacks aveva il coltello dalla parte del manico.

Scrisse piano una risposta, odiandosi a ogni parola.

Mi piacerebbe. Non vedo l'ora di incontrarti. - Kassie.

*

Libro 4, Il matrimonio di Emily, in arrivo!

Shielding Aspen (Oct 2020)
Shielding Riley (Jan 2021)
Shielding Devyn (TBA)
Shielding Ember (TBA)
Shielding Sierra (TBA)

Badge of Honor: Texas Heroes Series

Justice for Mackenzie
Justice for Mickie
Justice for Corrie
Justice for Laine (novella)
Shelter for Elizabeth
Justice for Boone
Shelter for Adeline
Shelter for Sophie
Justice for Erin
Justice for Milena
Shelter for Blythe
Justice for Hope
Shelter for Quinn
Shelter for Koren
Shelter for Penelope

SEAL of Protection: Legacy Series

Securing Caite
Securing Brenae (novella)
Securing Sidney
Securing Piper
Securing Zoey
Securing Avery (May 2020)
Securing Kalee (Sept 2020)

Ace Security Series
Claiming Grace
Claiming Alexis
Claiming Bailey
Claiming Felicity
Claiming Sarah

Mountain Mercenaries Series
Defending Allye
Defending Chloe
Defending Morgan
Defending Harlow
Defending Everly
Defending Zara
Defending Raven (June 2020)

Silverstone Series
Trusting Skylar (Dec 2020)
Trusting Taylor (TBA)
Trusting Molly (TBA)
Trusting Cassidy (TBA)

SEAL of Protection Series
Protecting Caroline
Protecting Alabama
Protecting Fiona
Marrying Caroline (novella)
Protecting Summer
Protecting Cheyenne
Protecting Jessyka
Protecting Julie (novella)

Protecting Melody
Protecting the Future
Protecting Kiera (novella)
Protecting Alabama's Kids (novella)
Protecting Dakota

BIOGRAFIA

L'autrice best seller del *New York Times*, *USA Today*, e *Wall Street Journal*, Susan Stoker ha un cuore grande come lo stato del Texas, dove vive, ma questa tipica ragazza americana ha trascorso gli ultimi quattordici anni vivendo nel Missouri, in California, in Colorado, e nell'Indiana. È sposata con un ex militare dell'esercito, che ora la segue in tutto il Paese.

Ha debuttato con la sua prima serie nel 2014, seguita dalla serie SEAL of Protection, che ha consolidato il suo amore per la scrittura, e la creazione di storie in cui i lettori possono perdersi.

Se ti è piaciuto questo libro, o qualsiasi libro, per favore considera di lasciare una recensione. Gli autori lo apprezzano più di quanto tu possa immaginare.

www.stokeraces.com
susan@stokeraces.com